# ワケありシンデレラは敏腕社長に売約済!

*Kaho & Yoshinobu*

水守真子

*Masako Mizumori*

Eternity

EB

エタニティ文庫

# 目次

# ワケありシンデレラは敏腕社長に売約済！

# 1

シンデレラがガラスの靴を落とさなかったら、どうなっていたのかな。

王子様は永遠に彼女を探し続け――いや、無理か。

きっと王子様はシンデレラを思い出にして国のため他の人と結婚し、シンデレラは義姉たちに老《お》いた義母の面倒を押し付けられて、すれ違ったままだったはず。

けれど、これじゃ夢が無さ過ぎる。なら、ガラスの靴が脱げたのも、魔女がかけた魔法のひとつだった、というのはどうだろう。シンデレラが舞踏会に行くと決めた時点で、運命は彼女の味方をしていたのだ。そういう魔法を、もし自分にもかけて貰えたらと思うだけでワクワクする。

久我《くが》夏帆《かほ》は、そんな妄想をしながら化粧を終えて立ち上がった。

「アンティークな家は今日も情緒に溢れています」

古い畳のぼこりと凹《へこ》む所を爪先《つまさき》でぺこぺこと踏みつつ、中断していた妄想を再開させる。

王子様はずっと前からシンデレラを知っていたとすると、もっと良い感じかもしれない。

シンデレラに会うためだけに、王子様は大掛かりな舞踏会を開催する事を決めた。本当はドレスも靴も与えたかったけれど、彼女は王子様からの贈り物を受け取る事が出来ない。だから、魔法の中にひとつだけ現実をまぜる事を魔法使いにお願いした。

——もし彼女が途中で帰っても探せるよう、靴だけは本物にして欲しい。

そんな健気《けなげ》な王子の願いを、魔法使いは叶えた……と考えたら、その後の妄想の内容は魔法使いが活躍する展開になってしまった。妄想力はある方だが、恋愛に関しては不得意だ。

玄関ドアの向こうからしとしとと雨の音がする。夏帆は足首まである青のレインブーツを履《は》き、お気に入りの傘を手に持った。

唯一の家族である父親も、今日は朝から仕事に行っている。

夏帆は父とふたりで住んでいる狭いアパートの部屋へ向かって「いってきます！」と元気に挨拶《あいさつ》をし、颯爽《さっそう》と玄関を出た。

家から駅までは、歩くにはちょっと長い十五分弱の距離。夏帆は交通量の多いこの道路沿いの、広いきれいな歩道が好きだった。

いつもはビュンビュンとばす自転車が多いが、さすがに雨の日にはいない。危機感無くのんびりと歩けるのは雨の日の特権だ。

大きな水たまりを避け、蛇行《だこう》して歩いていると、前から歩いてきた花柄の傘を差した五十代くらいの女が立ち止まった。彼女は胸を押さえ、みるみる顔を真っ青にしていく。

「だ、大丈夫ですか？」

夏帆は考えるよりも先に駆け寄っていた。近寄ると、血の気を失った女性が瞬《まばた》きもせずに夏帆を凝視してくる。

「ええ、ええ。ありがとう」

彼女がちゃんと息をしていて、喋《しゃべ》れる事にほっとした。

「とても顔色が悪いですよ。おうちの方に連絡出来ますか？　迎えに来て貰えますか？」

具合が悪そうな人を雨の中に放っておく事は出来ない。出社時刻までには余裕があったので、夏帆は彼女の顔を覗き込む。

「私、一緒に待ちますから」

女性は品の良い化粧をしていて、着ている洋服からも経済的な余裕を感じられる。連絡さえつけば誰かがすぐに迎えに来てくれそうな気がした。

「ありがとう。でもね、大丈夫なの。お気持ちだけでじゅうぶん」

夏帆はじっと彼女の顔を見つめて「本当に？」としつこく聞く。嫌がられるかもしれないが、後で何かあった方が嫌だ。

「ええ、実はもう連絡はしていて、――む、息子が来てくれるの」

「そうですか！　良かった……」

差している傘が少しずれているせいで、女性の肩が濡《ぬ》れている。それに気付いて、夏帆はバッグからハンカチを取り出した。

「肩が濡《ぬ》れていますよ。春先とはいえ、まだ寒いから風邪を引かないように気を付けて下さいね」

なぜか茫然《ぼうぜん》とした女に、無理矢理ハンカチを握らせる。その様子にまた不安になって、夏帆は聞く。

「本当に、一緒にいなくていいですか？」

我ながらしつこいと思いつつも、やはり心配だ。

「ええ、大丈夫。ありがとう。もう行って下さいな。出勤途中でしょう？　遅刻したら大変だわ」

目を潤《うる》ませて感謝の言葉を述べられた上に心配までされると、さすがに居づらい。

「では、失礼しますね。お大事にして下さい」

これ以上はもう迷惑だろうと、夏帆は頭を下げて立ち去る事にした。

それでも迎えが来るかはどうしても確かめたくて、ゆっくり歩きながらちらちらと振り返る。

すると、どこから現れたのか、黒塗りの車があの女性の横に停車した。雨を弾き光る高級車に驚くと同時に、本当にすぐに迎えに来てくれた事にホッとする。

ハザードランプを点滅させた車の後部座席のドアが開いた。スーツにくるまれた長い腕が出てきて彼女の傘を手に取る。それを見た夏帆は、思わず声を上げる。

「……わ」

スーツには詳しくないけれど、生地の光沢が違うのがわかった。先程の女性が慣れた様子でさっと車に乗り込む。品が良さそうだとは思ったが、本当にお金持ちだったのだ。

自分とは全く縁の無い世界に、夏帆はほぅっと息を吐く。ドアが音を立てて閉まり、車が横をすぅっと通り過ぎていった。

窓にスモークが貼られていて中は見えない。しかし中からは外が見えているはずだ。夏帆は笑顔でちょこんと頭を下げて、追い越していく車に話しかける。

「迎えに来て貰えて良かったですね」

自分の出番は終わったと、ふっと気を抜いた瞬間、強い視線を感じ辺りを見回す。
五、六年程前から、時々こんな風に誰かに見られている感覚があった。妄想が酷いせいで厨二病《ちゅうにびょう》になったのかと焦っていたけれど、ここまで明らかに視線を感じるのは初めてだ。

今はあの車から見られている気がするが、確かめようのない事を考えても仕方がない。

「ま、いっか」

妄想と並んで、現実にすっと素早く戻る事も特技のひとつで、夏帆はすぐ仕事について考え始める。

今日の主なミッションは、引き出しに溜まり始めた営業部員の立替金伝票の処理。

日付やハンコが無いのは日常茶飯事《にちじょうさはんじ》で、なぜか領収書の原本ではなくコピーが添付されていたり、但し書きがいい加減だったりなど、一筋縄ではいかないものが多い。一枚一枚、確認していく作業は、地味だが大変だ。おまけに伝票の訂正は営業部員を捕まえて直接頼まないといけない。彼らのデスクに置くと、書類が埋《う》もれてしまうのだ。

疲れていてたまに不機嫌な彼らではあるけれど、明るく元気にお願いすると伝票の処理スピードが速くなる。その事に気付いてから、夏帆はうまく仕事を回せるようになった。

いつも訂正して欲しい場所にメモ書きした付箋《ふせん》を貼っているが、今日は先日、文房具コーナーで見つけた、かわいい猫のスタンプも押してみるつもりでいる。

「でも、さすがに部長には無理かなぁ」

まず誰にあのスタンプを押してみようか。営業のメンバーを思い浮かべながら、夏帆は水たまりをジャンプして避けて、また気持ち良く道を歩き始めた。

——理想の世界と違っていてもいいじゃない。一緒に楽しい部分を数えよう。

昔、そう言った母と、住居としていた狭い部屋の探検に繰り出した事がある。

そうして部屋の片隅にいた小さな蜘蛛《くも》をモンスターに見立てて、ふたりでキャーキャーと笑いながら怖がったのも良い思い出だ。それらの積み重ねが今の妄想力に繋《つな》がっている気がする。あれから夏帆は、つらい現実に負けないよう妄想で乗り切るようになった。

でも、そんな風に前向きでいる事が無理な時だってある。

『俺の青のタオルはどこだ』

裏紙を使って猫のスタンプを試し押しをしていると、父親からメールが入ってきた。

仕事中だから無視しようかとも思ったが、そうすれば返事をするまでずっと送られてくる。それを考えると、重苦しい気分になった。

父子家庭、という環境で生きてきて得られたものは沢山あった。けれど、得られなかったものもある。その最たるものは、自分の時間。

『明日、洗濯するつもりだよー。晴れみたいだから』

語尾に笑顔の絵文字をつけるのも忘れない。

仕事後はいつも時間との戦いで、昨日は食料品の買い物を最優先にした。重い買い物袋を手に提げて帰りつき、洗濯物の山に手をつけようとはしたが、雨の天気予報に洗濯をやめたのだ。

『コインランドリーがあるじゃないか』

自転車で十分の所に確かにあるが、食事の用意をした後に行けば良かったという事だろうか。

『しっかりやって下さい』

「むかつく……」

どこまでも上からなメールに、思わず声に出して文句を言ってしまった。父は、何故か青のタオルにこだわりがある。なら自分で洗濯をしてとお願いをしても聞き入れられる事はない。

暗い気分に陥《おちい》りそうになっていると、同僚で、部内一番の美人、石田《いしだ》美雪《みゆき》に肩を小突かれた。

「眉間の皺《しわ》、ウケるんだけど」

「ええっ」

やばい、と夏帆が慌てて指で眉間をぐいと広げる様子に美雪が笑う。その笑顔に釣られて夏帆の頬も綻《ほころ》んだ。

「何、その猫スタンプ」

そう言いながら、美雪がレーズンサンドを二個手渡してくる。包装に書かれた有名菓子店の名前に、夏帆は目をキラキラさせた。

「え、なになに、貰ってもいいの。すっごく嬉しいんだけど」

「取引先からの手土産《てみやげ》だってさ。夏帆を太らせようとしてるだけだから、感謝しない方が良いよ」

お土産《みやげ》のお菓子はポットやコーヒーが置いてある辺りに置くようになっていて、自《みずか》らチェックしにいかないとありつけない。美雪はわざわざとってきてくれたらしい。

「ほんっとにこのレーズンサンドは美味《おい》しいよねぇ。いつもありがとう！」

素直に喜ぶ夏帆に美雪はまた笑って、裏紙に数十個は押してある猫スタンプを指でくるりと囲った。

「で、これ何」

「伝票訂正お願いします、の付箋《ふせん》に押そうかと思って」

夏帆がうきうきと紙を持って顔の前にかざすと、美雪は苦笑した。

「まぁ、夏帆がやればかわいさ倍増か……。てかさ、手渡しをしてるだけで十分だと思うよ。前任の小崎《こざき》さんは、『営業は伝票を間違う上に、机に置けば埋《う》もれさせて、そのくせ入金処理が遅れてるーって事務と経理に文句つけるのが許せん』って、最終的に訂正がいる伝票をディスプレイにセロテープで貼ってたじゃん」

「はは……」

以前、立替金の書類を担当していた小崎と営業の戦いは有名だった。そのせいで部内の空気が悪くなっていた事に頭を痛めていた上司が、小崎の後任として白羽の矢を立てたのが夏帆だ。

「明るくて元気で素直で従順って、面倒くさいものを押しつけられるよね」

「美雪さん、言葉をもう少し選んで貰えると嬉しい……」

思い当たる事があり過ぎて、夏帆は裏紙で自分の顔を隠す。確かに小学生の時から、人がやりたがらない係がよく回ってきた。

「人の事ばっか考えてないで、自分の事も考えなよ。そのスタンプはかわいいと思うけど」

「うん、ありがとう」

とはいえ、仕事なのだからやらないという選択肢は無い。とにかくやってみるという姿勢でやってはきたが、そうすると他人優先になってしまうのかもしれなかった。

……難しいなぁ。

柄にもなく考え込んでしまった夏帆の肩を叩いて、美雪が席に戻っていく。その手にレーズンサンドが無い事に気付いた。

「あれ、自分のお菓子は」

夏帆が慌ててレーズンサンドをひとつ差し出すと、美雪は首を横に振った。

「甘いもの食べて、その眉間の皺《しわ》を伸ばしなさいよ。私はお金持ちだからいくらでもあのレーズンサンドを買えるの」

「あ、金持ちネタ。……いつもありがとう」

美雪はそう言って、よくいろいろなものをくれる。妹が自然派化粧品の店に勤めているという事で、内緒にしてねと言いながらテスターとして出していたせっけんなども、余裕の無い夏帆へわけてくれるのだ。

それなのに、と机の上に視線を戻した所、スマホが目に入って、父親とのやりとりを思い出した。夏帆は眉間に皺《しわ》を寄せるのを堪《こら》えて溜息を吐く。

『タオルは明日の朝に洗います。ごめんね。今日は飲み会だから夕ご飯は冷蔵庫に入れています』

怒っても不貞腐《ふてくさ》れるだけなので、受け流すようになったのはいつからだろう。自分の事しか考えない人と一緒にいると、自分自身がなくなっていく。

夏帆はメールの送信ボタンを押しながら、レーズンサンドを齧《かじ》った。

いつか父親と離れないといけないと感じていたが、そろそろその時が近い気がする。力を込めずにポンッと押したスタンプはかすれも無く、インクも滲《にじ》まずきれいで、夏帆はよしっと笑みを浮かべた。

夕方まで勢いよく降っていた雨は、部の飲み会が終わる頃にはやんだ。会社から程近いチェーンの居酒屋の狭い個室で行われた会は終始和《なご》やかで、皆楽しそうにしていた。

夏帆は自宅の最寄り駅で電車を降り、濡《ぬ》れた道を軽《かろ》やかな足どりで歩く。人がまばらになると、傘の石突《いしづき》をコンクリートにコツンと打ち付け、ぐんっと拳を夜空に突き上げた。

先程の飲み会で女子社員の憧れである、営業部のエース小池久二《こいけひさじ》にミスの無いデータ入力を褒《ほ》められたのだ。

明日も頑張ろう、と考えて拳を突き上げたままでいると、その向こうに満月が見えた。一軒家のブロック塀《へい》の上からハクモクレンの花を咲かせた枝が伸びている。その光景に、浮かれていた心がすっと落ち着く。

「そっか、そんな時期か」

ぽつりと呟く。この時期のある日、貧しくとも日常を楽しむ事を教えてくれた母がいなくなった。夏帆が小学校から帰り、鍵を開けると部屋は誰の気配も無くガランとしていて、いつも漂《ただよ》ってくる味噌汁の匂いも無かった。寂しくて玄関で靴も脱がずに膝を抱えて泣いた事をぼんやり覚えている。

『お母さんが帰ってきますように』と願った日々の鈍い痛みを、花の甘い香りを吸い込んで隠す。

父親に母親の事を聞いても答えてくれないまま、もう十年以上経つ。

その時からずっと、夏帆は父親とふたりで昭和感溢れる木造二階建てアパートに住んでいた。アパートは古いが、一階に住んでいる大家が管理人として共用廊下や階段を毎日掃除してくれるのできれいだ。

いつも何かと気にかけてくれる気の良い老夫婦が、夏帆は大好きだった。

そう、人生は悪い事ばかりじゃない。

角を曲がるとアパートに着く。黒塗りのピカピカ光った車と、それを怪訝《けげん》そうに見ている大家夫婦の姿が目に入った。一日に二回も同じような黒塗りの車を目にするなんて、と夏帆は首を傾げる。

「ああ、夏帆ちゃん」

「こんばんは」

帰ってきた夏帆に近寄ってきたのは妻の加代《かよ》だ。既に二十二時で、いつもなら寝ているのだろう、パジャマの肩にカーディガンをかけている。

「今ね、家を引き払うって、男の人が来てね。夏帆ちゃんが心配で」

「家を引き払う？　うちが？」

覚えのない話に笑顔のまま固まってしまう。そんな夏帆の腕に、加代が触れる。

「私たちもそんな話を聞いていなかったから、驚いちゃって。またあの……」

嫌悪感で語尾を濁した加代の言葉の続きを、夏帆は穏やかに引き受ける。

「うちの父親が迷惑をかけているんですね」

良く言えば自由人の父親は、大家夫婦に嫌われているのだ。

夏帆は諦めと落胆を覆い隠すように深々と頭を下げる。

「本当に、ごめんなさい」

「何か危険な事があったらいけない。俺も一緒に上がってやるから」

いつも寡黙《かもく》な夫の孝蔵《こうぞう》が、夏帆に向かって力強く言った。

「ありがとうございます。でも、大丈夫です。いつもの事だから」

夏帆が寂しげに笑うと孝蔵と加代は顔を見合わせる。そう、いつもの事で、今日は黒塗りの車というオプションが付いているだけ。

「何かあったらすぐに叫んで、うちに駆け込みなさいね」

大家夫婦はいつもこうやって夏帆に親身になってくれる。助けを求めた事はないが、気にかけて貰えるだけで気持ちは楽になった。

「はい。ありがとうございます」

加代と孝蔵は目を合わせ、同時に溜息を漏《も》らす。

「ほんと、こんなにちゃんとした良い娘《こ》がいるのに、なんでまた……」

孝蔵の悪気の無い言葉に、夏帆の気持ちはきゅっとなった。

「そんな良い子じゃありませんよ。夜分遅くにご迷惑をおかけして、本当にごめんなさい」

ぺこりと頭を下げて、ふたりの心配を背に外階段を駆けるように上《のぼ》る。

……今日も良い日だから、大丈夫。

昼間、同僚とコンビニで面白がって買ったお菓子のおまけが四葉のクローバーだった。美雪にはレーズンサンドをふたつ貰って、飲み会では営業部のエース小池に褒《ほ》められた。お父さんを叱って、それから眠れば良い。そうすれば明日はいつもの朝が来る。

「ただいま。お父さん、いる？」

どきどきしながら玄関に入って灯りをつけると、三和土《たたき》から上がった所で父親が正座をしていた。

「わっ！」

思わぬ場所にいた父に、驚きのあまりよろける。

作業着姿の父親・弘樹《ひろき》は、いつもの無邪気な笑顔を浮かべた。

「夏帆、喜べ！　金持ちになれるぞ！」

「は？」

何かと場の空気を読めない父親だが、これは酷い。夏帆はまだ妄想と現実の判断はつく。

「お父さん、夢を見てないで現実を見て。家を引き払うって何なの。大家さんが心配してたよ。とても良くして下さっているのに、迷惑をかけるのは駄目だよ」

弘樹の不機嫌のボタンを押さないように言葉を選ぶ。彼は一度へそを曲げてしまうと面倒くさい。

「今から大家さんに謝りに行こう。あの黒塗りの車はうちと関係ないよね？」

「なんだ、高級車でも停まってるのか」

夏帆の心配もどこ吹く風、弘樹は上機嫌だ。ひとまず、あの車はうちとは関係がないらしいとわかって安心しかけて——すぐ、ドキッとした。

キッチンの奥にある六畳間で、男が壁に寄りかかって立っているのが視界に入る。

古い家で天井が低いとはいえ、鴨居《かもい》に隠れて顔が見えない程の長身。体に合ったスーツが高級品だという事は生地の質感でわかった。

「お父さん……、お客様が来てるの……？」

輝く黒塗りの高級車の持ち主かもしれないと、冷汗が額《ひたい》に浮かんだ。

この状況に、あんな車なんて、怖い職業に就《つ》いている人を連想してしまう。ドラマでよく見る展開に、夏帆は自分を守るみたいに腕を抱きながら、視線で男を示した。

「どちら様なの……」

「夏帆、あの人と結婚しなさい。お前の母さんの婆《ばあ》さんと知り合いだから、心配する事はないよ」

生まれて初めて、父親から母方の祖母の話をされた。しかも、結婚の話と一緒に。

言葉で頭を殴られたような衝撃を受けた。心臓がドクドクと打ち始め、体はどんどん冷えてくる。

「大家にはもうここを引き払うと話をしている」

「引き払うって本当だったの⁉　それに、何、急に、結婚」

知らない男と結婚という現実感のない展開に、何が何だかわからず夏帆は唖然《あぜん》とした。

父親の弘樹は正座をしたまま、唾を飛ばす勢いで話し続けるが、夏帆の頭には何も入ってこない。だが、次の言葉で否応なく現実に引き戻された。

「お父さんの借金を肩代わりしてくれたんだ。良い人だろう？」

結婚と借金というふたつの言葉の前に力を無くして、気付くと肩を玄関の壁に預けていた。

「待って、借金って……、全部でいくらなの」

総額を知りたかった。自分の奨学金の返済もあるが、働いているし、どうにかなるかもしれない。

「一千万だ」

「いっ……」

まるでスーパーで売っている野菜の値段を言うような軽い口調に、体から力が抜けてずるずるとその場に座り込む。

玄関に入る前に、今日も良い日だと囁《ささや》いていた自分の声が遠くに聞こえた。どうしよう、どうにかしなければ、という思考がぐるぐる頭の中を回って、うまく考えがまとまらない。

ただ、頭の片隅にとても冷静な自分もいて「父親を甘やかしては駄目だ」と自分を諭《さと》してくる。ここで夏帆が借金を返せば、同じ事を繰り返し続けるだろうと。

「自分で返さないと、ダメだよ」

体に力を入れて、なんとか父親を見上げて声に出す。

「いいんだ。あの人はもう身内なんだから」

意気揚々《いきようよう》とした台詞《せりふ》に泣きそうになった。開き直りという言葉を体現している父親に目の前が暗くなるが、気弱になっている場合じゃない。まずは迷惑をかけている相手に謝罪しなければと気持ちを奮《ふる》い立たせる。恐らく結婚うんぬんは父が勝手に言っているのだ。

「すみません、父がご迷惑を」

夏帆が顔も見えない男に謝ろうとすると、父親がそれを機嫌良く制した。

「いいんだよ。身内っていうのはな――」

「そこまでだ」

凛《りん》とした低い声に、夏帆はなぜか安心した。怒っているのでもなじっているのでもない、冷静な声色だったからだろう。

立ったまま話を聞いていた男が、頭を下げて鴨居《かもい》をくぐってきた。

「想像以上だな」

独《ひと》り言《ご》ちた男の、視線を外せなくなる程整った顔立ちに衝撃が走った。目鼻立ちがはっきりしていて、長い睫毛《まつげ》が縁取《ふちど》る目には肉食獣のような強さと静けさが宿っている。髪は黒くて短く、額《ひたい》を全て見せる髪型。真っ直ぐな眉に自尊心の強さが見て取れるようだ。狙われればきっと逃げる事など出来ない。そんな野性味を感じさせる大人の色香に釘付けになる。


男は夏帆と一瞬だけ視線を合わせたが、すぐに逸らした。彼の素っ気ない態度に、こんな状況で見惚《みと》れてしまった自分が恥ずかしく思えて俯《うつむ》く。


男は夏帆がいる玄関に近寄りながら、流れるような動作でスマホを操作し耳にあてた。

「ああ、俺だ。もういい」

男は父親の真後ろに立ち、鋭く光る目で夏帆を見下ろす。高い鼻梁《びりょう》が作る影のせいか、えもいわれぬ不安に襲われた。

「……あの、どちら様、でしょうか」

もういい、とはなんだろう。父親と自分はどこかへ連れていかれるのではないか、という不安に、夏帆は震える。


頭に思い浮かんだのは大家夫婦の顔だった。彼らに助けを求めたかったが、父親に借金があると知った以上、無関係な老夫婦を巻き込めない。

「ああ、羽成《はなり》さん。これが娘の夏帆ですよ」

父親の媚《こ》びへつらうような口調にショックを受けて、夏帆の息が止まった。その様子を見て取ったのか、男はとても柔和な笑顔を向けてくる。

「俺は羽成義信《よしのぶ》といいます。驚かせて悪かったね。大丈夫かい」

義信は娘を指差す弘樹を無視して、自己紹介をしてくれた。

「羽成、さん」

「はい。久我夏帆さんで間違いありませんね」

こくこくと頷くと、彼もひとつ頷く。

「夏帆、年上の男は頼りがいがあるぞ」

父親も、いなくなった母親より年上だったはずだ。だが、夏帆が物心ついた時には、父親はあてにならず母親が働いていた。

「……お母さんは、お父さんを頼りにしてたの？」

「親に口答えをするもんじゃないぞ」

純粋な疑問に不機嫌そうな答えが返ってくる。

「だって」

夏帆がまた口を開きかけると、鍵をかけ忘れていた玄関ドアが開いた。ビクリと体を震わせた娘を気にした様子も無く、弘樹が膝を押さえながら立ち上がる。

「まぁまぁ、終わり良ければ全て良しだ」

振り返るとスーツ姿の男がふたりもいて、夏帆の体はガクガクと震え始めた。手を握り合わせて震えを止めようとしても止まらない。

このまま借金のカタに水商売をやらされるのか、あるいは海に沈められてしまうのか。サスペンスドラマで得た知識が夏帆の頭の中をぐるぐる回る。

「立てますか」

義信は弘樹を押しのけて、夏帆の冷たい手を上からそっと握ってくれた。

「あ……」

それだけで、夏帆の震えが少し収まる。そのまま義信に立ち上がらせて貰い、父親の横を通って家に上がった。当たり前みたいに肩を抱かれて、彼に寄り添うように立つ。

義信は玄関の外で立っている男に指示を出した。

「頼んだ」

「了解です」

「後は若いふたりでってヤツかな！」

場の重い雰囲気にそぐわない、弘樹の明るい冗談が空《から》回りする。

「お父さん……」

背広姿の男ふたりが弘樹の両腕をがっちりと掴むのを、夏帆は映画でも見るように眺める。やめて、待って、という言葉が出てこない。

「ああ、夏帆、後でな！」

後なんてない。そんな事は夏帆でもわかるのに、弘樹は笑顔だ。ドアが閉まって義信がドアの鍵をかけると、静かな部屋にふたりきりになる。

「……父は、どこへ連れていかれるの」

「今の職場を辞めさせて、寮付きの仕事場に移す。ここには帰さない」

義信の言葉には力強さがあった。夏帆の頭に疑問が浮かんでは消えて、うまく質問にならない。

「殺されたり、しないの？」

背の高い義信を見上げると首が痛んだ。彼は瞬《まばた》きをした後、苦笑いしながら背広を脱ぎ、夏帆の肩にかけてくれる。

「ドラマの見過ぎだな」

羽織《はお》らされた上着からは大人の男の人の匂いがした。義信の思わぬ優しさに心臓が高鳴って、こんな時なのにと自分を叱る。

大きな手に肩を何度も擦《さす》られると、頬が赤く染まっていくのがわかった。

「まだまだ冷える。暖房が効いてないから上着で我慢してくれ」

部屋にあるエアコンはあまり効かなくなっていて、専《もっぱ》ら電気ストーブを使っている。

『エアコン、壊れかけているんです』と言えばいいのに、恥ずかしさのせいで喉の奥に引っかかって出てこない。

夏帆は黙ったまま上着と、擦《さす》ってくれる手の温かさに頼った。

「ありがとうございます、その、父は……」

父はどうなるのか、自分は何を求められるのか、何ひとつわからないのに、彼の手に温められて、体はぬくもりを取り戻しつつある。

玄関に視線をやると、弘樹の気配がまだある気がした。胃がぎゅっと締め付けられて泣きそうになる。

「あなたが心配している事態にはならないから大丈夫だ」

はっと顔を上げた所、義信は見る者を安心させるような微笑を浮かべていた。「借りるよ」と言って、彼は狭い台所の隅に置いてある簡素な折り畳みの椅子を持ってきて開いた。

そして立っていた夏帆の腕を取って、そこにゆっくりと座らせてくれる。極度に緊張していたらしく、腰を下ろすとどっと疲れが襲ってきた。

義信が何の躊躇《ちゅうちょ》もなく床に膝をついて夏帆はぎょっとする。台所の床拭きは一週間に一度しかしていない。

「ゆ、床が汚いの。そう、汚いから、スーツが汚れてしまう」

義信は慌てた夏帆の両手を握り、見上げてきた。心臓を掴まれたような衝撃に、包まれた手はどんどん熱くなり、喉がカラカラになった。

テレビでしか見た事がないくらい端整な顔に真剣に見つめられて、思考は完全に停止する。

「スーツは大丈夫だ。あなたの父親も大丈夫だ。心配しなくていい」

迫力に気おされて、夏帆はこくこくと頷いた。

「まず、息をした方が良い。大きく吸って」

夏帆は義信の誘導に従って、詰まっていた呼吸を整える。

胸のつまりが無くなると、義信は見計らったように手を離して立ち上がった。次いでごく自然に、頭にポンッと触れてくる。

「良い子だ」

親し気な笑みを向けられてまた呼吸が止まった。子供扱いされているのに嬉しい。

立ち上がった義信は台所を見回す。

「話をしなくてはならない事があるが、あなたは話が出来る状態じゃない。まずは熱いお茶だな。勝手に使うぞ」

急に口調が砕けた義信は、明らかに高さの合っていない台所に立った。

「お茶……、安物しかないです……」

お客様にお出しするような立派なお茶の葉は無い。茶筒に入っているのは、淹《い》れると粉が浮いてくる安物だ。

「色がついてればいいんだよ」

義信は茶筒をすぽんと開ける。

「お金持ちでも、そうなんですか」

「何でも楽しむのが肝要だ」

あっさりと言われた言葉に親近感を覚え、夏帆は微笑んだ。

気さくな義信にならなら何を聞いても大丈夫な気がして、勇気を出して尋ねる。

「……その、わ、私との、結婚も？」

父親が言った結婚の話は、冗談だと答えて欲しかった。

「ああ、楽しめればいいと思っている」

急に表情を固くした義信に、なぜか夏帆が傷ついた。

「それに結婚といっても契約結婚だ。その決まりの範囲内でお互い自由に過ごせばいい」

契約結婚だというのは初めて知ったが、やはり結婚はする事になっているらしい。結婚というのは愛し合っている男女がするものだと思っていた。

現実感が無くて、夏帆は台所に立つ義信の横顔をぼんやりと見つめる。父親が水場に立つ姿なんて見た事も無かったから、男の人がそこに居るのはとても不思議な光景だ。

義信の手際の良さに、お茶を淹《い》れてあげるような人がいるのだろうと感じた。

「……でも、好きな人、いますよね？」

「ロマンチストだな。さすが」

義信はふっと笑って宙を見た。誰かを思い起こしているらしき仕草に胸が痛む。

会って間もない夏帆にも気遣いが出来て、これ程素敵なのだから彼女がいて当然だ。どんな事情かは不明だが、父親である弘樹の借金のせいでその人と結ばれないのだろうかと思うと、ぞっとした。

夏帆は椅子から下りて、その場に正座をすると膝の前に指をつく。

「ご迷惑をおかけしまして申し訳ありません。でも、結婚は好きな人とするべきだと思います。お金の事はどうにかします。だから……」

頭を下げて謝る事しか出来ない。自分の無力さがはがゆくて情けなくて、唇を噛《か》む。

義信が立つ気配がしたと思ったら、夏帆の前にしゃがんだ。それから、後頭部をトントンとても軽く叩かれる。

「土下座しても何も解決はしない上に、冷えて風邪を引くだけだ。結婚であなたを悪いようにはしない。そうだな、不安で当然だ。配慮が足りずに悪かった」

思ってもみなかった言葉に夏帆は顔を上げた。義信の優しい態度に目が潤《うる》んでいく。

「でも、父が」

「いいから、まずは茶だ」

ちょうど、やかんが笛を吹き、夜の時間にそぐわないピーッという音が空気を震わせた。

「ほら、湯が沸いた。何かしていないと気が紛れないのなら手伝ってくれ。立てるか」

腕に触れてきた義信の手は、肌寒い部屋には不似合いな程に温かい。

「……それに好きな人がいたとして、想いが通じるとは限らないだろう」

義信が一瞬だけ見せた泣きそうな顔に、はっとした。

「ふ、振られたんですか」

これだけ完璧に見えるのに、と夏帆は目を丸くする。

「元気そうじゃないか」

「元気じゃないです……っ」

義信は破顔して、少し強めに頭をぐりぐりと撫《な》でてきた。髪が乱れるし、心臓はどきどきとうるさい。顔が赤くなってるのがバレませんようにと願いつつ、彼の手を借りて夏帆は立ち上がった。


飲み会の酔いはすっかり醒《さ》めてしまった。楽しかったあの時間も、既に遠い昔のようだ。

夏帆は義信に淹《い》れて貰ったお茶を飲みながら、斜め前に座る彼が『結婚』について喋《しゃべ》るのを聞いていた。

「俺は仕事の信用を得るために結婚しなくてはいけない。詳しい契約内容はこれを読んでくれ。ただ今まで通りに働く事と、結婚を外部に漏《も》らさない事は最重要事項だ。守って欲しい」

正方形のコタツに置かれた契約書、高級そうなボールペン、それと名刺。

……羽成創建設《はなりそうけんせつ》、社長、羽成義信。

聞いた事がある会社の名前と肩書に、夏帆は固まった。怖い職業どころか、立派な会社の社長だ。

「しゃちょ、う」

義信はどう見ても三十代だ。あの会社の社長はこんなに若いんだ、という感想を抱いた。それと同時に、会社の社長が犯罪に手を染めるはずはない、父親は安全だとほっとする。

夏帆は、年上の男性で、社長であり、父親の借金を肩代わりしてくれる義信をなんと呼べば良いか迷い、無難に肩書で呼びかける。

「……あの、社長さん。質問をしても良いですか」

「なぜ結婚相手に『久我夏帆』を選んだのかという質問なら、契約が成立しやすいと思ったからだ」

すらすらと答えられて、肩を落とした。一目惚れでしたなんて台詞《せりふ》を期待していたわけではないが、やはり落ち込む。

「違います。父親の借金の事です」

「娘が気にする事じゃない」

「娘だから、気にしないといけないと思います。いつからのものとか、知っていますか？」

血の繋《つな》がっている自分が把握していないのは怖い。パチンコや競馬に行っている事は知っていたが、のめり込んでいたのだろうか。自分の観察力の無さが悔しい。

義信は少しの間の後、口を開いた。

「膨らませたのは、たぶんここ一年くらい」

「い、一年？」

短大卒業後、夏帆は今の会社に就職した。家計はだいぶ楽になったし、一年前には父親の小遣いも増やした。良かれと思ってした事で、悪い方へとハンドルがきられたのだ。

肩にかけたままの義信の背広がやけに重く感じる。

「そう、ですか……。あの、母方の祖母と知り合いなんですか？　私、会った事が無くて」

話題を変えたくて、祖母の話をする。祖父母とは会った事が無く、昔から友達の話を羨《うらや》ましく聞いていた。いるのなら、会ってみたい。

「それに、どうして祖母の知り合いというだけでお金を工面《くめん》していただけるんですか」

義信はマグカップに入った味の薄い、お世辞にも美味《おい》しくない緑茶を飲んでいた。コトン、とそれを机の上に置くと、どこか冷たく聞こえる声で答える。

「昔、お世話になったからだよ」

夏帆はもっと聞きたいと身を乗り出した。義信は契約書を指で押さえて、夏帆に言う。

「社会人だろう。契約書には全て目を通さないと駄目だ」

これ以上は答えるつもりがないとの牽制《けんせい》にも聞こえた。祖母の事を知っている人に会えた高揚はすっかり萎《しぼ》んで、夏帆は下を向く。

「あの、結婚じゃなくて、私が借金を返すんじゃだめですか」

相手がどんなにかっこよくても、初めて会った人といきなり結婚するのは無理がある。

「奨学金と父親の借金をひとりで返すつもりか。やめておけ」

奨学金の事まで知っているんだ、と夏帆は目を丸くした。でも何も知らずに結婚を申し込むはずもないかと思い直す。

「私、働きます。まだ若いし、どうにか」

義信は無表情で、光沢のある黒のボールペンをノックした。それを夏帆に差し出す。

「読む気が無いならいい。悪い事は書いていない。それと、役所で婚姻届を出すからこれも書いてくれ」

契約書の下から、義信の名前が書いてある婚姻届を出してきた。退路がどんどん塞《ふさ》がれていく。

「これ、社長さんにメリットはあるんですか。だって」

「自己主張の激しくない書類上の妻が欲しいからだ」

良い子ね、ちゃんとしているね、気丈な子だね。今まで言われ続けていた言葉がまた積み重なった気がした。

……私は良い子じゃない。

夏帆は顔を上げて、義信の目を見据える。

「初めて会ったのに、どうしてそんな事がわかるんですか」

義信が僅《わず》かに目を細めたのを見て怯《ひる》んだが、夏帆は負けずに続けた。

「社長さんが父の借金を肩代わりしてくれたから、私が結婚をしなくちゃいけないんですか」

「そういう事になるな」

「でも、さっき、父親の借金は娘が気にする事じゃないって言いました」

ねめつける気は無かったが、つい視線がきつくなる。義信は夏帆の視線を真正面から受け、少しの間の後、にっと笑った。

「賢い女は好きだ」

また夏帆の顔が赤くなる。義信の大きな手にボールペンを握らされると、心臓が大きく打った。

「サインをして欲しい」

懇願《こんがん》するように言われてサインしてしまいそうになる。けれど、義信に得になる事が見つからない、と冷静に考える自分もいた。

借金が返せないかどうか、頭の中で貯金通帳を捲《めく》ったがとうてい足りない。入社二年目の二十二歳が一括で返すのは無理な金額だし、分割だと十数年かかるだろう。

そうだとしても、こんな優しい人は、好きな人と結ばれた方がいい。

「……私、バカだし、自己主張します。そうだ、結婚式をしたいと言い出したら困りますよね」

夏帆の知恵を絞った足掻《あが》きに、義信は固まり、それから噴き出した。

「かわいい自己主張だな。ふたりきりの式で良ければ挙げられる。契約書に書いてある内容は、婚姻期間中はお互いに誠実である事。生活費は俺が持ち、家事全般はあなたがする、などだ」

今度はかわいい、ときて夏帆は首まで赤くなった。しかもふたりきりなら式を挙げると言われて、ますます彼の意図がわからなくなる。

「悪い条件ではないはずだ」

夏帆にとっては良い条件だが、義信にとっては悪い条件だ。

これ以上は何を言ってもダメだろうと判断して、契約書にざっと目を通してみたが、疲れているせいか頭に入ってこない。難しい言葉で、難しくはない事が書いてある印象は受けた。

夏帆は手に馴染《なじ》まない高級な重いボールペンを、手の中で持て余す。

「父は、無事なんですよね」

「俺は犯罪を犯せない」

義信はテーブルの上の名刺を指でコツコツと叩いた。確かに社長が罪を犯したら、会社が大変な事になる。

気を取り直してもう一度契約書に目を通そうとしたけれど、どこかへ連れていかれた笑顔の父親がちらついて集中出来ない。

何だかとても疲れた。そう思った瞬間、ふっと緊張の糸が切れた。

……何かあれば、乗り越えるだけ。

突き動かされたみたいに、夏帆はサラサラと書類にサインをする。今ここで悩んでも何も変わらない。乗り越えるしかないのだ。

「……腹を括《くく》ったか」

「悩んでも、何も始まらないから」

夏帆が書類を書き進めながらぼそりと言うと、義信は静かに口を開いた。

「悩む事も大切だ。だが、もうひとりで乗り越えなくていい」

言葉が、胸の中にするりと入ってきた。まるで夏帆の過去を知っているような口ぶりにペンが止まる。

「え……」

「ペンが止まったぞ」

「あ、はい」

促《うなが》されて夏帆は書類に視線を落とした。この婚姻届と書かれた紙が本物か偽物かもわからないがさすがに緊張する。

義信は冗談ではなく、本当に夏帆と結婚しようとしているのだ。彼は夏帆が書き終わった書類一式に目を通し、腕時計で時間を確認した。

「いい時間だな」

書類が新品のクリアファイルにしまわれるのを、不思議な気持ちで見つめる。

「今から役所に行って、ここには戻らない。必要最低限のものは後で運ぶ。出るぞ」

急な展開に、夏帆は瞬《まばた》きを繰り返した。

「もしかして、私、もうここには住めないの？」

心の支えになってくれた大家夫婦を思いながら、立ち上がった義信に聞く。

「契約書に俺の家に住むと書いてあっただろう。今夜からだ」

読まずにサインをした自分が悪いのはわかるが、気持ちの準備をする時間さえもないのは辛い。

母親がいなくなった日のようだと思う。手の中から『日常』がサラサラと落ちていく無力感。いきなり全てが変わっていく事に、胃がキリキリと痛んだ。

夏帆は肩にかけていた背広を義信に返す。

「ありがとうございました」

「役所まで車で行くから、着ていてもいいんだぞ」

「大丈夫です」

疲れで余裕が完全に無くなって、ポジティブに考える事が出来ない。家を出るとひやりと冷たい風に頬を撫《な》でられ、口を開くのも億劫《おっくう》になった。

「足元に気を付けろ」

古いアパート特有の、急な傾斜の階段を先に数段下りた義信が振り返って言う。心配し過ぎだと思いつつ下りていると、もう何年も使っている階段なのに足を踏み外しそうになった。

咄嗟《とっさ》に手すりを掴んで落ちずに済んだが、心臓がばくばくいって、手先は微かに震えている。

義信は焦った顔で夏帆に腕を伸ばしていた。その心底から心配しているらしき表情に、胸がぐっと詰まる。

「大丈夫だ」

階段を上がってきた彼は夏帆の肩を抱え、体を支えてくれた。自分をすっぽりと包む、大きな体。

義信に肩を抱えられたまま、夏帆は階段を下りる。この階段をこんなに長く感じたのは初めてだ。下までつくと安堵で息を吐いた。

さすがにもう階段の下に大家夫妻の姿は無い。挨拶《あいさつ》をしたかったが、時間が遅いので諦めた。アパートの下には先程の黒塗りの車とは違う、夏帆もよく知っている燃費が良い車が停まっている。

ドアを開けた義信に促《うなが》され、助手席に体を沈みこませた夏帆は、運転席に乗り込んだ彼に聞いた。

「社長さんが運転するの？」

「運転出来るのか？」

思わぬ返しに、夏帆は首を横に振る。

「出来ないです。免許がないから」

「なら、免許を取りに行けばいい」

夏帆はきょとんとした。運転免許を取りに行くにもまとまったお金が必要だし、現実的ではない。

はいともいいえとも答えられないまま、数十分後には役所の駐車場に着いた。役所の古い建物は夜に見るとやけに陰気で、夏帆の気持ちをさらに落ち込ませる。

何も喋《しゃべ》らない義信の横顔に不安が募った。誰がこの結婚を望んでいるのだろうか。未知への恐怖が夏帆を饒舌《じょうぜつ》にした。

「社長さん。私のお母さん、ある日、帰ってこなくなったんです」

なぜ急にこんな事を言い出したのか自分でもわからないけれど、夏帆は膝の上で拳を握りしめながら、泣きそうな顔を義信に向けた。

夫婦というものが、どんな会話をしてどう暮らしていくのか、全く想像が出来ない。

「父親は自由人で、家賃を滞納《たいのう》していなかったのが不思議なくらいで」

運転席の義信が真剣な表情で、話の続きを待ってくれている。その真摯《しんし》な姿に、この人を巻き込んではいけないと夏帆は強く思った。

身を乗り出して、はっきりと伝える。

「社長さんみたいな人は、好きな人と結婚すべきです」

こんな立派な人が、『結婚しなくてはいけない』という理由で結婚をすべきではない。

「結婚したらきっと社長さんの足を引っ張る。不幸をうつしちゃ――」

唇に義信の親指が当てられた。それ以上喋《しゃべ》るなという意味だろう。僅《わず》かに開いたままの唇から漏《も》れた息が、彼の親指にかかるのがわかった。

「覚えておけ。まず、貧困も不幸も遺伝しない。もちろん、感染もしない」

義信が微笑して言った言葉が夏帆の心に染みこみ、みるみるうちに目に涙が溜まっていく。

「自分の足を引っ張るのは自分の考え方だ。他人じゃない事を覚えとけ」

涙が、頬を伝ってぽたぽたと落ち始めた。

「どうせなら自分を幸せにすると決めろ」

人は明るく元気に振る舞っていれば、うまくいっていると判断する。だから夏帆は憐《あわ》れまれたくなくて、無理にでも明るくしてきた。

「自分は不幸だと思うより、よほど根性がいるがな」

そういう孤独な覚悟を義信は知っているのかもしれない。彼の言葉は厳しいのに、どこか優しい。

……この人は健全な大人だ。

「ごめんなさい」

ぼろぼろと涙が零れた。夏帆が、弱音を吐いても何も変わらない事を悟ったのはいつだっただろう。こうやって弱音を吐いたのは、いったい何年ぶりだろう。

義信はハンドルをぎゅっと掴んで深く息を吐くと、シートベルトを外す。

「後で、セクハラとか言うなよ」

大きな体を乗り出し、夏帆のベルトを外した。近さにどぎまぎしたのも束の間、抱き寄せられて、目を丸くする。吸い寄せられるように頬をぴたりと厚い胸につけると、スーツの上着を貸して貰った時よりも濃い男の人の匂いがした。

「気持ちを整理する時間がなくて悪い」

安心感に包まれるとともに、疲れと眠気が急に襲ってきて、夏帆は目を閉じた。

薄暗い部屋の中で目が覚めた。視界に入ってきた見知らぬ白い天井に戸惑った夏帆だが、ややあって結婚した事を思い出す。

昨晩、落ち着くまで胸で泣かせてくれた義信は、あの後、役所に婚姻届を出しに行った、と思う。

すっかり眠ってしまい、義信が車を降りてしばし経ってから戻ってきた事をおぼろげに覚えているだけだ。次に肩を揺すられて起きた所、そこはビルの中のような駐車場だった。

車を降りて駐車場の通用口をくぐると、非常階段のある廊下に出た。階段の傍の扉は絨毯《じゅうたん》が敷かれた内廊下に繋《つな》がっていた。あまりの豪華さにホテルなのかと思った。

だが義信にマンションだと教えられて、寝ぼけながらも夏帆は目を瞬《しばた》かせる。着の身着のままで連れてこられた高級マンションの、ヒールの音さえも消すふかふかの廊下を縮こまりつつ進み、家のドアの前で止まった。

玄関から入ると、鏡がついた壁一面の靴箱、高い天井と光が反射する三和土《たたき》に出迎えられて怯《ひる》む。

広いリビングダイニングに呆然としたのも束の間、義信がひとつの部屋のドアを開け、夏帆を呼んだ。

彼の後ろから覗き込んだ所、寝心地の良さそうなベッドの脇に、既に夏帆の荷物が積まれている。

『今日は寝るといい。おやすみ』

いつの間に運び込まれたのか——そんな疑問さえも口にさせてくれないまま、義信はリビングへと足を向けた。

そうして一晩経った今、抱き寄せられたのを良い事に甘えて慰《なぐさ》めて貰った事を思い出し、恥ずかしさが胸に突き刺さって息苦しくなる。

「ああ、もう……っ」

夏帆は枕に顔を押し当てた。耐えきれず起き上がって、部屋に置かれている全身が映る姿見の前に立つ。

泣いたせいか、腫《は》れぼったい目が自分を見つめ返してきて、がっくりと肩を落とす。

荷物の中から引っ張り出した愛用のスウェットは、改めて見るとずいぶん古くなっているのがわかって、恥ずかしい。黒い髪はただ胸の辺りまで伸ばしているだけだし、大きくない胸のせいで、女としてのアピールは少ない。

はぁ、と重い溜息を吐いて、夏帆は鏡に背を向けてスマホを見る。もう朝の六時だった。

契約した通り朝ご飯を作ろうと、慌てて部屋から出た所、美味《おい》しそうな香りが鼻腔《びこう》をくすぐる。

リビングダイニングに足を踏み入れると、カウンターキッチンに義信がいた。彼はワイシャツとスラックス姿に紺のエプロンをつけ、料理をしている。

「おはよう。眠れたか」

腕捲《まく》りで調理をする義信の手際は良かった。男の人が料理をするのは調理実習とテレビの中だけだと思っていたのでびっくりした。おまけに、テレビの中の人よりかっこいい。

この人が夫かとポカンと見つめていたが、すぐに我に返る。

「おはようございます。眠れました」

「なら良かった。フローリングは冷えるから、スリッパを履《は》いた方が良い」

義信はソファの傍にある、見るからに新しい女物のスリッパを顎《あご》で指した。履《は》くと足にぴったりで、夏帆は驚く。

「ありがとうございます。――わぁ、このスリッパ、底が柔らかくて気持ち良いですね。おまけに真っ白でかわいい。んー、汚れが目立ちそうなので履《は》くのがもったいないような……」

「スリッパは履《は》いてこそだろう。丸洗い出来るみたいだから洗って使えばいい」

その場ではしゃいで足踏みしていた夏帆を、義信は笑う。彼の口ぶりに、洗濯表示まで見て買ったのだろうかと、少し違和感を覚えた。

「これ、私が履《は》いていいんですか？」

Sサイズの小さなスリッパ。この家に出入りする誰かのものではないかと心配になる。

「俺が履《は》けるサイズではないな」

「いえ、その、ただ、彼女さんのかと」

義信は挑むように夏帆を見つめて、それからフライパンの中にあったスクランブルエッグをふたつの皿に移した。

「妻がいるのに彼女を作ったら、『お互いに誠実である事』にひっかかる」

妻、という言葉に夏帆が赤くなると、義信の強張っていた顔が緩んだ。

自分が彼の妻だという事実が信じられないが、義信の口から言われると本当なのだと思える。

夏帆は落ち着かない気分で部屋を見回す。二十畳はありそうなリビングに、カウンターキッチン近くにあるテーブルには椅子が四脚。少し離れた所に、高級そうな幅広の布のソファもあった。床面積が広い部屋は、どこか温かみに欠ける気もする。

先程スクランブルエッグを移した皿の上には、他にハム、フリルレタス、ミニトマト、ブロッコリーがあって、いろどりがきれいだ。テーブルの上にはパンが入った籠《かご》に、オレンジジュースのグラス、カトラリーも出してある。

どこかのホテルみたいな朝食に、夏帆のお腹が小さくきゅるりと鳴った。音が消せるわけでもないのに、慌ててお腹を押さえる。

「朝飯は食べられるだけでいいから食べよう」

「食べていいんですか?」

義信はミネストローネをスープボウルに注ぎながら、「いいにきまってるだろう」と呆れたように言う。

「いただきます。ありがとうございます」

「良かった。なら用意を手伝ってくれないか。これをテーブルに持っていってくれ。冷蔵庫にドレッシングが入っているから、好きなのを出してくれていい」

「はい」

夏帆はすぐに駆け寄って、スープボウルに手を伸ばす。スープには四角く形を揃えられた、にんじん、ベーコン、じゃがいも、たまねぎが入っていて、目にした瞬間、口の中に唾液がたまった。

「美味《おい》しそう……。社長さんは何でも出来るんですね」

素直な感想を口にすると、笑みを浮かべた義信と目が合う。

「何でもは出来ないな」

謙虚な返事がおかしくて笑みを返すと、ぐっと距離が縮まった気がした。

浮《うわ》つく心をもてあましながら、スープをテーブルに運び、次に大きな冷蔵庫を開ける。中はそれなりにものが入っているが整理整頓されていて、賞味期限切れのものなどは無さそうだ。

ドレッシングは三種類あったのでとりあえず全部持っていくと、捲《まく》り上げた袖口を直した義信がエプロンを外してテーブルについていた。

「社長さんがどのドレッシングが好きかわからなかったので、全部持ってきました」

「三種類もあったか」

義信は苦笑する。

「今度から自分がどれを好きかで選んでいいぞ。どれも不味《まず》くはないはずだ」

きょとん、と夏帆は義信の顔を見た。そして、今まで自分がどれを好きかよりも、父親に文句を言われないように選んでいた事に気付いて、はっとする。

「……あ、ありがとうございます」

どきん、と心臓が高鳴った。好きなものを選んでいいと言われただけなのに、嬉しくてたまらない。

「えっと、なら、どれも美味《おい》しそうだから、今日は全部少しずつ使わせて貰っていいですか」

「構わないが、皿の上で味が混ざるのは、見ている俺が無理だ……」

義信は立ち上がると、カウンター内から小さめの皿を三枚とって、差し出してくる。

「これを使ってくれ」

カウンター越しに、夏帆は皿を受け取った。

「そんなに混ざる程ドバドバかけないですよ。お皿を使ったら洗い物が増えるだけですし」

「いや、俺が気になる。皿は俺か食洗機が洗うから問題ない」

クールそうな義信が見せたこだわりに、呆れながらも親近感を覚えた。まだ緊張はしているけれど、警戒心はどんどん薄れていく。

これまでは毎日自分で用意してきた朝食が、何もしていないのに目の前に広がっているのは魔法みたいだ。朝食を作れなかった事は契約違反になるだろうか。夏帆は豪華な食事を見渡してから、おずおずと口を開く。

「社長さん。家事全般は私って、契約書に書かれていた気がします。さっそく破ってしまって、すみません」

頭を下げた夏帆に義信は言う。

「書いていたな。だが、俺が料理をしてはいけないとは書いていなかった」

少しは怒られるかもと身構えていた夏帆は肩透かしを食らった。

「……そう考えることも……、出来るんですね」

「子供にはわからないだろう」

子供扱いされて、胸がツキンと痛んだ。そうか、彼はきっと保護者のような気持ちで良くしてくれているのだ。

……わかるようになれば、ちょっとは女性として見て貰えるのだろうか。

そんな欲を抱いた自分に驚くと同時に、恥ずかしくなった。

その気持ちを誤魔化すように食事を始めた所、とても美味《おい》しくて目を丸くする。

「わぁ、スクランブルエッグ、凄く美味《おい》しいです。私、硬くなり過ぎたり反対にトロトロになり過ぎたりして、なかなかうまく出来ないから感動……。ブロッコリーの茹《ゆ》で方もすっごくちょうどいい……。社長さん、料理教室にでも通ったんですか」

「ブロッコリーの茹《ゆ》で時間を習いに料理教室に行く、それ、時間の使い方を間違ってないか」

「いや、そこがポイントではなくてですね。このスープの野菜も自分で切ったんですよね。凄いなぁ。でも、手間がかかりましたよね……」

「手伝ってくれそうな誰かはよく寝ていたからな」

「す、すみません！　あ、でも、さっき、よく眠れたなら良かったって……！」

夏帆をからかってくる義信だが、決して嫌味には聞こえない。

会話を楽しんでいるうちに、食事をほぼ平らげてしまった。

夏帆の食べっぷりに微笑した義信がコーヒーを勧めてくれる。

「コーヒーはどうする」

「いただきます」

ぱあっと顔を輝かせた夏帆に、義信は安堵したような溜息を吐いた。

「食欲があって安心したよ」

こういう状況なら、普通は食が細くなるのかもしれない。けれど、夏帆の手には既に二切れ目のパンがあった。

「だって、美味《おい》しいから」

義信がコーヒーサーバーのコーヒーをマグカップに注いでくれる。ワイシャツの袖から覗いた手首は節張っていながらもしなやかで、こんなカロリーが高そうな朝食を取っているのに引き締まっている事を不思議にさえ思う。

「それだけ食べられるなら、ちゃんと話が出来そうだ」

義信の声に他人行儀な固さが戻って、夏帆の胃がぎゅっと締め付けられた。履《は》き心地の良いスリッパ、美味《おい》しい食事に楽しい会話ですっかり気が緩んでいたが、ここが本当に安心出来る場所かどうかはまだわからないのだ。

顔を強張らせパンを皿に置いた夏帆の前に、義信はコーヒーが入ったマグカップを置く。

「俺は毎日仕事で遅くなるから待っている必要はない。先に寝てくれ。朝食は作るが、夕飯は頼む。そしてこれが生活費だ」

義信はソファの上の鞄から封筒を取り出した。テーブルの端に置かれたそれは見るからに厚みがある。

夏帆の体に力がぎゅっと籠《こ》もった。

「ごめんなさい、父の借金もあるし、受け取れません。それに出来ればアパートに戻りたいです。結婚をした事を誰にも言わない方がいいんですよね。だったら別々に暮らした方が良いと思うんです」

なんとかひとりでも暮らしていける。家計が苦しくなったら、幸い会社は副業が許されているから、夜にコンビニのレジ打ちか何かをすればいい。

まだアパートには家具がある。戻るなら早い方が良い——そんな気持ちはすぐに打ち砕かれた。

「あのアパートは昨夜引き払い、家具類はこちらで倉庫を借りて保管している。処分して良いもの、悪いものをおいおい教えて欲しい」

一晩でそんな事が出来るのだろうか。夏帆はアパートが既に空《から》っぽという事実に、唖《あ》然《ぜん》として義信を見た。彼は伏目でコーヒーを飲んでいるだけなのに、絵になっている。自分といえば冴《さ》えないスウェットの上下だ。正直、別世界の住人だとしか思えなかった。

「借金は父親が作ったものだ。自立心旺盛《おうせい》なのは結構だが、現実を見た上で、三年後、五年後、十年後の事を考えた方が良い。今はその時間だと思って有効に使うんだ」

あまりにも寛大な提案に驚きつつ、夏帆はなんとか言葉を絞り出した。

「でも」

「仕事は辞めずに働き続けた方がいい。婚姻関係にあるのだから、この家で一緒に住み、生活する上での費用は俺が出す。そういった事は全て契約書に書いてあった。サインをしてから文句を言うべきではない」

ぴしゃりと言われてしゅんと肩を落とした。義信が言っている事は正し過ぎて、冷たく感じる。近づいたと思ったらしっかりと壁を築かれ、得も言われぬ寂しさを感じながら、夏帆は大人しく返事をした。

「……わかりました。ありがとうございます」

「自分がどうしたいのか、どうありたいのかを考える時間だと思って欲しい」

……これは、結婚じゃない。保護だ。

現実を突きつけられた気がして、夏帆は唇を噛《か》んだ。義信が新聞を開いて、部屋に沈默が落ちる。

　昨夜から今朝にかけての優しい時間は夢だったのだろうか。それとも、何か怒らせるような事を言っただろうか。

　ぐるぐる考えつつ義信が読んでいる新聞の見出しを眺めていると、夏帆の目に涙が滲《にじ》んだ。涙を堪《こら》えるためにコーヒーを口に運べば、香りが心を落ち着かせてくれる。

「今日も、雨ですか？」

　沈黙が嫌で、夏帆は天気の話題を口にする。彼が天気予報にも目を通している様子だったので、聞いてみた。

「予報では昼から晴れるみたいだ」

　義信は読んでいた新聞を折り畳んだ。天気予報の部分を上にして差し出され、夏帆はきょとんとする。するともう一度差し出されて、慌てて受け取った。

「あ、ありがとうございます」

　さりげない気遣いに戸惑いながら天気の欄を見た所、雨の横に晴れマークがついていた。

「ほんとだ。昼から晴れるんですね」

「まだ寒い、濡《ぬ》れたら風邪を引くから暖かくしたほうがいい。そうだ、風呂の使い方を教えておく」

義信は話しかけても無視しないし、こうやって体の心配もしてくれる。けれど、近づくと離れてしまう。

「毎日ちゃんと入れよ」

にっと笑われて、夏帆は焦った。確かに昨日は入っていない。

「いつもは入っていますよ。昨日は入れなかっただけで」

義信は笑いながら残りのコーヒーを流し込んだ。

「風呂嫌いを疑っては……いない。今はな」

「やだ、疑ってるみたいな言い方じゃないですか。……もしかして私、やっぱり汗くさいですか」

夏帆は慌てて自分の腕を鼻の前に持って来て、においを嗅《か》ぐ。スウェットからは昨日まで住んでいたアパートのにおいがした。これがくさいのだろうか。

義信は立ち上がって、悩む夏帆の横に来るなり、テーブルに手を置いて身をかがめた。

「……っ」

夏帆は息を呑んだ。義信の息がうなじにかかる。触れていないのに体温を感じて、心臓が跳ね上がった。

「良い匂いだ。問題ない」

まるで小動物の匂いを嗅《か》ぐような気軽さ。こういったコミュニケーションに義信は慣れているのかもしれないけれど、夏帆は違う。

義信は体を起こすと、すぐにバスルームのある方に目を向けた。

「さ、こっちだ。浴びていくだろう」

夏帆は真っ赤になったうなじを手で押さえながら、ぎこちなく返事をする。

「浴びたい、です」

こうやって近づくのは普通の事なのだろうか。だとすれば、心臓がもたない。

夏帆は困り切った表情を浮かべて、バスルームへ向かう義信の後に続くため立ち上がった。

2

最近の天気予報はだいたい当たるなぁ、と出社後の夏帆は頬杖をついた。

地面や壁に打ち付ける雨音が、窓を閉めていても聞こえてくるようだ。こんな天気なのに昼から晴れると、義信が手渡してくれた新聞には書いてあった。

今朝、夏帆がシャワーを浴びて廊下に出ると、ちょうど義信が家を出る所だった。少しでも気を抜くと、その時の彼の後ろ姿が頭の中に蘇《よみがえ》ってくる。

義信は靴を履《は》くとガラリと雰囲気を変えた。そこには、妄想の世界にしか存在しないと思っていた、真っ直ぐに何かを成し遂げていく、実に男性的な人がいたのだ。

仕事に向かう彼の背中から漂《ただよ》う張り詰めた緊張感と迫力に、こちらまで気が引き締まった。

大きくて立派で頼りがいのある背中は、触れるにはあまりにも遠い。

夏帆は窓の外に目をやりながら、深い溜息を吐く。

「……久我！」

横から大きな声を出されてビクリと体を震わせた。顔を上げると、そこには営業部の小池久二がいた。はっと我に返った途端、電話のコール音やキーボードを打つ音が耳に入り、書類を手に忙しく動き回る人が視界に広がる。

「小池さん」

「なんか疲れてるみたいだけど、飲み過ぎた？」

そういえば昨日は小池の隣に座れたり、褒《ほ》められたりと良い飲み会だった。

「あ、えっと、そうなんですよ。それはもう飲み過ぎちゃいまして」

酒に強い夏帆は滅多に酔わない。それを知りながら親し気な笑顔を向けてきた小池に話を合わせる。

「いつか久我が潰れる所を見てみたいな」

「樽《たる》のビールが必要ですね」

わざと神妙な顔をすると、笑った小池に気安く肩をポンッと叩かれた。

「次は樽《たる》で注文するよ。で、こっちの在庫と、発注の確認をお願いしたんだけど」

「あ、はい。豊丘通商《とよおかつうしょう》の商品でいいですか？」

小池が手に持っている書類に載っている社名を見て、夏帆は商品管理ソフトを開く。

「そうそう、話が早くて助かる。商品はこのボールペン」

「あ、既に発注をかけていますね。納品予定は二週間後です」

「これ、ロットはいくつだっけ」

「各色千ですね」

そうやって対応しつつも、今日は仕事に身が入っていない気がした。ふとした瞬間に義信の事を考えてしまい集中力が続かない。

「で、初夜なんだけどさ」

「えっ」

夏帆は椅子から転がり落ちそうになる程驚いた。なぜ突然、小池が初夜などと言い出すのか、結婚がバレたのかと狼狽《うろた》えていると、彼の方が目を丸くする。

「消化率、在庫の消化率だよ。五十％切ったら発注だったよね」

「しょ、消化率」

初夜と消化率、『しょ』しか合っていないのに聞き間違えた自分に愕然《がくぜん》とした。まるで義信とそうなる事を望んでいるみたいだ。

結婚しているのだから、そういう事を考えてしまうのは仕方がないと懸命に自分をフォローしている間にも、小池が話しかけてくる。

「この発注で売り切り。次から新デザインでいくから……、どうした?」

小池に心配そうに覗き込まれて、顔が赤くなっているのだとわかった。

「何もないです。すみません。売り切りですね。了解しました」

こういった情報はソフト内の商品台帳の備考欄に打ち込んでおかなければならない。心臓がバクバクいっているせいか、メモを取る文字がぶれてしまう。

「本当に飲み過ぎたんじゃないのか」

少し顔を曇《くも》らせた小池に、夏帆は笑顔を作った。飲み会の後にあった事がうまく消化出来ていないだけだ。よく出社したものだと自分を褒《ほ》めたい。

「飲み過ぎというより、疲れているのかもしれないです」

「具合が悪かったら早退したほうがいい」

「ありがとうございます。すみません、ぼうっとしてしまって。ボールペンの件は台帳を更新しておきますね」

仕事の話は終わったはずなのに小池は立ち去ってくれない。

「……悩み事があるなら、いつでも相談に乗るから言って」

　小池の親切に夏帆の笑顔は引き攣《ひ》《つ》った。営業部のエースに相談するなんて恐れ多い上に、女子社員の目が怖い。そして、何よりそんな気軽な内容ではないのだ。

「ありがとうございます。えーっと、昼夜問わず呼び出させていただきますね」

　夏帆が冗談を口にしながら丁寧に頭を下げると、小池は笑いつつ夏帆の背中を書類でポンッと叩き、去っていった。

　ほっと息を吐いたのを見計らったように、同僚の美雪が椅子のキャスターを滑《すべ》らせて傍に寄ってくる。

　美雪はドアから出ていく小池の背中を見て口を開いた。

「小池さん、夏帆狙いなのがミエミエだよね」

「お酒を飲む人はお酒を飲む人を重宝《ちょうほう》するだけだって、何度言えばわかるかな」

　二十七歳の小池は皆の憧れ、いわばアイドルだ。彼が行くと言った飲み会は、女子社員の参加率が高い。しかし、その中に小池の酒量についていける人がいないだけだ。

「それだけじゃないように見えるけど」

「それだけだってば」

　正直、今は小池どころではないため、気持ちの籠《こ》もらない返事になった。

　美雪は緩くパーマをかけた毛先を指で弄《いじ》りながら、小池が去ったドアをまだ見ている。

その横顔に、夏帆は見惚《みと》れた。

もし夏帆が美雪のような美人だったのなら、義信は昨晩、部屋に来たのではないか。

夏帆にはどこか保護者のように振る舞って、女として見ていない様子だ。

お洒落《しゃれ》に気遣ってこなかった事を、初めて悔《く》いる。

電話が鳴ったのを機に、美雪は自分の席に戻った。

夏帆もパソコンの画面に向き直り、マウスを動かしてスクリーンセーバーを止める。

パスワードの入力を求められてキーボードに手を置いた時、ふと父親の事を思い出した。

義信は大丈夫だと言っていたし、きっと無事に新しい職場で働いているはずだ。

でも、働かなくてもいいと考えていたような無邪気な笑顔が気になる。

……あの人は、娘を売ったのだろうか。

そんな思いがふっと浮かんだ瞬間、寒気を感じて腕を撫《な》でた。

今日はとにかく早く寝て疲れを取ろう。

夏帆はキーボードをいつもより強めに叩き始めた。

夕食作りのために、夏帆は会社帰りに近所のスーパーへ寄った。無理は続かないのだからと、いつも使っていた庶民的な食材を買う事にする。

朝に渡されたお金は、部屋のチェストの中に移動させてそのままだった。

父親の借金を肩代わりして貰った上に、生活費全般の面倒をみて貰うなんて……と考えると、どうしても使えなかったのだ。

どう返すべきかと考えているうちに、マンションの前に着き、気後《きおく》れしながらオートロック解除の番号を押した。

重厚な自動ドアが開く。目の前に広がった、住んでいたアパートとはまるで違うつくりに、緊張する。

広いエントランスには革張りのソファとテーブルが置いてあった。花が活けられた受付に人はいないが、光が反射する程磨かれた床にはゴミひとつ落ちていない。

ヒールのある靴で上《のぼ》るとカンカンと音がするアパートの鉄の階段が懐かしい。なんとか部屋番号を間違えずに玄関を開けた所で、疲れは最高潮に達した。

喉も少し痛い。義信は遅くなると言っていたし、夕食を作る前に風呂へ入る事にした。買ってきたものを冷蔵庫の中に入れてバスルームに向かい、苦笑する。

朝も見て驚いたのだけれど、全面ガラス張りなのだ。ボタンを押すとスモークが張れるが落ち着かず、慣れるまでに時間がかかりそうだった。

体と髪を洗って脚を伸ばせる程に大きな湯船へ浸《つ》かる。テレビもついていて、快適と認めざるを得ない。

珍しさからテレビを見ながら風呂に浸《つ》かっていると、あっという間に時間は過ぎていった。

湯を抜いて掃除をし、確認した所、一時間以上経っている。疲れが増していたものの、まだ夕食づくりという仕事が残っていた。

濡《ぬ》れた髪を拭きつつダイニングに戻ると、見知らぬ男が長い脚を投げ出してソファでくつろいでいた。

泥棒と叫ぶ事が出来なかったのは、彼があまりにこの部屋に馴染《なじ》んでいたからだ。夏帆の気配に気付いた男が振り向き、人好きのする笑みを浮かべた。

「どうも、義信の大親友です」

茶髪の短髪、髭《ひげ》、眼鏡、義信の大親友だと名乗る長身の男前。疲れが何トンにもなって体に圧《の》しかかってきた気がする。

昨夜は父親が連れていかれ、婚姻届を出し、住み慣れた家を引き払う事になった。今日はなんとか出社していつも通りに仕事をこなした。

そんな一日が終わったと思ったら、今度は謎の男前の登場だ。何でもありの展開に、夏帆は諦めの心境でふっと笑う。

「久我夏帆です」

「俺、真崎翔太《まさきしょうた》。翔太って呼んでよ。夏帆、夕食はまだだよな」

当然のように下の名前で呼ばれて、夏帆は立ち尽くす。

「ほら、翔太って言ってみな」

「……真崎さん」

「しょ、う、た」

何度かこの攻防を繰り返して、翔太が決して折れないとわかった夏帆は観念した。

「翔太……さん」

「よく出来ましたー」

屈託のない笑顔を向けられるが、翔太が夏帆の存在に驚かないのはなぜだろう。

義信の交友関係を一切知らない夏帆は濡《ぬ》れた髪もそのままに翔太へ聞く。

「社長さんとお約束ですか」

「あいつ、夏帆に社長って呼ばせてんの？」

翔太は驚いた顔でソファから立ち上がった。身長は義信より少し低いくらいだろうか。それでも日本人男性の平均身長を大幅に上回っている。

背の高い人に見下ろされて、居心地が悪くなる。夏帆は一歩下がって距離を取った。

「私が社長さんって呼んでいるだけです」

「義信はそれに何も言わないんだ。へぇ」

翔太は腰に手をやって、夏帆をまじまじと見てくる。堂々と出来るような外見は持ち合わせておらず、さらに居心地が悪くなった。

一方の翔太は痩《や》せ過ぎではない細身で姿勢が良い上に、顔立ちも整っていた。シャツとジーンズというシンプルな格好なのに洒落《しゃれ》ている。二の腕などのさりげなく盛り上がった筋肉にも意識の高さを感じた。

そんな男前に、自分のパーツのひとつひとつを吟味《ぎんみ》されるのはいたたまれない。

「なぁ、夏帆から見て義信ってどう?」

「どうって……」

急に聞かれても、語れる程義信を知らない。

彼は、動揺していた夏帆を安心させようとしてくれたし、生活全般の面倒を見てくれる。ずっと一緒に暮らしてきた父親よりも頼れるのは確かだ。

「夏帆からしたらやっぱり怖い? 身長が高い上に筋肉もあるし、年上で態度もでかいだろう」

「怖くないです」

考えるよりも先に言葉が出た。義信は背が高くてがっしりしているが、近くにいても圧迫感を覚えないいし、態度が大きいと感じた事もない。翔太がどうしてそんな事を聞いてくるのか疑問だ。

「で、結婚生活はどう」

ポカン、と翔太の顔を見つめた。今、結婚と言った気がするが、昼間みたいな聞き間違いなのだろうか。だって結婚の事は外部に漏《も》らさないはずだ。

聞き返す事も出来ず夏帆が固まっていると、翔太は得意げに笑む。

「合鍵を持っている仲だし、知らないって不自然じゃない？」

翔太はソファに戻って自分の鞄から鍵を出すと、夏帆に向かって振った。それでも、翔太が結婚の事を知っているのは衝撃だ。

「え、いや、その、お、お茶でも飲みますか」

「何そのわかりやすい動揺。夏帆って面白いね」

契約内容を考えると、夏帆から結婚について何も喋《しゃべ》る事は出来ない。

今すぐ部屋に逃げ込み、鍵をかけて引きこもりたいと泣きそうになっていたら、玄関のドアが開く音がした。

「お、ご主人様のお帰りだ」

翔太が破顔して玄関へ向かう。夏帆はやり過ごせた事にほっとしたが、すぐに強烈な不安に襲われた。翔太が知っているという事実を、義信にどう伝えたらいいのだろう。

夏帆がひとり冷汗を流していると、義信と翔太のふたりは仲良さそうにリビングへ入ってきた。義信におかえりなさい、と声をかけようとしてタイミングを逃す。翔太が義信の耳に唇を寄せて何か耳打ちしていたからだ。

翔太に穏やかな笑みを向ける義信に、酸欠になったような息苦しさを覚えた。胸をぎゅっと掴まれたみたいな、呼吸が乱れる不思議な痛み。

その事にたじろいでいると、夏帆は翔太に力強く肩を引き寄せられた。

「えっ」

突然過ぎて抵抗する間もなく、翔太の脇にぴたりと収まる。義信に抱き寄せられた時とは違って、全く落ち着かない。

「俺がふたりの結婚を知っている事は夏帆に話した。秘密が増えると、嘘に嘘を重ねる事になって面倒になるからさ。なあ義信」

「お前がひとりで決める事じゃないだろう」

「まぁね。でも、俺が決める事でもあるよね」

ふたりが会話に集中しているのを良い事に、夏帆は翔太の腕から逃げ出す。あっさりと夏帆を離した彼は特に気にした様子もない。

「お、逃げられた。夏帆、魚介は好きかな。ペスカトーレを作るつもりなんだけど」

夏帆が動いた事でふたりの会話が終わった。ちらりと義信を見ると、険《けわ》しい表情をしている。あれだけ誰にも話さないよう言っていたのに、翔太に話した理由を聞ける雰囲気ではない。

考えてもわからない事は考えないに限る。夏帆は気持ちのベクトルをペスカトーレに向けた。

「ペスカトーレって……」

パスタだという事はわかるが、いまいちどんなものか思い出せない。翔太はキッチンに向かいながら得意気に喋《しゃべ》り出す。

「魚介類とトマトソースのパスタだね。俺の得意料理でもある。あさりにムール貝、イカと海老《えび》も買ってきた」

翔太は上機嫌に冷蔵庫から食材を取り出し、立派な海老《えび》やイカをカウンターに並べる。

家計をずっと預かってきた夏帆にとって、魚介、とりわけ海老《えび》とあさりは高級品だった。ムール貝にいたってはどこに売っているかもわからない。

「夜ご飯を作るのは私の仕事なので、手伝わせて下さい」

「気にしなくていいよ」

人に甘える事に慣れていない夏帆は、さっそく手伝おうと腕捲《まく》りをする。

「髪を乾かすのが先だ」

顔を上げると、ネクタイを緩めながら義信がこちらを見ていた。どことなく不機嫌さを漂《ただよ》わせた彼は、夏帆に顎《あご》をしゃくる。

「今朝、ドライヤーの場所を教えてなかったな。こっちだ」

そう言って、義信は洗面所の方へ消えていく。間違いなく、ついて来い、という意味だ。

確かに髪を乾かさないと風邪を引いてしまうと思い、翔太に「髪を乾かしてきます」

と伝えて、義信を慌てて追いかける。

洗面所に入ると、義信は洗面台の前で続きのバスルームを見ていた。ガラス張りの開放感と高級感は義信によく馴染《なじ》んでいる。彼ならスモークを張らずにシャワーを浴びていても絵になりそうだ。

「風呂、入ったんだな」

「はい。お先にいただきました。お湯は抜いて洗ったのできれいですよ」

「そこまで気を使っていたら、身が持たないだろう」

義信は苦笑しながら、洗面台の鏡の裏にかけてあったドライヤーを出してくれた。

「……翔太はこの家に出入りするから、結婚の事を伝えていた」

結婚した事により世話になる身としては、それ以上詳しい事を聞こうとも思わない。

「仲が良いんですね」

翔太には相手の壁を乗り越えてくる気さくさがある。義信にとって彼は、気を許せる数少ない相手なのかもしれない。

そこまで考えて、夏帆はまた妙な胸の痛みを覚えた。

「怒らないのか」

思ってもみない質問をされて我に返る。真っ直ぐな目でじっと義信に見つめられると、胸の痛みは小さくなった。

「どうして私が怒るんですか」

「俺が約束を破ったから」

父親の借金を肩代わりしてくれている彼が、対等な関係を結ぼうとしてくれているだけでもありがたいのだ。義信が翔太に話す必要があったのなら、別にいい。

「社長さんに問題がないのなら私は大丈夫です。あ、もちろん、誰にも喋《しゃべ》りません。ドライヤーをお借りしてもいいですか。翔太さんのお手伝いもしたいし」

義信の手からドライヤーを受け取ろうとしたが渡して貰えない。夏帆はおずおずと彼を見上げる。

「あの、ドライヤー……」

義信は皮肉っぽく口角を上げた後、素早く夏帆の後ろの壁にとん、と手を付いた。顔が近づき真剣な目に絡めとられて、心臓がどくんと大きく打つ。

「あの」

「俺が翔太に結婚の話をしたのは怒っていい所だ。嫌なら嫌と言って良い」

頬が引《ひ》き攣《つ》った。昨日もそうだったが、義信は何の前触れも無しに夏帆の心の柔らかい部分に触れてくる。夏帆は彼の強い目から逃れるように顔を伏せた。

しかしすぐに、それなら、と唇をぎゅっと引き結んで顔を上げる。

「なら、アパートに戻りたい」

一瞬にして顔を強張らせた義信に、夏帆の方が動揺した。

「……ここが嫌か」

「とっても広いし、きれいだし、新しいし」

全部が高級過ぎるから、と小さな声で弱音を吐いて、自分らしくない事をしてしまったとすぐに後悔する。義信の前では元気で明るい自分でいられない。どうしていいかわからずにいると、ドライヤーを押し付けるみたいに渡された。

「ここでの生活に慣れて欲しい。不自由はないようにする」

義信はそれだけ言い残して洗面所を出ていった。残された夏帆は、指輪のない薬指を見る。

「慣れないもん……」

この家や義信に慣れても、所詮は契約の関係で、未来は見えない。でも彼は優しいから、無意識に期待を抱いてしまう。

……期待？

自分の心に浮かんだ言葉に、自分で驚いた。他人への期待なんてとっくの昔に捨てたはずなのに。それに、胸に広がる淡い痛みは、今まで感じてきたものとはちょっと違う気がする。

「しっかりしないと」

夏帆は洗面所の鏡に映る自分の情けない顔を見て、無理やり笑顔を作った。

髪をしっかり乾かした後、何となく化粧をし直してダイニングに向かう。パスタを茹《ゆ》でる香りや、魚介、白ワイン、ニンニクを炒《いた》めた香りが辺りに漂《ただよ》っていた。

義信と顔を合わせるのがなんとなく気まずくて、いつもよりも長い時間をかけて髪を乾かしたせいで、手伝いに出遅れた。

食器の後片付けはちゃんとしようと思っていると、ダイニングからふたりの楽しそうな話し声が聞こえてきた。完全にリラックスした、くつろいだ雰囲気が伝わってくる。

好奇心を刺激されてダイニングのドア前で立ち止まり、ちらりと覗いた所、ダイニングテーブルで白ワインを飲んでいるふたりが目に入った。

長身で逞《たくま》しく男らしい義信と、同じく長身だが細身で近寄りやすい雰囲気の翔太。ふたりが仲睦《なかむつ》まじく談笑している様《さま》は、絵になり過ぎていて現実感が薄い。

……仲が本当に良さそう。

映画のワンシーンでも見ているようだ。妄想なら楽しいが、現実だと足を踏み入れるのを躊躇《ためら》うレベル。

夏帆はどのタイミングで入ろうかとじっと息を殺して、ふたりの楽しげな様子を窺《うかが》う。

「そこで何をやってるんだ」

最初に夏帆に気付いてくれたのは義信だった。

ワイシャツにスラックスのままでワインを飲む姿は、大人の色気に溢れている。

「寒いだろう。早く入ってこないと風邪を引くぞ」

「はい」

ふたりが座っているテーブルの傍に寄った夏帆は、翔太に話しかけられた。

「何やってたの」

「話が弾んでいたようなので、邪魔しちゃ悪いと思って」

「夏帆が邪魔なわけがないじゃん。ここに住むわけだし、もっと仲良くなろうよ。そうだ、ワインは飲めるかな。義信がとっておきをあけてくれた」

翔太は琥珀色《こはくいろ》のワインが入ったグラスを掲げる。仲良くなろうと言われたのは素直に嬉しかった。

義信も少しはそう思ってくれているだろうか。私生活に干渉されるのを嫌がるタイプにも見えるし、距離感がわからない。

「ワイン、飲んでみたいです」

「お酒に前向きなの、すっげ嬉しい。な、義信?」

翔太の屈託ない笑顔に夏帆はびっくりした。それに応《こた》える義信の優しげな表情には、心臓がキュッとなる。

　ダイニングテーブルの上にはワインの瓶の他に料理が並んでいた。タコと大葉を混ぜたもの、ローストポーク、ブロッコリーとカリフラワーとミニトマトのサラダ。

　それらをつまみながらワインを飲んでいる彼らの、一朝一夕では築けなさそうな打ち解けた雰囲気が微笑ましくて、そして、何だかとても羨《うらや》ましかった。

「全部、俺の手作り。食べて食べて」

　夏帆はテーブルの上の料理をもう一度見渡して、驚きに目を瞠《みは》る。

「全部、翔太さんが作ったんですか」

「うん、作って持ってきた。俺もこのマンションに家があるから」

「凄い……！」

　夏帆の素直な賞賛に、翔太はすっかり気を良くしたようだった。

　料理が出来る男の人を目の前にすると、今までの自分の世界の狭さを考えずにはいられない。

　それに、翔太までこんな高級な分譲マンションに住んでいるなんて。ふたりにはいったいどんな繋《つな》がりがあるのだろうか、と純粋に疑問を持った。

「おふたりは、いつからお友達なんですか」

　学校の同級生、部活動でライバル。よくある漫画の設定を元に想像していると、義信と翔太が目を見合わせた。

弾んでいたはずの会話が途絶えて、夏帆はいけない質問でもしたのかと狼狽《うろた》える。

「すみません、立ち入った質問をしてしまいました」

「いや、大丈夫だ。いつからかな。俺が中学の頃からかもしれない」

義信が答えてくれたが、何となく言葉を濁しているのが伝わってきた。

妙な感じになった部屋の空気を破るようにタイマーがピピピと鳴って、夏帆は息をほっと吐く。

「パスタが茹《ゆ》で上がった」

椅子から立ち上がった翔太に、夏帆はすかさず声をかけた。

「何か手伝います」

「せっかくだから、座ってて」

手伝いをやんわりと断られてしまう。翔太がキッチンに向かうと、リビングに義信とふたりになった。洗面所でのやりとりのせいで、少しだけ気まずい。

夏帆が椅子の背もたれを掴んだまま会話の糸口を探していると、義信から話しかけてくれた。

「座らないか。手伝いは気にしないで大丈夫だ。翔太はペースを乱されたくないタイプだから」

「そうなんですね。ならお言葉に甘えます」

夏帆は椅子に座りながら、義信は長い付き合いだけあって、翔太の事をよく知っているのだなと感心していた。

そこまで考えて、段々と落ち着かなくなる。一緒のマンションに住む、中学くらいからの知り合い。何だか違和感があった。

「翔太さんの性格までよくわかっているなんて、まるで」

……恋人みたい。

続けようとした言葉を慌てて呑み込んだ。代わりに出た言葉は当たり障りのないものになる。

「きょ、兄弟みたい」

義信は驚いた顔をして、それから笑う。

「俺と翔太の顔、似ていないだろう」

「えっと、ほら、身長が似てます」

確かに顔は似ていないが、背の高さは似ている。夏帆は自分の頭上に手を伸ばした。

小中高と周りに背の高い人がいなかったので、長身がとても珍しい。

「身長が似るってどんなだ」

「うーん、遺伝的な」

誤魔化しながらも、ふたりを恋人のようだと思った自分にドキドキしていた。あながち間違っていない気がする。

……社長だから結婚しなくてはいけないというのとは別に、同性の恋人の存在を隠すために偽装結婚が必要だったとか。

自分の想像力の逞《たくま》しさに感心しつつも、頭の中でどんどん広がった妄想は現実味を帯び始めた。

「あ」

声が漏《も》れて、夏帆は口を押さえる。

義信は会社の社長という立場から結婚の必要があった。けれど彼と翔太のふたりは関係を終わらせるつもりはない。そこで白羽の矢を立てたのは、弱みを握れて、翔太が嫉《しっ》妬《と》する事もないごく普通の女。

全ての辻褄《つじつま》が合い過ぎて、生唾をごくりと呑んだ。義信が契約の結婚を夏帆に持ちかけた理由がすとんと腑《ふ》に落ちる。

「ワイン、飲むんだろう」

義信に話しかけられてはっと我に返る。

「あ、はい、いただきます」

返事がぎこちなくなったのは、完全に自分の世界に入っていたからだ。

……ふたりは恋人。

パズルのピースが埋《う》まるみたいに、夏帆の中に納得出来る理由が積み重なっていく。

ハイスペックな紳士が突然家に現れて結婚を迫る。こんな夢物語、何か理由があるに決まっていたのだ。

……利用出来る、ごくごく普通の女が必要だった。

胸の奥に針を刺されたような痛みを覚えた。それを誤魔化すために受け取ったワインを一気に飲み干す。難しい味を舌が理解出来ないままワインは喉を通り、胃がカッと熱くなった。

「良い飲みっぷりだな」

「翔太さんって、社長さんと一緒で料理上手なんですね」

テーブルを見渡した夏帆は明るく言いながら、空《から》のワイングラスをテーブルの上に置く。

「朝食は義信が作ったんだ？　誰かに何か作るなんて珍しいね。妻は特別って事か」

キッチンから声をかけてきた翔太に、夏帆は彼が嫉妬《しっと》をしているのではないかと冷汗をかいた。

ふたりの関係が自分のせいでこじれるのは嫌で、考えるよりも先に取り繕《つくろ》う。

「ご飯を食べさせないと死んじゃいそうな顔をしていたのかもしれません。妻といっても契約上の事なので、特別とかではないと思います」

「……なるほどねぇ」

翔太は何か納得したような表情を浮かべ、パスタを皿に盛っている。

わかりやすく眉を顰《ひそ》めた義信が、夏帆の前に水を注いだグラスを置いてくれた。

「空《す》きっ腹にそんな飲み方をするから悪酔いするんだ。水を飲んでおけ」

「大丈夫です」

食事を運ぶ手伝いをしようと立ち上がると、足元がふらついた。いつもなら酔わないが、ワインは違うのだろうか。

「大丈夫じゃないな。座っていてくれ」

「ごめんなさい」

出来上がった料理をこぼすよりマシだと、夏帆は素直に従った。

義信が代わりのように立ち上がり、きれいに盛り付けられたパスタをテーブルに運んでくる。それを翔太がおちゃらけた口調でからかった。

「優しいねぇ。やっぱり妻が大事なんだねぇ」

「お前のその口をどうやって塞《ふさ》いでやろうか」

「どうやって塞《ふさ》ぐのか楽しみだなぁ」

「覚えておけよ」

微笑ましい火花を散らすふたりの世界。疎外感《そがいかん》を感じて夏帆の頬が少しだけ強張った。

お互いを信頼している雰囲気に当てられ、夏帆も心を委《ゆだ》ねられる相手が欲しくなる。

でも、父親の借金問題が片付くまではきっと無理だ。きまりの悪さを感じて、自分の立場に改めて身じろいだ。気持ちを振り捨て、せめて、義信と翔太のふたりの恋路を応援しようと決める。

パスタを食べ始めた所で、翔太がふと口にした。

「夏帆、化粧って興味がないの？」

かなり直接的に化粧が下手だと言われている。化粧をしてもすっぴんに近いのは、自分でも気付いていた。

「興味はあります」

少しでもお洒落《しゃれ》をすると父親からあてこすりを言われた事を、引きずりたくはないけれど、お洒落《しゃれ》する事を後回しにしているのは事実で、何とか笑みながら答えた。

「興味があるなら大丈夫だ」

翔太はすんなりと夏帆の言葉を受け入れた。

もしかして、と思う。結婚の話を知っているくらいだから、夏帆の家庭の事情も知っているのだろうか。あまり知られたくはないが、隠し通せる事でもない。

いろんな思いを抱きながら、夏帆はムール貝を口に入れた。あっさりとした上品な味は、トマトソースと合って美味《おい》しい。

「中身で勝負って言う女も多いけどさ、性別関係なく第一印象は大事だから、見た目が良い方が得だよ。容姿の問題では無くて」

「ですよね……」

ありのままの自分を受け入れてくれる王子様とハッピーエンド。そんな夢想を見透かされたようで恥ずかしい。

ずっと彼氏いない歴を更新してきたのもそんな妄想癖のせいかもしれない、と改めて反省した。

「というわけで、結婚祝いに服をプレゼントさせてよ」

夏帆の時が止まって、フォークに絡めていたパスタがほどけていく。

今日着ている、取れにくい小さな毛玉がついた化繊《かせん》の服も肌に馴染《なじ》めば着やすいものだし、まだまだ着る事が出来る。

結婚祝いと言われれば嬉しいが、プレゼントをして貰うのは気が引けた。

「お気持ちだけいただきます。その、結婚といっても、契約というか、秘密にしておくものだし」

夏帆が同意を求めるように義信を見ると、彼は思わぬ事を口にした。

「服は俺が買う」

フォークを落としそうになる。はっきりとした口調は妄想による幻聴ではなさそうだ。

「え？」

「俺が買う。突然ここに住む事になったんだ。一週間も暮らせば足りないものや欲しいものも出てくるだろう」

「全部足りていますから……！　それに自分の服は自分で買えます。ご飯を食べましょう」

この話を終わりにしたくて、夏帆はパスタを口の中に運んだが無駄だった。

「日曜日の予定が無ければ服を買いに行く」

フォークを置いたままの義信にひたと見据えられて、口の中のパスタを慌てて呑み込む。

「予定は無いですよ、でも」

「なら決まりだ」

「社長さんは翔太さんの服を買ったら……」

恋人が目の前で他の相手に物を買ってあげる話をしているなんて面白くないはずだ。ごく自然な発想だったのだが、翔太が「やだよ」と笑いながら頬杖《かせん》をつく。

夏帆はそんなにおかしいのかと、自分の服を見下ろした。化繊の黒のセーターに、ストレッチのきくカーキのストレートパンツ。

服のセンスには自信が無いものの、取り立てて変な格好をしているつもりもない。

「……私の服、おかしいですか」

「おかしくはない。けど、明るい色を選べなさそうだから一緒に行きたいなと」

確かに明るい色を選ばないので言葉に詰まる。ワードローブを全て覗かれたような気分だ。

夏帆がワインをぐいっと飲み干すと、義信は苦笑しつつもグラスにワインを注いでくれた。

「洋服は自分で買いたいです。でも、それがダメなら、三人で行きませんか！」

恋人同士が一緒に過ごす時間を邪魔するわけにはいかない。夏帆が前のめりで提案すると、ふたりは面食らった顔をした。

「一緒の方が絶対に楽しいですよ、ね、翔太さん」

賛成してくれそうな翔太にまず同意を求めると、予想通り彼は大仰に頷いた。

「行く行く。楽しそうだし」

軽いノリで快諾してくれた翔太を味方に付け、夏帆は義信に向き直る。

「ね、三人で行きましょう」

「……わかった。ただ俺が支払う」

義信の有無を言わせない態度を崩すのは難しそうだ。いっそ父の話を出して、お金は受け取れないと言うべきかもしれない。

「父親が、とか言い出すなよ」

先手を打たれてしまった。どうして義信はここまで自分の世話を焼こうとしてくれるのか。

「まぁ、なんていうか、甘えておきなよ、夏帆」

ちぎったパンにパスタソースをつけながら、翔太はにこにこと言う。

「人のお金を使ってきれいになる。男にモテる。女の自信が湧いてくる。いいじゃん。人生変わるよ」

翔太は、借金だらけの父親がいて一応既婚者の夏帆に、人のお金を使ってきれいになれと言った。

夏帆はモテていい立場ではないのにそう提案してくる理由は、すぐに思い浮かぶ。

……彼氏を作って、ふたりの邪魔をするなって事か。

腑《ふ》に落ちた夏帆は笑顔を貼り付けて、意見を翻《ひるがえ》した。

「わかりました。甘えます」

「お、素直。良かったな、義信」

他の男の人に相手にされる程度には、垢抜《あかぬ》けないといけないのだ。洋服を買って貰えて嬉しい、と喜びを表すべきなのに、言葉が出てこない。

高級食材が沢山使われた食事も、不思議と味気ないものになっていく。

書類上の妻、という事実が胸にじわじわと突き刺さって、堪《たま》らずワイングラスをまた手に取った。

「酒の楽しみ方も、覚えたらいい」

顔を上げると義信がワインの瓶を持って待ってくれているのが視界に入った。夏帆の脈が速くなる。彼の優しい口調に、琥珀色《こはくいろ》のワインを初めてじっくり眺める。

「量を飲めるのが楽しいという飲み方から、酒を楽しむに変えていくんだ。興味があるなら教える」

「知りたいです」

ワインをまた一気に飲んで、挙手しながら身を乗り出すと、義信は口元を綻《ほころ》ばせて頷いた。

義信が再び注いでくれたワインを見つめつつ、少し子供っぽかったなと夏帆は頬を赤らめた。

パスタを口に運ぶと、さっきまで感じていた美味《おい》しさが、芳香とともに戻ってくる。

自分がモテるためにきれいになる、と決意するのは難しいけれど、義信が恥をかかないようにと思うと頑張れる気がする。

浮《うわ》ついた不思議な感覚に、酔っているのだなと思った。

……ふたりの邪魔はしないから大丈夫。

プリプリの海老《えび》を食べながら自分に言い聞かせて、夏帆は芽生《めば》えかけたものにしっかりと蓋をした。

頭が痛いのはワインのせいか、環境が変わったせいか。

夏帆は目を覚ましたと同時に、猛烈な頭痛にこめかみを押さえた。ベッドの中で何度か寝返りを打って起き上がる決心をし肘を立てるが、ダメだ。

「痛い……」

ベッドの中から家の中に人の気配があるか探るものの、誰もいなさそうだった。義信は既に出勤してしまったのだろう。

おはようの挨拶《あいさつ》も、いってきますの言葉もない。もちろん、夜に義信が夏帆の寝室に来る事も無かった。

「書類上の妻ですから……」

義信には翔太という大事な人がいたにもかかわらず、初夜に悩んでいた自分が恥ずかしい。

午後から出勤するか悩んだが、思い切って休む事にした。有給休暇のありがたさに心の中で手を合わせて、毛布の中に潜《もぐ》り込む。ズンズンと地響きのように鳴り響く頭痛は消え去ってくれないどころか、会社を休んだ安堵からか大きくなった。これは二日酔いではなく、風邪かもしれない。

薬の場所は、と考えて浮かぶのは数日前まで住んでいたアパートの光景。三段ラックの一番下の棚、プラスチックの救急ケースの中に頭痛薬が残っていたはずだ。

この家の薬の場所はわからないし、義信の家をあちこち触る勇気も無かった。

昨夜、翔太は美容室のオーナーで、自《みずか》らも美容師である事を教えてくれた。お洒落《しゃれ》な一等地にある彼の店に、髪を切りにいく約束をさせられた事も思い出す。

その時の会話で、義信が本当に会社の社長である事や、毎朝車が出勤のため迎えに来る事も知った。

……私、よく婚姻届にサインしたなぁ。

冷静になればありえない決断だ。一応、名刺を確認したとはいえ、どこかで入手したものだった可能性もあった。今更ながら自分の判断に震える。

寝たり起きたりを繰り返していると喉が渇いてきたので、痛む頭を押さえてベッドから出た。

横を通り過ぎようとしたダイニングテーブルの上にメモ用紙が載っている。夏帆は吸い寄せられるようにそれを手に取った。

『鍋にスープが、サラダは冷蔵庫に、パンはカウンターに。ちゃんと食べるように』

達筆な文字で簡潔に書かれたメモは、義信からのものだ。

宛名も、書いた人の名も無いメモはふたりの関係そのものに思えた。それでも気遣ってくれているのは、彼が誠実な人だからかもしれない。

……良い人。

夏帆は自嘲気味に笑って、メモをテーブルの上に戻した。蛇口からコップに水を注いで飲む。

十分良くして貰っていると、唇を引き結ぶ。あの父親に仕事をさせて、娘である夏帆の面倒も見てくれている。

無いものを数えてはキリがない。生きていくためには、あるものを数えていかなくてはいけない。それはわかっているけれど、力の抜けた夏帆はその場に座り込んで膝を抱えた。

「おかしいな」

目が熱くなって涙が込み上げてくる。

家庭環境を知った周りから向けられる悪気のない憐《あわれ》みに、最初こそ傷ついたものの、いつの間にか慣れて、笑顔で返す事が出来ていた。

それなのに、あの低い鴨居《かもい》をくぐって現れた義信の姿を見て以来、心の弱い部分が刺激され続けている。

……泣けば大丈夫。

心が疲れている時、泣けばスッキリするのは経験で知っていた。変に我慢を重ねるよりも、復活が早い。自分にたくさん泣く事を許しつつ、夏帆は涙で濡《ぬ》れた膝をぎゅっと抱き締めた。

あの夜、義信の胸の中で泣かせて貰った時の体温はここにはない。

知ってしまうと、また欲しくなるらしい。こうやって人は欲張りになっていくのだと思うと、泣きながらも笑いが出た。

どれくらい経っただろう。ぼろぼろと涙を流している中、後ろから突然声をかけられた。

「どうしたんだ。何をしている」

夏帆は驚いて振り向く。凛《りん》としたスーツ姿の義信と目が合って、慌てて涙を拭《ぬぐ》いながら立ち上がった。

「えっ、あの、おかえり、なさい」

涙はすぐに止まってくれない。具合が悪いとも言いづらくて、良い言い訳を探すが浮かばなかった。

「具合が悪いのか」

ずばりと言い当てられて、夏帆の体はびくりと震えた。起きたばかりで顔も洗っていないまま、ぐちゃぐちゃに泣いている。酷い顔をしている恥ずかしさで、顔を伏せた。

「はい」

「風邪か」

口調を和《やわ》らげた義信が返事を待っている。黙っていてもいつまでも待っていそうな圧迫感に、夏帆は口を開いた。

「頭痛で」

「熱は」

「計っていません」

体温計がどこにあるのかも知らないのだから、計りようがない。

「何で連絡してこなかっ、た……」

義信は顔を歪《ゆが》めて、持っていた鞄をダイニングチェアに置いた。それからポケットに手を入れる。

「番号を教えていなかった」

スマホを取り出して何やら操作をすると、夏帆の部屋から着信音が聞こえた。

「電話番号と、メールアドレスも送っておいた」

義信は既に夏帆の電話番号を知っていたのだ。父親からでも聞いたのだろう。家を知られていたくらいなのだから、あまり驚きはなかった。

「ありがとうございます」

「病院に行く程ではないのか？　薬は飲んだか……薬も場所を教えていないな」

さらに顔を顰《しか》めた義信は、窓際にあるチェストの扉を開き、救急箱を持って来てくれる。それをダイニングテーブルの上に置くと溜息を吐いた。

「悪かった」

何に対して謝っているのかもわからず、夏帆は義信を見つめる。

「いきなり環境が変われば体調を崩す。そう予測していながら対応していなかった」

思わぬ義信の反応に、慌てて手を横に振った。

「私の体調管理の問題ですから」

彼はその言葉に表情を歪《ゆが》めた。夏帆は出来るだけ明るい声を出す。

「薬箱、ありがとうございました。開けてもいいですか」

義信が頷いたのを見て、夏帆は救急箱を開けた。症例ごとの市販薬がしっかり詰まった中身に彼の性格が窺《うかが》える。

「のど飴まである」

「後でいくらでも舐めたらいい。だが、それで頭痛は治らないだろう」

義信の真面目な口調に夏帆は顔を上げる。心配して貰っただけで嬉しくなっている。

そんな心を傷つかないように守ろうと、話題を変えた。

「お仕事の途中、ですよね」

義信のスーツ姿はモデルみたいで、この人が夫だと言ったとしても、誰も信じてはくれないだろう。

「書類を取りに来たんだ」

義信が袖口を少しだけ上げて、腕時計をちらりと覗いた。

「食欲はあるか」

「よく、わからなくて……」

お腹は空《す》いているような空《す》いていないような、不思議な感じだ。

「スープだけでも胃に入れてから薬を飲んだ方がいい」

「はい。いろいろと、ありがとうございます」

夏帆は小さく咳をしながらぺこりと頭を下げて、頭痛薬の箱を取り出した。

義信は鞄の取っ手を掴んで、数秒黙った後に口を開く。

「泣いていた理由を、聞いて良いか」

夏帆は驚いて義信の顔を見る。気にされている事にも驚いたし、それをわざわざ聞いてきたのにもさらに驚いた。

説明しづらくて口を噤《つぐ》むと、義信は口の端を僅《わず》かに上げた。

「いや、いい」

ふたりの間に沈黙が重く落ちる。夏帆は居心地の悪さから会話の糸口を探した。

「きょ、今日は、雨は降っていないんですか」

「ああ」

話が膨らまないまま終わり、義信が鞄を手に持った。だが、そこから動く気配はない。

「……気持ちの整理は結婚生活の中でつけて欲しい。今は、離婚は出来ない」

今は、という言葉に夏帆は傷ついた。

義信はいつか離婚するつもりなのだ。胃をぎゅっと握られたような痛みが走り、表情を歪《ゆが》める。

「社長さんも、好きな人と結婚したいですもんね」

明るくて気さくな翔太の顔が浮かんだ。お金を貯めて海外で結婚をするのだろうか。ふたりともビジネスの才覚がありそうだし、海外でも生活基盤はすぐに作れそうだ。

「その方が、幸せですもんね」

救急箱の上に手を置いて、夏帆は遠くを見た。

自分が乗り越えてきた家庭の事情は、人の同情と協力が得られやすい事柄だった。けれど、義信が直面しているのが同性婚だとすれば……。世の中も寛容になったとはいえ、まだまだ難しい事なのかもしれない。

せめて自分くらいは、と思うのに、応援しきれない自分が嫌だ。

「好きな人、ね」

義信は苦笑している。翔太との関係に夏帆が気付いたと察したのだろうか。

「私、絶対に、絶対に、結婚の事を喋《しゃべ》りませんから」

またじわりと滲《にじ》んだ涙を手の甲で拭《ぬぐ》って、作り笑いを浮かべる。

「早く薬を飲んで寝ますね。引き止めてごめんなさい」

義信は持っていた鞄を床に置くと、夏帆の目の前に立った。背が高くて大きいのに、傍にいて貰えると怖いどころか安心する。

「ここでの生活が落ち着いたら、アパートの大家夫婦に退去の挨拶《あいさつ》に行くと良い」

「良いの？」

大家に会えると思った瞬間、心にぱっと明るいものが差し込んだ。思いがけない提案に顔を綻《ほころ》ばせると、義信も表情を緩める。

「良いに決まっているだろう」

「もうあそこへは行ってはいけないのかと」

アパートには戻れない、結婚の事を話さないようにしろと言われた時点で、会社以外の旧交は遮断《しゃだん》しろと言われているような気がしていた。

「大家さんに会えると思ったら、何だか、お腹が空《す》いてきました」

「大家に恋でもしているみたいだな」

「さすがにそれはないですよ！」

義信にからかわれても悪い気はしない。夏帆の目は自然と食べ物を探して、スープの入った鍋で止まる。

「社長さんが作ってくれたスープ、いただきます」

「少しは元気になったのなら良かった」

優しく笑む義信が、夏帆の額《ひたい》にかかった髪をかき上げる。長い前髪を耳にかける大きな手が、額《ひたい》や耳に触れてきて、夏帆はいつの間にか息を止めていた。

「面倒を見られなくて悪い。次からは言ってくれ。必ずスケジュールを調整する」

そう言い残して、義信はまた仕事へと出ていく。

見送って時計を見ると、起きてから十分も経っていなかった。

部屋には義信の匂いが残っている。彼の男らしい手の残像が瞼《まぶた》の裏に蘇《よみがえ》った。彼の言葉のひとつひとつに温度を感じる、夢みたいな時間だった。

ダイニングテーブルの上に置かれた頭痛薬の箱から、薬を二錠取り出す。それから、ほんの少し義信の感触が残っている額《ひたい》に触れて、はにかんだ。

「義信に女が近づく事？　女が向こうから寄ってくるから大変だなーって感じかな」

「……はぁ」

次の日曜日、ファストファッションの店舗で、トップスがかかったハンガーを右から左に一着ずつ見ていく翔太に、義信に女の人が近づく事をどう感じているのかを思い切って聞いてみた。すると、あっさりと答えが返ってきたのだ。

「あからさまなアプローチをしてくるのも多いしね。義信は昔から警戒してるよ。そういうのには凄く慎重だね」

義信は男前な上に社会的地位もあるのだから、モテるのは当然だろう。それはそれで大変なのだな、と思う。

「ほら、夏帆は肌が柔らかくて細いから、こういう小花柄のブラウスとさっきのフレアスカートとかいいよ」

翔太はハンガーラックにかかっている洋服、畳まれた洋服などを次々に広げていく。

その手際の良さに夏帆は呆気に取られるばかりだ。

なぜ、女の服選びを知っているのだろうかと翔太を見上げて、愚問だったと反省する。

彼はパーカーにダメージデニム、スニーカーというラフな格好でも、お洒落《しゃれ》オーラを放っているのだ。それに職業柄、男女両方のファッションに詳しくても違和感はない。

翔太は慣れた様子で服を取ると、夏帆に押し付けてきた。

「ほら、すぐに鏡で合わせる。じゃないと店の外で怖い顔しているあいつに、高い店に連れていかれるぞ」

「それは困ります」

義信に最初に連れていかれたのは百貨店だったのだが、全ての洋服の値段が高いので、人気のファストファッションの店に無理やり変えて貰ったのだ。

『せっかく高い物を買って貰っても、大事にする方法がわからないから、早くダメにしてしまいます』

夏帆の真剣な訴えに、翔太はお腹を抱えて笑い出した。そして、仕事を抜け出してきたので時間がないから、夏帆の言う通りにしよう、と義信を諭《さと》してくれたのでこの店に来る事が出来たのだ。

そうでなければ今頃、百貨店で買い物をして胃が痛くなっていただろう。

「助けていただき、ありがとうございました」

「演説が面白かったからさ」

翔太は笑いながら青いキャップを被り直す。買い物に来ている女性客からチラチラと熱い視線を受けているが、気にする様子も無い。

「翔太さん、私、小花柄にチャレンジする勇気がありません」

シンプルイズベストで洋服を選んできた夏帆には、花柄は難関だ。鏡の前で合わせても、ちゃんと自分を見る事が出来ない。

「これは、そんな目立つ花柄じゃないけどなぁ。なら、スカートで合わせずにワイドパンツでいくか。コンパクトなトップスにはフレアスカート。そういう組み合わせで甘さを緩和出来るから、そこから攻めていこう。はい、試着室」

翔太に言われて夏帆は試着室へと行き、全ての服に袖を通したが、見慣れないせいか猛烈に似合わない気がする。

「いかがですかぁ」

「どうでしょうか……」

店員から話しかけられるたびに夏帆は聞く。

「お客様は線が細いのでお似合いですよぉ。こちらのフレアスカートはカジュアルならスニーカー、ビジネスシーンでもかっちりめなヒールに合わせられますし」

宇宙語だと思いつつ夏帆はただ頷く。全ての試着が終わってどうすべきか迷いながら試着室を出ると、翔太が仁王立《におうだ》ちで待っていた。

「大きいとか小さいとか、サイズに問題は無かったか」

「サイズには問題が無かったですが、似合っているかは微妙で……」

「よし、全て買う」

「ええっ」

レジには列が出来ていて進みも遅い。翔太は手に持っていたストールを、夏帆が持った洋服の上に重ねる。

「え、これもですか」

いったいいくらになるのだろうと、夏帆は青くなった。

「靴は観念して百貨店に行った方が良い。長く履《は》けるように裏もちゃんと貼って貰えよ。ああ、数百円をケチらずに滑《すべ》り止め付きのにしとけ。じゃ、俺は店に戻るから」

やっぱり宇宙語だと、頭痛を感じた夏帆は目を瞑《つぶ》ってとりあえず記憶に留《とど》めようとする。

「忙しい中、ありがとうございました」

自分の仕事を抜け出してまで付き合ってくれたのだと思うとありがたい。

腕いっぱいに洋服を抱えながら頭を下げると、ぽんっと頭に手を載せられた。

「遠慮される方がキツい事もあるから、その笑顔で今日は全部買って貰っとけ」

「本気で、これ全部ですか」

「当たり前だろ。店選びであいつは譲歩したんだからな。じゃ、今度はうちに髪を切りに来いよ。またな」

「それは——」

既に夏帆の後ろには人が並んでいるため、手を振って去っていく翔太を追う事は出来なかった。

店を出る彼の後ろ姿を女性客がチラチラと窺《うかが》っているのを見て、彼には同性の恋人がいると伝えたくなる。

……それも、とびきりかっこいい大人の男性。

夏帆が何とも言えない気持ちでいると、店員が来て、持っていた服をレジへ持っていってくれた。

急に店の中がざわめいたので後ろを振り返った所、義信がこちらに歩いて来ていた。黒のスキニーパンツに白いシャツを着て、ロング丈のカーキ色コートをはためかせている。

彼が翔太とすれ違いざまにタッチをした事で、店の中がまたざわめいた。

……本当に仲が良いなぁ。

この一週間、翔太は毎日家に来ては、ソファに座って義信と話をしていた。主に仕事の話だったのと、夜も遅かったのとで、夏帆は挨拶《あいさつ》だけして部屋に戻り、寝る日々だったが。

「買う服は？」

義信は夏帆の傍まで来ると、手元に何も無いのを見て不思議そうに聞いてくる。

「先にレジに持っていかれました」

「そうか」

翔太の時よりも厳しくなった女性客の視線に、夏帆の顔が引き攣《ひつ》った。なぜこんな女に男前がふたりも付いているのだと睨《にら》まれている気がする。

義信は涼しい顔で夏帆の横に立っていた。本当に、お金を支払うためだけに店の中に入って来てくれたのだ。

「あの、凄く見られていますが気になりませんか」

「誰に見られているんだ」

夏帆は義信の顔を見上げて、彼の目線の位置では女性たちの視線に気付かなさそうだと目を細める。

「背が高いっていいですね。見たくないものを見ずに済むような気がします」

「見なくてはいけないものが、見えない事もある」

静かな口調と真剣な眼差しに目が離せなくなった。

「お仕事の事、ですか？」

「さぁ」

誤魔化されて夏帆は唇を噛《か》んだが、聞いてものらりくらりとかわされるだろう。

「秘密が多いですよね、私の事は全部知っているのに」

おかしな父親も、借金も、古いアパートでの生活も、母親がいない事も。出来れば人には隠しておきたい事を全て知られている。

「そうでもないと思うぞ。知る事が出来ない事もある」

「本当に？」

にわかには信じられなくて、夏帆は腕を組んだ。自分の事でなかなか調べられない事とは何だろう。好きな食べ物、映画、ドラマ……考えていると義信が意地の悪い笑みを浮かべた。

「全てを教えてくれと頼めば、教えてくれるのか」

何か思惑がありそうな義信の目に、首を縦に振るのはなんとなく憚《はばか》られて答えを濁す。

「教えて貰いたい事はたくさんあります」

翔太と付き合っている事を教えて貰えれば、何か協力が出来るかもしれない。結婚は偽装だとしても、一緒に暮らすなら信頼して貰いたい。

「へぇ、俺に教えて貰いたい事があると」

「あります。その、なんていうか、親密な事、というか」

絶対に黙っているから、一番の秘密を教えて欲しい。夏帆にとっては真剣な願いなのに、当の義信は顔を押さえて笑いを堪《こら》えている始末だ。

「私は真面目ですよ」

「ああ、わかってる。教えて欲しいなら、いくらでも、何でも教えてやる」

「本当に？　何でも？」

「ああ、何でも」

義信がおかしそうに笑っていて、夏帆は釣られて嬉しくなる。

こうやってふたりでゆっくり話すのは久し振りだ。もっと話したくてたまらなくなって、夏帆は義信に笑顔を向ける。

「あ、そうだ。翔太さんが洋服を全部選んでくれたんですよ」

恋人を褒《ほ》められたら嬉しいのではという気持ちからの発言だったが、義信は笑顔を消した。

「翔太といる時は楽しそうだな」

何か悪い事を言っただろうか。あまりの変わりように狼狽《うろた》えていると、レジの順番がやってくる。

店員が畳まれた服のタグからバーコードを読み取った。そのたびにレジの液晶画面に金額が加算されていく。

「……」

いったい総額いくらになるのだろうと内心震えながらも、夏帆はバッグから財布を取り出そうとした。

「俺が出す約束だっただろう」

義信は高級そうな黒い革の財布を取り出し、何の躊躇《ちゅうちょ》も無く現金をトレイに置く。

翔太から「全部買って貰うこと」と言われた事を思い出して、出しかけていた財布を慌ててバッグにしまった。

「ありがとうございます。大事に着ます」

素直にお礼を言うと、義信は片眉を上げた。

「素直だな。翔太に何か言われたか」

今朝まで遠慮していたのだから、この変化に誰かの影響があったと考えるのは自然だろう。

「さすが。社長さんと翔太さんはツーカーですね」

「ツーカー、随分と古いな」

「わっ、酷い。私、年下じゃないですか」

義信は精算が終わった洋服が入った、大きな紙袋をふたつ店員から受け取って持ってくれた。

こういうさりげなさに、大人の余裕を感じる。

「あの、ありがとうございました。荷物も持ってくださって、ありがとうございます」

「俺が買えと言ったんだから、気にしないで良い」

男同士の買い物の場合も荷物を持ってあげるのだろうか。義信と翔太のデートはどういうものだろう、と妄想してしまう。

「年上の人と買い物に来たの、私そういえば初めてです」

「そうだな、十歳も年上だ。俺の方がおじさんだな」

「私の周りはおじさん好きな子、多いですよ」

『大人』と言うべきだったと気付いた時には遅かった。何の慰《なぐさ》めにもならないどころか失言であったと、夏帆は赤くなった後に青くなる。

「じゃあ、自分は？」

「自分？」

自分とは誰だろう。戸惑ったせいで反応が遅くなる。その間に義信が話題を変えてしまった。

「次は靴だな。それが終わったら昼を食べよう」

さっきの合計金額に衝撃を受けていた夏帆は焦る。

「本気で靴まで買うんですか⁉」

「服に合わない靴を履《は》けるのなら、その美意識は正した方がいい」

「何気に落としてきますね……」

顔を顰《しか》めてから、もしかして彼が言った『自分』とは夏帆の事だったのかとやっと気付く。思えば、義信に名前を呼ばれた覚えが無い。『自分』という呼ばれ方をした事が悲しかった。

「私、久我夏帆っていいます」

彼に名前を呼んで欲しいと思うのはどうしてだろう。

歩く速度を合わせてくれている義信の横顔を斜め後ろから見上げた。顎《あご》のラインもすっきりきれいで、不摂生で浮腫《むく》んでいる若い人よりよほど若々しい。

段々と恥ずかしくなってきた夏帆は、すぐそこにあった小さなスペイン料理の店を慌てて指差す。

「凄いですね。十一時なのにもう並んでいますよ。美味《おい》しくて有名なのかな。社長さんは食べた事がありますか？」

「羽成夏帆だろう。あの店で食べたいなら並ぶが、どうする」

名字を訂正された事がやけに嬉しくて、夏帆は耳だけでなく首まで赤くなった。

「あ、えっと、先に靴を……」

この流れのまま列に並ぶのは恥ずかしくて、靴を買いに行こうと言ってしまう。

「良い心掛けだな」

ぽんっと背中を叩かれて心臓が高鳴る。思わず夏帆はくたびれてきている靴に視線を落とした。シンデレラのガラスの靴はピカピカだったはずだ。

服を買ってくれた義信は、シンデレラが舞踏会へ行くために美しく装《よそお》わせてくれる魔法使いのようだと思う。そう、彼は王子様ではないのだ。

浮かれていた夏帆の胸はつきん、と痛んだ。義信は夏帆が王子様に出会う手助けをしていて、王子様が見つかればきっと祝福してくれる。

いじわるな時間制限のある魔法で、美しいガラスの靴以外が無くなってしまっても、靴を手掛かりに王子様に探し出して貰えたシンデレラは幸せ者だと思う。

魔法使いがお姫様を探し求める物語は無いのだから。

夏帆はスペイン料理の店を一度だけ振り返って、小さな溜息を吐いた。


新しい洋服を着ていて緊張したのは一週間程だった。あれだけ抵抗があったカラフルな服もさして気負わずに着る事が出来るようになった。本当に慣れるものだなと思う。

義信から今日は遅くなると連絡があったので、夏帆は駅ビルの中にある大型書店のファッション雑誌コーナーに寄る事にした。

せめてお洒落《しゃれ》くらい、人に頼らなくていいように勉強したいと考えたからだ。

仕事終わりの時間の本屋は混んでいるので、人と人の間を縫って移動する。

表紙に惹かれた雑誌を三冊程、次々に手に取って捲《めく》り、その中から一冊選んだ。コストをかけないメイクや着回し術などがシンプルにまとめられていて、お洒落《しゃれ》初心者にもわかりやすい。

久し振りに本屋に来たのもあって、ついでにいろいろ見て回る事にした。よく立読みしていた節約雑誌の前を通り過ぎて、ビジネス雑誌コーナーに入る。

……社長さん。

いくつも並んでいる経済雑誌の中の一冊、表紙に『羽成義信』という名前を見つけた。

夏帆は立ち止まり、それを手に取って名前を凝視する。

「本当に、社長なんだ……」

逸《はや》る気持ちでページを捲《めく》ると、ピシリとスーツを着こなした義信の写真が目に留まった。真剣な眼差しから目が逸らせなくて、息を止めてしまう。

見開きでインタビューも掲載されていて、じっくりと目を通す。

インタビューで義信は、伝統と保守に偏《かたよ》りがちな企業で改革を押し進めた経緯を語っていた。若造だとナメられる事を利用した、と笑う彼の写真は、家では見た事のない魅力があった。

夏帆は周りの騒音が聞こえなくなる程、夢中になって記事を読みふける。

そうして一通り読んで、溜息を吐く。

「どうしよう。全っ然、意味がわかんない」

大きな声が出てしまい、誰にともなく「すみません」と謝りながらも、顔はにやけていた。そのビジネス雑誌を閉じると、ひとつ息を吐いて、ファッション誌と一緒に腕の中に抱える。

そうしてレジに行き、決して安くない金額を自分で払った。

義信はこんなに大変そうな仕事をしているのに、疲れて夏帆に当たる事はない。それどころか、きれいになる後押しさえもしてくれている。

……そんなに翔太さんが好きなのか。

夏帆がきれいになって恋人ができれば、その分、ふたりで過ごせる。

胸に痛みが走ったが、夏帆は寂しげに微笑したままそれを受け入れた。

面倒な事情を抱えている自分を相手にしてくれる男性がいるかわからないが、やるしかない。

彼らの期待に応《こた》えてきれいになれば、義信の口から翔太と付き合っている事を聞けるかもしれないのだ。彼に信用されたかった。

……信用されるために、きれいになる。

疲れていた体に空気をいっぱいに吸い込んで、ぴんと背筋を伸ばし、颯爽《さっそう》と本屋を後にした。


義信と一緒に暮らし始めて二ヶ月近く経ち、季節は春から初夏へと移り変わった。掃除をするために開けていた窓からは心地良い風が吹いてくる。

夏帆が爽《さわ》やかな風を体に感じていると、義信に後ろから声をかけられた。

「ちょっといいか」

「わっ」

驚いて掃除用のワイパーから手を離してしまい、柄《え》がフローリングに打ち付けられる。

静かな部屋にバンッと耳をつんざく音がして、夏帆は肩を縮こまらせた。

「ごめんなさい」

「驚かせたな、すまない」

夏帆が慌てて柄《え》を掴もうとするより早く、義信がそれを拾い上げてくれる。広いリビングを見回した彼の顔には、複雑な表情が浮かんでいた。

「もう十分、きれいだ」

低く落ち着いた声で「きれいだ」と言われて、夏帆の頬がぴくりと動く。

「せっかくの休日なのに、休みにならない程掃除をしなくていい」

義信は自分ではなく部屋をきれいだと言ったのだ。わかっているのに、自分が言われたように反応して、勝手に落胆している。

「……貧乏性なんですよ。じっとしていられないんです」

夏帆は落ち込んだ気持ちを隠せないまま、掃除用ワイパーを受け取ろうと手を伸ばす。

ファッション誌を買ってから化粧も少し工夫をしてみているし、髪の毛も美容室をネットで調べて切りに行ってきた。出会った頃よりも見られるようになってきたと思うけれど、義信がそれに何か言ってくれる事は無い。

きれいな女性に囲まれ過ぎたせいで男の人が好きになった可能性もあるから、ちょっとやそっとでは義信の美意識にはひっかからないのかもしれない。

でも、自分にはまだまだ伸びしろがある、と自身を元気づける毎日だ。

「掃除は終わりだ。そんなに部屋の掃除が大変なら業者を頼む。前もそうしていたんだ」

義信は掃除用ワイパーを返してくれる気は無いらしく、腕を伸ばして夏帆から遠ざけた。

さりげない気遣いと強引さ、こんな態度を取られるたびに、なぜか胸が苦しくなる。

「掃除なら私も出来るから、させて下さい」

義信とふたりきりの休みはどうにもまだ慣れず、じっとしているとムズムズしてしまうのだ。何かする事で生活の面倒を見て貰っている罪悪感を減らしている所もあった。

「久我弘樹、父親について話したい事がある。聞きたくなければ話さないがどうする」

「き、聞きたい！」

これまで、聞いても教えて貰えなかった事。夏帆の心臓はドンッと跳ね上がった。この機会を逃せばもう話して貰えないかもしれない、そんな焦燥《しょうそう》に突き動かされ義信の腕をがしりと掴む。

距離の近さに気付いたのは、ひたと彼に見つめられた後だ。怯《ひる》んだが、贅肉《ぜいにく》の無い男らしい腕から手は離さなかった。

「……楽しい掃除は終わりだな」

優しく微笑まれた事と薄いシャツ越しに感じる義信の体温に、赤面していく自分に狼狽《うろた》える。

翔太との仲を知っているのに、この手を離したくないのはなぜだろう。

夏帆はそんな事を思いながらも手を離し、一歩半程距離を取った。

「掴んで、ごめんなさい」

「動き回って掃除をしていたわりに手が冷たい。風に当たり過ぎたんじゃないか」

義信が思いもよらない返事をするのは今に始まった事じゃない。

「冷たいですか」

歩き回っていたから、いつもよりは熱いはずだ。夏帆は自分の手を閉じたり開いたりしながら義信に聞く。

「風邪を引いたら元も子もない」

義信はそう言うなり窓に近づき閉めた。それからキッチンに行くとやかんを火にかけ、温かいお茶の用意をし始める。

夏帆の心臓がトクトクと小さく速く鼓動を打ち始めた。

「……いつも、ありがとうございます」

義信の細やかな気遣いに満ちた言動は、鈍い痛みを残しながらも、夏帆の心を柔らかくする。

「お茶を淹《い》れるだけだろう」

「お茶が自動的に出てくる事がどれだけ幸せかを、私は知っていたりするんです」

泣きたいのに、笑ってしまう。

このゆとりある不思議な生活が、家事を何ひとつしなかった父親の借金のお陰という
のも皮肉過ぎる。

「父の話は、良い話ですか？　それとも、悪い話ですか」

義信が淹《い》れてくれた紅茶は渋みが無く爽《さわ》やかだった。鼻にすぅっと抜けて甘い香りと
幸福感を残していく。

この生活も、いつかそんな風に思い出すのかもしれない。

「どうとるかは自分次第だ。久我弘樹は新しい職場で働きながら借金の返済をしている。

勤務態度は良好との報告を受けた。アパートを引き払わせ、携帯電話を持たせていない
のは自立させるためだ」

「自立」

夏帆に連絡を取る事が出来れば、甘えてくる可能性がある。それがよくわかるので、
眉を顰《ひそ》めてしまった。

「父は、自分でお金を返しているんですね」

「ああ」

「良かった」

義信が肩代わりしたのではないと知って、心の底からほっと息を吐く。本当なら、父と直接話すべきなのはわかっている。けれど、父がどう反省して、どうしているのか、それを本人の口から聞くのは正直怖かった。

……これくらいの距離が、今はいいのかもしれない。

父親に泣きつかれれば、何か出来る事がないか探しそうな自分が一番怖い。

結局、義信を頼ってしまう自分を情けなく感じながらも口を開く。

「……すみません。アパートの荷物、処分をして貰ってもいいですか」

ここに来た初めての朝、義信からアパートの荷物をどうするか聞かれて、まだ返事をしていなかった。彼は催促する事もなく、夏帆の心の整理がつくのを待ってくれていたのだ。

朝に淹《い》れたコーヒーの残りをアイスコーヒーにして飲んでいる義信は夏帆の顔を見て、それから目を伏せた。

「いいのか」

「はい」

「わかった」

義信はジーンズの後ろポケットからスマホを取り出すと、すぐに電話をかけ始めた。

そして、夏帆の前で荷物を処分する指示を出す。

思い出の家具が目の前で無くなっていくような感覚に心が痛んだ。やっぱりやめる、と言い出させないために、こんなにも行動が早いのかもしれない。

電話を切った義信は、夏帆の目を見ながらスマホをローテーブルの上に置いた。

「処分を業者に頼んだ。一年は保管する覚悟だったから、予想を裏切ってくれて助かった」

保管にもお金がかかるのだ。そういう事をちゃんと考えていなかった自分が恥ずかしくなる。

「ごめんなさい。お金が」

義信は手の平をこちらに向けて、夏帆の言葉を制止する。

「ここに住むと決めてくれて……嬉しいという意味だ。またアパートに戻ろうとしたり、新しい家を借りようとしたりするんじゃないかと心配だった。金の問題じゃない」

胸が、ぎゅっと掴まれたみたいに痛くなった。

「どうして」

どうしてそこまで、私がここに住む事にこだわるの。そんなに私を利用して翔太さんと一緒にいたいの。

浮かんできた言葉はとても醜《みにく》くて、義信に向けた自分の感情の強さに動揺しつつ答えた。

「――アパートには、大家さんへ挨拶《あいさつ》に行こうとしていました」

日々の生活に追われ、お世話になっていた人たちへ連絡が後回しになっている事が、ずっと引っかかっていたのだ。

「大家の所か」

「はい」

「いつ行くか決まったら教えてくれ。俺も一緒に行く」

義信は腕を組んで窓の方を向いた。夏帆も釣られて目をやると、拭き掃除をしてきれいになった窓から見える青空が、さっきよりも近く感じる。散歩に行きたい、外に出たい、と思わせる空だった。

「あの、結婚の事は言ってはだめだし、一緒に行ったら、その、関係を絶対に誤解されてしまうと思うから」

しどろもどろにひとりで行きたい事を訴えると、義信は立ち上がった。

「良いんじゃないか、別に」

「え」

「天気が良いな。買い物がてら散歩に行かないか。日用品、足りないものがあっただろう」

何度か、切らした日用品をふたりそれぞれで買ってきてしまった事がある。その時に話し合って、電話傍のボードに何が足りないかを書き、買ったら消す事にしたのだ。

今、そこにはトイレットペーパーと書いてある。

トイレットペーパーを持つ義信が想像出来ないのと、散歩に行きたいと思った頭の中を読まれたのかという焦りとで、口ごもってしまう。

洋服を買って貰った日以来、彼と一緒に歩いた事なんてないのだ。

「え、いや、え、でも、え？」

「十分後に玄関に集合。遅れた人間が買い物代を払う、という事でどうだ」

夏帆はぐっと言葉に詰まった。生活費を自分のお給料からいくらか出しているのがバレているのかもしれない。義信から渡された生活費の収支は毎月報告しているが、その数字に何か感じる所があったのだろうか。

ちゃんと目を通してくれているなら、それも凄いと思いながら、夏帆は義信の顔を窺《うかが》った。

「……ほんとに、近所を一緒に歩いて良いの？　他の人に誤解されたら……」

翔太はこの時間は自分の店にいるはずだから、目撃される事は無いにしても、罪悪感はある。

「男女が一緒に歩いているのを見て、夫婦だ恋人だと常に判断しないと気が済まないような暇人を気にするよりも、トイレットペーパーが大事だろ」

「確かに、トイレットペーパーは大事ですけど……」

真面目くさって考えてから、ぷっと噴き出してしまった。はす向かいに座っている義信を見ると彼も笑っていて、心の中が温かくなる。

そうしてスーパーからの帰り道、青空の下、レンガが敷き詰められたような整った歩道をふたりで歩く。

食料品の重い荷物は義信が持ってくれたので、トイレットペーパーは夏帆が持たせて貰った。

軽いが大きな荷物を抱えながら、夏帆は真っ青な空を見上げる。

「良い天気ですねぇ」

ふたりで買い物に出かけているという「今」が信じられず、心臓がずっと落ち着かない。

「雨も好きだろう」

「どうして知ってるんですか」

意外に思って、夏帆は義信を見上げた。

「どうしてだろうな」

義信も空を見上げた後、柔らかい目をこちらに向ける。

翔太にごめんなさい、と心の中で謝って、夏帆はふわりと彼に笑い返した。

# 3

『こんなに酷い事になっているとは思わなかったの』

義信の前で、恩人の幸子《さちこ》が、皺《しわ》のある手で顔を覆って泣いていた。昔、皺《しわ》が少なかった手で見せてくれた写真は既に色褪《いろあ》せていて、何度も撫《な》でたであろう少女の顔の部分は擦《す》り切れたようになっていた。

――いつかこの子とケッコンすれば、ばーちゃんと本当のカゾクになれるのか。

そんな思いを抱きながら睨《にら》みつけていた写真の女の子の笑顔が掠《かす》れている。笑顔が見えなくて、とても切なくなった。

『許せないのに、何も出来ないの』

久我弘樹という懲《こ》りない男は、娘を盾にまた幸子を脅《おど》してきた。年月は本当に人を丸くするのだろうか。状況は、良くなるどころか悪くなっている。

犠牲者《ぎせいしゃ》を作り出す事に無頓着《むとんちゃく》な人間は、自由だ、夢だ、希望だ、直感だと言って周りを不幸に陥《おとしい》れる。不幸に慣れさせられた優しい人間は、逃げ出す術《すべ》を学べない。

『俺に連絡をしてきたという事は、手を出していいって事ですね。……多少、手荒い方法でも構いませんか』

義信が確認をすると、ややあって幸子は頷く。

『ごめんなさい』

項垂《うなだ》れた幸子に、義信は首を横に振る。

既に自分が無力な少年ではない事を、恩人に認めて貰えたのは素直に嬉しかった。運命と責任を受け入れ続ける事で力のある大人になったのなら、努力の甲斐《かい》があったというものだ。

久我夏帆について定期的に調べさせていたから、すぐに動く事が出来る。

『私に出来る事があれば、何でもするわ』

元気でいる事が出来る事だと、そう言ってもきっと無理だ。男の横暴さと己の無力さに憔悴《しょうすい》している幸子を、少しでも安心させる方法はあるだろうか。

考えて、ひとつの提案をする。

『彼女に会ってみませんか』

義信は、幾度も遠くから眺めた久我夏帆の姿や行動を反芻《はんすう》する。彼女が持つ明るい雰囲気を見れば、まだ手遅れではない事に幸子もちゃんと気付いてくれるはずだ。

『どうやって？』

不思議そうな幸子に、義信は少し悩んだ後に思い切って打ち明ける。

少年だった自分に写真で見せてくれたあなたの孫がずっと気になっていた。黙っていたがかなり前から興信所を使って状況を調べ、それ以降も定期的に調べさせていた、と。

このままではいけないな、と思ったのはつい数週間前。久我弘樹の借金が急に膨れ上がった事が偶然わかったのだ。

幸子には何も言っていない手前、動きようが無かった、と義信は頭を下げる。

『あら、まぁ……。孫に恋をしているみたいじゃないの』

怒る事も無く、昔のような笑顔をやっと見せてくれた幸子に、義信はほっとした。

『相変わらず、ロマンチストですね』

これは決して恋ではない。

幸子が愛《いと》おしげに眺めていた女の子が気になっていただけだ。そして、調べてなおの事気になった、それだけだ。

彼女の見せる、陰りの無い笑顔に惹かれたわけではない。

『生活パターンは把握済みです。どうしますか、偶然を装《よそお》って会ってみますか』

幸子は胸の前で手を握りながら、二、三度、大きく頷いた。

『会うわ』

『借金は父親本人に返済させ、その間、彼女と接触出来ないようにする。そして、さらなる安全策を講じる』

義信の宣言に、横に座っていた翔太が眉を動かした。

『それで結婚って事か』

翔太を連れてきたのは、この計画を進めるために彼の協力が必要だったからだ。

『ああ。お前にも悪い話じゃないだろう』

『まあ、ね』

両親に根回し済みなのを知っている翔太はお茶を啜《すす》って、出されているおはぎを口にした。

『相変わらずうまいね、ばーちゃん』

翔太がきさくに話しかけると、場がぱっと明るく軽くなる。

『どうせなら垢抜《あかぬ》けさせたいなぁ。素材はめちゃくちゃ良いのに持ち腐れなの、嫌だな』

頬杖をついて久我夏帆の写真を眺めている翔太の目は本気だった。美容師という職業柄もあるが、彼の美意識による所が大きいのだろう。

そう決めた翔太が、男女問わず、必ず本人の魅力を開花させる事を義信は知っていた。

久我夏帆が垢抜《あかぬ》ければ他の誰かの目に留まってしまう——歪《ゆが》んだ心の声が苛立ちと一緒に胸に広がる。義信はそれを無理やり抑え込んだ。

これは、幸子を救うためのプロジェクトだ。

実の母親に暴言を吐かれ、家を飛び出した義信に、温かいご飯と安全に眠れる場所をくれた恩人のためだ。

久我夏帆があの忌々《いまいま》しい父親と縁を切り、いつか年相応の男と一緒になりたいと言った時に、送り出すのが自《みずか》らの役目。

……恋じゃない。

しつこく自分に言い聞かせながら、義信は計画を素早く詰めていった。


——そうして季節は春から夏へと変わり、蒸し暑い日も多くなった。

『いってらっしゃい！』

夏帆はある朝から、出かける前にハイタッチをしてくるようになった。しかもパンッといい音が出るまで鳴らしてくるのだから、子供みたいだ。

何でこんな事をするのかを聞いてみると、思いもよらぬ返事が返ってきた。

『厄除《やくよ》けです。社長さんの肩には沢山の社員さんと、その家族の生活がかかっていますから』

家には仕事を持ち込まない主義なので、夏帆に何の話もしていない。だが、彼女なりに、自分の仕事を理解しようとしてくれている事が嬉しかった。

ふと先日、夏帆がリビングで風を受けて微笑んでいた光景が蘇《よみがえ》る。

肌は瑞々《みずみず》しく白く、黒く艶《つや》やかな髪は無造作にひとつにまとめられていた。体の線を隠すような大きめの白いシャツに細身のジーンズ、足元は自分が用意したスリッパ。

シャープだが垂れた目尻、大きな丸い目が愛《いと》おしげな視線を向ける先は、空だった。

夏帆は掃除用のワイパーを持ったまま、微かに流れる風を楽しんでいたのだ。

……あっという間にきれいになった。

あの笑顔は、何度も遠くから眺めていたものだ。今は、手を伸ばせば触れられるし、自分にはその権利がある。

下半身が明らかに反応し始め、気持ちに被せていた蓋がグラグラと揺れた時、内線が鳴って我に返った。空調も完璧な広々とした社長室で、何事も無いように受話器を取る。

「羽成です」

礼儀正しく答えると、電話口の向こうから秘書が要件を伝えてきた。

『今夜の会食ですが、先方より一時間遅い時間に変更出来ないかと言われています。どういたしましょうか』

「こちらは大丈夫だと返事をお願いします」

『かしこまりました』

仕事に引き戻されて、義信は詰まった息を吐きながら、ネクタイを直す。

若くして社長の座に収まった義信は、誰に対しても敬語を使っていた。そのため話しやすいと思われるのか、秘書はどんな事でも報告してくる。重役たちがどういう話をしていた、という事まで。

「藤本《ふじもと》さんの予定は大丈夫ですか。もし他に予定があるなら」

『私は大丈夫です。社長に奥様が出来るまでご一緒させていただきます』

食い気味に答えてくる秘書に義信は苦笑する。海外ならパートナーが必須だろうが、ここは日本であり、必ずしも必要ではない。

しかし、相手が妻を連れてくるのにこちらがひとりというわけにもいかない時もある。そういった場合には秘書の藤本直美《なおみ》が同席していた。

「ひとりの負担になってはいけないですから、秘書の間で回すようにして下さい」

『はい、お気遣いありがとうございます』

電話を切って、溜息を吐いた。

このやりとりは一年以上続いているが、他の秘書が来た試しはない。この頃は社内で、義信と直美は男女の関係があるという噂《うわさ》まで囁《ささや》かれているとか。

「野心があるのは嫌いじゃないが」

一度、酔ったフリをした直美に、アクシデントに見せかけてキスをされそうになった。

彼女が欲しいのは羽成の名前、つまり結婚。既成事実を作りたかったのかもしれないが、立派なハラスメントだ。仕事で利用価値があるので我慢していたものの、最近は欲が先に立ち過ぎて、鼻につき始めていた。

野心と目的がある人間は放っておいても生きていける。

だが、夏帆のように不器用な努力をしている人間はどこかで損をする。生来の気の良さで、自分から問題に近づいていく姿は危なっかしい。

義信はコツコツ、と重厚な机を指先で叩いた後、デスクの引き出しを引いた。小さなベルベットの箱の中には、渡せていない婚約指輪が入っている。

興信所に調べさせた夏帆の情報の中に、なぜか指輪のサイズも記載されていた。

この結婚を誰にも言うなと言った手前、渡せていない指輪は少し寂しげに見える。

……妻ならいる。

いつか彼女に似合う男に渡すと決めた、自分の大事な『妻』が。

「バカだな」

自分自身に悪態をつきながら引き出しを閉め、スマホを取り出して夏帆にメッセージを送る。

『今夜は遅くなる。夕食はいらない』

送信した後にモヤモヤとしたものが胸に広がった。今夜も、夏帆は翔太とふたりで仲良く食事をするのだろう。

誰かに渡すと決めた夏帆と間違いが起こってはいけないと思い、翔太に頻繁に来てくれるよう頼んだ。そんな義信の気持ちなどお構いなしに、夏帆はあっという間にきれいになって、翔太と仲良くなった。

……傍《はた》から見ると、あれは恋人同士だな。

義信はムッとした表情で腕を組む。

渋る夏帆にほぼ翔太が選んだ服を買ったのは春の事なのに、夏服を買う時は夏帆自《みずか》ら選んでいた。彼女の変化の早さに義信がついていけない。

気持ちを落ち着かせるために、数字と文字、グラフがびっしりと並んだ書類に目を通し始める。

しかし、その間も結婚について育ての母に報告した時の事が浮かんでしまう。

『早く私たちに会わせて。いい子なんでしょう？　子供はどう考えているの？』

嬉しそうな笑みを浮かべて、育ての母は言った。働く嫁を支えて子育てを手伝うという夢を膨らませている彼女は、結婚をしたら自動的に子供が出来ると思っているらしい。

『それに、結婚式もしないなんて、皆様への報告が難しいわ』

関係各所に知られないために、結婚式をしないのだとは言えない。

『少しずつ羽成家に慣れていって欲しいんです。プレッシャーに押し潰されてしまうと困りますから』

母は顔を曇《くも》らせて、それから頷く。彼女自身、思い当たる事があり過ぎて反論出来ないのだ。

『とにかく、何よりも先に彼女を僕のものにしたかったんですよ』

はにかんで、一番の秘密を共有するように声を潜《ひそ》めれば、母は嬉しそうに協力すると言ってくれた。

結婚の事実を義信側の人間が知っている事は、夏帆は知らなくていい事だ。他の男に渡す時には離婚するのだから、彼女のためにも話を大きくしたくなかった。

今朝も夏帆は美味《おい》しそうに義信が作った朝食を食べていた。その幸せに満ちた表情を思い出すと自然と笑みが浮かぶ。

初めて車の中から見た夏帆はまだ制服を着ていた。身だしなみはきちんとしていたが、お洒落《しゃれ》を気にしている様子も無いのが逆に目を引いたのを思い出す。

『強いな』

微笑みを浮かべ姿勢良く歩く姿には、飾らなくとも内側から出る輝きがあった。

黒髪はよく櫛《くし》が通っているのか艶々《つやつや》としていて、頬には自然な桃色が差していた。軽く跳ねるように歩く彼女を見れば、誰もが幸せな家庭で育っている子供だと思っただろう。

コンコン、とドアを叩かれて、義信は一行も目を通せていなかった書類を机の上に置く。

「失礼します」

「どうぞ」

秘書の直美がコーヒーをトレイに載せて入ってきた。日に何度か、彼女はこうやってコーヒーを持ってきて、カップを下げにもやってくる。

直美は胸元を強調した襟ぐりの広い服を着ていた。夜はジャケットを羽織《はお》るのだろうが、際どい事には変わりがない。

「コーヒーをお持ちしました」

「いつもありがとう。が、自分で注ぎに行けるから気を使わないで下さい」

「はい」

今朝淹《い》れて貰ったコーヒーは、飲んでいなかった。なみなみと入ったままのカップを、直美は表情を変える事なく新しいものと交換した。

「社長、ネクタイが曲がっています」

直美は机に手をつき、身を乗り出してくる。わざとらしく胸の谷間を見せつけられて義信は辟易《へきえき》しながら立ち上がった。彼女には指一本、触れられたくない。

「ありがとう。後で直しておくよ」

出ていけ、という思いを込めて高い場所から見下ろすと、直美は女豹《めひょう》のようにゆっくりと体を起こした。

「直しますのに」

義信は自分の立場をよく理解しているからこそ、安易な女性関係を結んではこなかった。

　しかし、こういった女は寄ってくる。

　現在の職務に強い希望がある彼女を人事異動させるのは難しかったが、義信はいい加減、彼女の色仕掛けにうんざりしていた。人事には秋の異動で動かすように言っている。あと少しの辛抱だと思っても、目には冷たい光が宿る。

「生憎《あいにく》、自分で出来ます」

「早く奥様を迎えてはどうですか。仕事に理解のある方を」

　甘ったるい声に義信は薄く笑った。時計を見ると、市街化調整区域の開発許可が難航している件で、相談を受ける時間が近づいている。

「もういる。電話がかかってくる時間だ。出ていってくれるかな」

「え」

　直美が目を丸くして、何か言いたげに口を開いて閉じた。それから、彼女は冷めたコーヒーをトレイに載せて社長室を出ていく。義信が仕事の邪魔をされる事を、何よりも嫌がると知っているためだ。

「さて、どんな噂《うわさ》になるか」

　夏帆をどう助けてどう面倒を見るかを冷静に考え始めたのは、かなり前だった。何度も彼女を遠目で見るうちに、結婚という方法なら、身を固めろとうるさい周りをしばらく黙らせる事も出来ると気付いたのだ。

その上で、いつか落ち着いたら夏帆が選んだ男と一緒にさせる、それだけは決めていた。

ところが蓋を開けてみれば、夫は自分だと周囲に匂わしている。

「契約違反だな」

義信は目を閉じ、葛藤《かっとう》も逡巡《しゅんじゅん》も全て切り捨てて目を開けた。仕事に気持ちを切り替えたはずだった。

『社長さん』

耳元で元気な夏帆の声が響いた気がして、眉間に皺《しわ》を寄せる。

……いっそ、抱いてしまえば。

夏帆の部屋をノックしないのは、拒絶される事を恐れているから。

義信は呻《うめ》いて、顔を洗うように何度か手で擦《こす》った。

＊＊＊

月曜日から残業なのはしんどい、と夏帆はバッグにスマホを入れた所で溜息を吐く。

閉められたブラインドの隙間から、すっかり暗くなった外が見えた事で疲れは増した。

「お疲れ、助かったよ」

小池に突然、資料作りの補助を頼まれたのが残業の原因だ。タイピングの速さと正確さを見込まれては断れない。

「小池さんのためなら、一肌でも二肌でも脱ぎますよ」

「おっ、じゃぁ、今から脱いで貰おうか。お詫びに奢《おご》るよ。一杯どう」

手でお酒をあおる仕草をされて、また新しい仕事を頼まれると覚悟していた夏帆はほっとする。

「お誘いありがとうございます。でもお給料日前だし、今日は遠慮しておきます」

顔の前で両手を合わせて申し訳なさそうにすると、小池に心底残念だと言わんばかりの顔をされた。

「ちぇっ、またフラれたか」

「小池さんが誘えば、誰でもついてきますよ」

「久我はついてこないじゃないか」

「あ、ホントだ。じゃ、お先に失礼します！」

まだ話し足りない様子の小池に頭を下げて、夕ご飯をどうするかを考えながらオフィスを出る。

仕事が忙しいはずの義信は、翔太の仕事が休みの月曜日だけは早く帰宅するのだ。彼が夕方には家にやってくるからだろう。

残業だとわかっていれば、前日に何か作るのだが、今日は完全に想定外だった。

『今から帰ります。夕食はそれから作ってもいいですか』

横断歩道の信号待ちの時にメールを打つ。電話をすればいいのだろうけれど、ふたりの邪魔にならないか心配だったのだ。

義信からの返事が来ないまま、うまい具合に電車を乗り継いで早く帰ってくる事が出来た。鍵を開けて家に入ると玄関に大きな靴が二足並んでいる。考えるまでもなく、義信と翔太のものだ。

「ただいま帰りました。残業で」

パタパタ……とリビングに入った瞬間、思わぬ光景が目に飛び込んできて後ずさる。

ソファの端と端で大きな男がふたり、うたた寝をしていた。

この場にいていいのかどうか三秒程固まったが、風邪を引くのではないかという心配が先に立つ。薄い肌掛けをウォークインクローゼットから出すと、まずは翔太にかけた。

それから、おそるおそる義信にも肩からかける。

眠っている彼を見るのは初めてだ。端整な顔立ちは寝ていても変わらない。義信の目を縁取《ふちど》る長い睫毛《まつげ》をじっと見つめて、夏帆は寂しげに笑む。

「仲、良いんですね」

それにしても、同じソファで眠ってしまうなんて何か疲れる事でもあったのだろうかと考えて、顔がみるみるうちに熱くなった。

恋人同士なら肌を触れ合わせる事もあるのだ。

……これからも月曜日は残業した方がいいのかもしれない。

夏帆にわかるのは、自分はふたりの邪魔だという事だった。駅前のカフェならかなり遅くまで開いているはずだ。キッチンに目をやると既に食事の用意がしてある。

静かに義信から離れようとした時、手首を掴まれた。突然の事に、夏帆の体がビクリと震える。

「今までどこにいた。今、何時だ」

寝起きのはずなのにはっきり質問してくる義信の手に力が入る。手首の痛みに夏帆は動揺した。

「く、九時です」

「なぜメールをしない。まさか、男と一緒にいたのか」

「はい」

小池と一緒に仕事をしていたから遅くなった。そこまでは説明せずに答えると、カッと目を見開いた義信に腕を引き寄せられる。

「痛《いた》……ッ」

「どこの」

「ハイ、そこまで」

眠そうな翔太の声が、その場の緊張感を和《やわ》らげてくれた。

「おかえり、夏帆。ごめん、寝ちゃったみたいだ。ああ、肌掛けもありがとう」

翔太ののんびりした口調に我に返ったのか、義信は夏帆の手首をゆっくりと解放する。

「……悪い。痛かっただろう」

痛いのはドクドクと鼓動を打っている心臓で、手首ではない。

「今日は残業で遅くなりました。メールは、帰る前にしたんですが」

「――見ずに悪かった。心配になるから、早めにメールをくれると助かる」

「自分が遅くなる時は、たまにしかメールしないくせにな。社長ってわがままなんだ。ごめんな、夏帆」

代わりに謝った翔太が立ち上がって寄ってきた。手をそっと持たれて、手首を確認される。

「うん、痕《あと》になってない。良かった。にしても、今日は遅かったね」

「仕事の手伝いを頼まれて。でも、飲みの誘いは断ったから」

「うーんと、仕事を頼んできたのは男で、飲みに誘ってきたのもその男?」

夏帆が頷くと、翔太は困ったような笑みを浮かべた。

「ん、まぁ、仕事ならしょうがないけどね」

何か言いたげな雰囲気の理由がわからない。義信はソファに座ったまま、夏帆に念を押してきた。

「帰りが遅い時は俺も必ずメールをするので、連絡が欲しい」

「はい」

義信と翔太のふたりは起きてから目も合わせていない。それはどう考えても自分が帰ってきたせいで、申し訳なさにせめて明るい声を出す。

「連絡しなくてごめんなさい。今度から気を付けます。あの、ご飯をいただいてもいいですか？」

「もちろん。今日はポトフだよ。手伝いはいらないから、座っていて」

「いつもありがとうございます」

当たり前のようにカウンターキッチンに立った翔太を確認した義信が、抑え気味の声で聞いてきた。

「大家の家に行く日は決まったか」

「再来週の日曜日になると思います。夕方にメールを貰いました」

「俺も行く」

「本気だったんですか。……でも忙しいですよね」

義信も来るとは言っていたけれど、本気にはしていなかった。実際、ソファでうたた寝するくらいに疲れているのだ。貴重な日曜を使わせるのは悪い気がした。

「大丈夫だ」

言いながら、彼が遠慮がちに手を取ってくる。

傷が無いかを確かめるように、親指で手首を撫《な》でられて鼓動が速く打ち始めた。真剣な目の義信は、離してくれそうにない。

「俺がここに連れてきたんだ。挨拶《あいさつ》しないとおかしいだろう。昨日アメリカの社員とやりとりをしていたせいで眠かっただけで、特に問題ない」

アメリカ、と目を丸くしつつも聞く。

「……でも、その、大家さんの所に行くの、矛盾していませんか」

結婚の事は秘密にしなくてはいけないのに、一緒に住んでいる事を知っている人が増えていく。夏帆が眉を顰《ひそ》めると、義信は表情を和《やわ》らげた。

「頭が良いな」

ゆっくり離された手は、すっかり義信の温《ぬく》もりを覚えたようだ。知ってしまえばもっと味わいたくなる、そんな温かさだった。

「いきなり強く掴んで、悪かった」

「いえ、だ、大丈夫です」

夏帆は手首を擦《さす》りながら、どきどきとうるさい心臓を何とか落ち着ける。

義信は立ち上がって翔太の方へ行き、手伝いを始めた。背の高いふたりが並んで立つと、広いはずの台所が途端に狭く見える。

息の合った様子で食事の準備をしてくれる彼らに、胸に痛みを感じて、夏帆は視線を外した。

大家の家に行く日の朝、ダイニングテーブルの上には年配の人の心を掴めそうな、有名和菓子店の紙袋が置いてあった。義信が本気で一緒に来るつもりだと理解したのはその時だ。

このままだと大家に誤解される事は確実だ。翔太にはどう説明したのだろうか。悶々《もんもん》としたまま大家の家に着くと、思った以上に大家夫婦に歓迎された。義信を初対面から夏帆の恋人扱いするふたりに、夏帆の冷汗が止まらない。

特に妻の加代はずっと嬉しそうだ。

「そう、彼氏の家にいるのね」

「あの、電話でも伝えましたけど、お付き合いをしているとかではないです。遠い親戚が見つかったというか。お騒がせしたのにご挨拶《あいさつ》が遅れて本当にごめんなさい。この通り元気で」

「照れちゃって、もう。隠さなくてもいいのに」

夏帆の弁解は、見事に無視される。何度か話の矛先を変えようとしたのだがうまくいかず、隣に座っている義信に助けを求める視線を向けた。

彼なら、何かいい理由を用意してくれているはず、と期待したのだ。

「ご想像通り、お付き合いの上で一緒に暮らしています。歳の差もありますので、あまり公言をしないようにしていて、失礼しました」

丁寧に頭を下げる義信の横で、夏帆は絶句したまま後ろに倒れ込みそうになった。

少し年上の経済力と包容力のある彼氏。大家夫婦の表情から、そう思われている事がありありと伝わってくる。あの夜が初対面などと、思いもしないはずだ。

……結婚している事を知られては駄目で、付き合っている設定なら大丈夫……？

義信の中ではいろいろ細かな設定があるのかもしれないが、夏帆は知らない。余計な事は喋《しゃべ》るまいと心に決める。

「そうそう。あのお店の羊羹《ようかん》、私の大好物なのよ。本当にありがとう」

手渡してすぐ仏壇へ供えられた手土産《てみやげ》の羊羹《ようかん》を見ながら、妻の加代がとても嬉しそうな顔をした。

「お好きと聞いて安心しました」

義信が笑みを浮かべると、加代は照れたように頬を赤らめてまた喜ぶ。

「さぁ、ふたりの馴れ初め《なそ》を聞いてもいいのかしら」

困って義信の顔を窺《うかが》うと微笑まれた。本当に恋人みたいだと錯覚して、慌てて目を伏せる。

その雰囲気を壊すみたいに、お茶を啜《すす》っていた孝蔵が険しい顔で口を開く。

「あの男も一緒に住んでいるのか」

あの男――父親である弘樹の存在、孝蔵が一番気になるのはその事なのだ。

夏帆たちが住んでいたアパートの部屋には、既に新しい住人がいる事を聞かされた。

弘樹が帰ってくる場所はもう無いのだから、気になるのは当然だろう。

「いえ、住んでいません。弘樹さんには自立の道を選んでいただきました。彼女には近づけません」

揺るぎない凛《りん》とした返事に、孝蔵は義信の目をひたと見据えて一言「そうか」と言う。

あの夜、アパートの下から車と部屋を交互に窺《うかが》っていた大家夫婦の姿が、夏帆の記憶に蘇《よみがえ》る。

「いろいろご迷惑をおかけして、本当にすみませんでした。おまけに連絡が遅くなって本当にごめんなさい」

「いいんだ。生活を変えるのは大変だって事くらいわかる」

孝蔵は頭を下げようとした夏帆に何度も首を横に振ってから、厳しい目で義信を見据える。

「夏帆ちゃんはね、苦労をし過ぎたよ」

「はい。知っています」

まるで娘を嫁に出す父親が、未来の義理の息子の覚悟を確かめるような光景だ。夏帆が想像していた大家との再会はもっとフラットで明るいもので、こんな展開ではなかった。

「だからこそ、幸せにしたいと思っています」

契約書を交わして結婚はしたが、その話を誰にもするなと言ったのは義信本人だ。本当の結婚の挨拶《あいさつ》みたいになっていて、夏帆は混乱する。

「ここにあの男の姿が見えたらすぐに連絡をする。だから君は、夏帆ちゃんの事を守ってくれな」

「はい。守ります」

義信の覚悟を確かめた孝蔵の晴れやかな笑顔を見て、夏帆の中の罪悪感が膨らんだ。どういうつもりなのかと義信に聞きたいのをかろうじて我慢する。

「ばあさん、ビールだ」

「車で来られてるんですよ」

「ああ、つまらん。お祝いなのにな」

心から祝福してくれるふたりを前に、夏帆の目の奥が熱くなった。大家夫妻は本当に娘が結婚するかのように喜んでくれている。

だからこそ、騙《だま》しているようでとてもつらい。

「つまらないのはあなたですよ。私はふたりの馴《な》れ初《そ》めを聞きたかったのに」

ぷぅ、と頬を膨らませた加代は身を乗り出した。

孝蔵は立ち上がると自分で冷蔵庫を開けて、冷えたビールと、ノンアルコールビールの缶を持ってくる。

「酒でもないとそんな話はできんぞ、なぁ。ほら、脚を崩しなさい」

孝蔵は笑顔で義信にノンアルコールビールを渡した。アルコールが入っても入らなくても、話すエピソードなどどこにも無い。

「ごちそうになります」

夏帆が再び狼狽《うろた》え始めた横で、義信は脚を崩してアルミの缶を開けた。

「馴《な》れ初《そ》めですか……」

いつも凛《りん》と前だけを見ている義信の目がどこか遠くを見て、夏帆はその横顔を見つめる。

「実は私の家と、彼女の母方の祖母の家が近所だったんです」

いきなり祖母の話が出てきて瞬《まばた》きを忘れた。

「うちは母子家庭で、母があまり家にいなかった事もあって、彼女の祖母の家に入り浸《びた》っていました。彼女の祖母は、血の繋《つな》がりも無い私に食事を食べさせて、悪い事をしたら叱ってくれましたよ」

前に祖母の話を聞いても教えてくれなかったのに、義信はすらすらと話している。

ぽかん、としている夏帆とは対照的に、大家夫婦は義信の話を真剣に聞いていた。

「彼女は孫の写真をよく見せてくれました。そのうち私は父方に引き取られる事になり、少し疎遠《そえん》になりましたが、大人になり余裕が出来た時に会いに行って、『お孫さんに会わせて下さい』と彼女の祖母に頼んだんです。見せていただいた写真のお孫さんが、初恋ですと言って」

「まぁ、まさか、それが夏帆ちゃん?」

義信が照れ臭そうに頷くと、加代が目を少女のように輝かせる。一方、夏帆は自分の耳を疑った。

でき過ぎた話で現実味が無い。こんな演技も出来るなんて、義信は俳優としても成功出来るのではと思う。

「私と同じような境遇の彼女も頑張っているという事が支えだったんです。私には彼女の祖母が、彼女には大家さんご夫婦がいました。周りに良識と常識のある大人がいた。——運が良かった」

どこまで本当で、どこまで嘘なのか。もしや義信は夏帆の母親がどこにいるかも知っているのだろうか。

「絶対に、幸せにならないと駄目だぞ」

孝蔵は力強く言って、テーブル越しに義信の肩を掴んで揺らした。

「ええ、彼女が幸せを感じてくれれば、何も言う事はありません」

優しい笑顔を向けられても、夏帆に返事が出来るはずがない。厄介な父親と夏帆の面倒を見てくれているだけで、十分に幸せなのだ。

「夏帆ちゃん、照れちゃって」

黙ってしまった夏帆を照れていると勘違いする加代の笑顔に、この人たちに嘘を吐くのはつらい、と胸が痛んだ。

義信には恋人がいて、これは契約結婚で、夏帆とはいつか離婚するつもりでいる。

本当の事を伝えて、喜ぶ彼らに水を差す事も出来ない。

夏帆はすっかり冷めたお茶を啜《すす》りながら、ぼんやりと部屋を眺める。以前住んでいたアパートの間取りと一緒なのに、やけに狭く感じた。

「お洋服もお洒落《しゃれ》になって、お化粧も上手になって。ああ、若いっていいわねぇ。もともとかわいいのに、ほんとうにきれいになって」

「はい。きれいになってしまって……心配です」

義信のリップサービスに夏帆の時間がまた止まった。きれいになったと言って欲しくて、いっぱい頑張った日々が頭の中を駆け巡る。きれいになったと言われて嬉しいのに、悲しい。

「ありがとうございます。嬉しいです……」

抑揚の無い口調で加代に礼を言うと、義信が怪訝《けげん》そうな顔をした。

……翔太さんがいるくせに。

夏帆はぼうっとしたまま、新しく出して貰った水羊羹《ようかん》にスプーンをさす。口の中に入れた甘い羊羹《ようかん》は舌で押せば簡単に潰れて、いろいろな疑問と一緒に夏帆の喉を通っていく。

大家夫婦に笑顔で見送られたのは夕方だった。

帰りの車の中、夏帆は思い切って、信号待ちをしていた時に重い口を開く。

「私、大家さんに嘘は言いたくないんです」

「どの嘘だ」

嘘を吐いているという自覚はあるのか、と意外に感じた。

目の前ではたくさんの人が横断歩道を渡っていて、途切れる事が無いように思える。人がまばらになる前に夏帆は続けた。

「つ、付き合っているとか。馴《な》れ初《そ》めの話とか。嘘は、嫌なんです」

自分の事を好きなフリをされるのも、とは言えずに口を噤《つぐ》む。

義信はハンドルを握って前を見たまま、口の端を僅《わず》かに上げる。自嘲めいたその笑みに、夏帆の胃はきゅっと痛んだ。

「どんな不都合があるのか教えてくれ」

反対に尋ねられて言葉に詰まった。大家夫婦に知られて不都合になる事は、思い当たらない。付き合っているふたりが結婚を前提に同棲をしている、要はそれだけしか伝えてはいないのだ。

でも、ふたりが恋人という嘘はどうしても嫌で、しかし理由は自分でも説明出来なくて押し黙る。

「代わりに答えてやろうか。好きな男に知られては困るからだ」

思いもよらなかった義信の言葉に、夏帆の顔がみるみるうちに強張った。

その反応をちらりと見た義信は青信号を確認してアクセルを踏む。

「図星か」

彼の運転は冷静な口調と同じでとても丁寧で、だからこそ怖くなった。

「相手の男は——翔太という所か」

「ち、違う」

義信の不機嫌の理由がわかって、夏帆は真っ青になる。

ふたりの仲を邪魔しようとなんてしていないし、むしろ応援していると伝えたかった。

けれど、そうするとふたりの仲に気付いている事がバレてしまう。

隠し事を暴《あば》くような真似は出来ず、夏帆は言葉を重ねた。

「違う、違います。それは無いです。嘘を吐きたくないというのは、大家さんにはお世話になってきたから、万が一、本当じゃないって知られた時に悲しませたくなくて」

「誰を好きになるのも自由だ。それに惚れた腫《は》れたなんてものは儚《はかな》いものだろう。そんな事は、大家夫妻の方が知ってるんじゃないか」

義信は不機嫌そうなのに笑んでいる。違うそうじゃないと、夏帆の心が叫んでいた。

「違う、私が好きなのは——」

社長さん。

無意識に言葉に出しかけて夏帆は口を押さえた。そして、誰よりも自分が驚いていた。心臓がバクバクとうるさ過ぎて吐き気さえする。

「俺の知らない奴か」

義信がハンドルを握る手に力を込めたのがわかった。

「翔太さんではない、です」

要領良く嘘を吐けたらいいのにと思う。抑え込んでいた気持ちが溢れ出してきて、どうしていいかわからない。

膝の上でぎゅっと両手を握りしめて、それを凝視する。いつからだろう、いつから好きなんだろう。全部をうやむやにするように笑って、この場をやりすごせればいいのに、出来なかった。

「……好きな人がいる人だから、永遠に片思いですし、その話はしたくない」

「その男は馬鹿だな」

無愛想な義信の言葉に、夏帆は目を丸くして、それから笑ってしまう。

面食らった様子の彼は、夏帆の笑顔を見た途端、不機嫌さをスッと消した。

「どうして、そう思うの？」

「その男、向けられた気持ちに気付かないわけだろう。――もったいない」

気持ちに気付いていないのは義信だ。でも、夏帆自身それに気付いていなかったのだから無理もない。自分で自分を馬鹿だと言っている義信がじわじわとおかしくなってきて、笑いが止まらなくなっていく。

『もったいない』

義信の言葉を思い起こして、夏帆ははっとする。

この数ヶ月で、少しは自信を持っても良いくらいに成長出来たのだろうか。

腑《ふ》に落ちないと言わんばかりの、手が届かない人の横顔に、夏帆は心の中でそっと問いかけた。

＊　＊　＊

『お疲れ様です。了解です』

夏帆からのメッセージは、その文字列から柔らかい何かが出ている。会食の帰り、車の中で過去のメールを全て読み直した義信は、自然と笑みを浮かべていた。

気の張る会食の後、目に強欲の色を浮かべた直美に『飲み直しませんか』と誘われたせいで疲れが増している。きっぱりと断った時の鬼の形相が、彼女の本性なのだろう。

胸の下で腕を組んで持ち上げられた脂肪の塊《かたまり》を思い出すだけで、気持ちが悪い。

笑顔の夏帆が無防備に晒《さら》す、下着をつけていない部屋着越しの胸の方がいいと思ってしまい、振り払うように眉間を押さえた。

十歳も年下の夏帆を、そういう目で見ていると知られるのが恐ろしい。

義信は大きな溜息を吐いた。

大家の家からの帰り道、夏帆に好きな男がいる事がわかった。真っ青になっていた彼女は、誰にこの『結婚』を知られたくないのだろう。

込み上がってきた苛立ちを、目を強く閉じて逃そうとしたがうまくいかない。

久我弘樹が、仕事場で不平を漏《も》らし始めたと報告が入ってきている。

楽に遊んで暮らせると思っていたのに目論見《もくろみ》が外れた。金持ちの義理の息子がいるのにと言って回り、煙《けむ》たがられているようだ。

羽成の財力目当てで父親と関係を持った義信の実母と同じで笑ってしまう。

借金完済の前に、あの男が夏帆に近づいて面倒を見ろと迫る可能性がある。彼女を守るためにもしばらく離婚は出来ないと考えて、義信は夏帆が好きなその男に妙な優越感を覚えた。

弘樹がいる限り彼女は自分のものなのだ。ただ、その鎖が無くなれば、彼女は自由になる。

「それを望んだはずだ」

自分で自分に言い聞かせたが、苛立ちを収める事は出来ないまま車を降りてマンションに入り、玄関のドアを開けた。聞こえてきた楽しそうな話し声に、苛立ちが一段と強くなる。

……あいつ、こんな時間までいるのか。

夜の十一時、義信がいるなら翔太はとっくに帰っている時間だ。

夏帆の好きな男は翔太である可能性が高いのだから、そんな男女が夜にふたりきりになってはいけない。

「ただいま」

帰宅の言葉は談笑にかき消された。部屋に足を踏み入れた義信は立ち止まる。

夏帆が風呂上がりの薄い部屋着姿を無防備に晒《さら》していた。しかも、翔太はヘアクリップで前髪を上げた彼女の頬に大きな手をぴたりと添わせている。

胃の辺りがカッと熱くなったが、表情はかえって柔らかくなった。

経営者になると覚悟を決めた時、怒りを感じた際はまず笑顔が出るように、自分を訓練したのが役に立っている。

「ふたり仲良く、何をしているんだ」

「おっ、社長、おかえり。夏帆は動くな」

翔太は夏帆の頬に手を添わせたまま、こちらを振り向かなかった。最近は彼までふざけて義信を社長と呼ぶようになっている。

義信は鞄をカウンターの側に置くと腕を組んだ。

「ほら、自分で触って右と左の感覚を比べてみろ。気持ちの問題もあるかもしれないが、これだけで明日の肌のコンディションが違ってくる。化粧水をつけたあとは染み込めー染み込めーという呪文を忘れるな」

「はい、先生。社長さん、お帰りなさい」

あの狭くて古いが、きれいに掃除されたアパートの部屋で見た彼女が懐かしい。

好きな男がいる夏帆は、隠れていた魅力を磨いて繊細で美しい光を放っている。もうあの頃には戻れないのだ。

義信の絶望も知らず、夏帆は両方の頬を触ってその感触を確かめ、感嘆の声を上げた。

「あ、ほんとだ。こっちはもちもちふわふわ……」

誰にでもわかるくらい女の香りを漂《ただよ》わせる夏帆。そうなるように導いた翔太を、義信は忌々《いまいま》しげに見た。美意識の高いこの男が、宣言通りに、夏帆をどんどん女にしていっている。

「次は髪だな。いつ店に来られる」

「あ、私、違うお店で」

「一回目は許したが二回目は無いぞ。キャンセルしろ。俺が切る。俺が切ると言っていたのに、なんでまた他の店で予約をするんだこのバカ」

翔太は何の躊躇《ためら》いもなく、夏帆の頬を抓《つま》んで伸ばした。彼女が遠慮して違う美容室で髪を切った事を、ずっとネチネチと言っているのだ。

「ふいまへん……」

夏帆は、翔太に名前を呼ばせて、肌を触らせて、部屋着姿を晒《さら》しても何も思わないらしい。

義信が触れると体を強張らせ、社長と呼ぶばかりで決して名前を口にせず、常に心理的な距離を取ろうとしているのに。

……それに、気付かないとでも思っているのか。

腹の中にどす黒いものが渦巻《うずま》く。

義信が夏帆の名を呼ばない理由は、彼女と親密になり過ぎないためだった。自分がしている事を、彼女もしているにすぎない。それなのに我慢がならなくなってきている。

「もう遅い。寝た方が良い」

疲れも相まり苛立ちが最高潮になったせいで、きつい口調になった。しまったと思った時には遅い。

夏帆は小動物のようにさっと立ち上がった。

「そうですね。騒いでごめんなさい。おやすみなさい」

「夫というより、父親だねぇ」

翔太はのんびりとした口調に、非難と皮肉を込めている。

夏帆は部屋に戻る途中、ぴたりと足を止めて義信を振り返った。

「お風呂、新しく溜め直しましょうか？　疲れがとれますよ」

疲れているから気が立っている、と理解したのだろう。罪悪感で返事に詰まった義信に代わって、翔太が答えた。

「いいね、夏帆。やってくれたまえ」

「はい」

パタパタとバスルームへと向かう夏帆に慌てて「ありがとう」と声をかけると、振り返った夏帆は嬉しそうに微笑んでくれた。

いじらしい彼女の姿に、自分の大人げ無さが情けなくなる。

「お前さ、俺たちの関係を話した？」

夏帆がいなくなったのを見計らい、翔太がよっこらしょ、とソファから立ち上がった。

彼は義信の前を通って冷蔵庫を開ける。

「夏帆にあの態度は無いだろ。てか、忙しいんだよね、俺も」

そして缶ビールを取り出すと義信に投げて寄越した。飲み直して頭を冷やせと言いたいらしい。

「悪い」

「夏帆には謝るなよ。気にしていない人間に、気にさせたらダメだからな」

「わかっている」

翔太はもともと人の気持ちに敏《さと》い上、サービス業を生業《なりわい》としているお陰でさらに磨きがかかっている。

「俺たちの関係をさっさと話さないと、お前が後悔すると思う」

どういう意味だ、と義信が聞く前に夏帆が戻ってきて、翔太は彼女に話しかける。

「夏帆、今日は営業部のエースにきれいになったって褒《ほ》められたんだよな」

「わっ！　なんで言うんですか」

夏帆は手をぶんぶんと振りながら、翔太に突っかかっていく。義信には隠しておきたかった事らしい。

……好きな、男か。

手に力が入ったせいで、握っていたビールのアルミ缶が少し凹《へこ》んだ。

翔太はにこやかに笑っている。

「で、今日の義信はあの小悪魔的秘書と一緒に会食だろ。襲われた？」

突然、直美の存在を出されて動揺した。彼女に近づかれた時、嗅《か》がざるをえなかった甘ったるい香水の香りが鼻腔《びこう》の奥にまだある。わざと記憶に残るようにつけられた痕跡。

絶対に、夏帆に知られたくなかった。

「小悪魔的、秘書」

「胸の大きな、セックスアピールの強い、野心満々な感じの」

「そうなんですね」

力無く呟いた夏帆は義信を見て、その後、心配そうに翔太の顔を窺《うかが》い、表情を沈ませた。

「私、寝ます。あとはふたりでちゃんと話して下さいね。おやすみなさい」

ペコリと頭を下げて部屋に戻る夏帆の後ろに、義信はビールを置いてついて行く。

「じゃ、俺も帰るわ」と間延びした翔太の声が聞こえたが、返事はしなかった。

「夏帆」

初めて声に出して名を呼んだ。

名前を呼ばないようにしていたのは、自分に彼女がより深く刻まれるのが嫌だったからなのに、やけに滑《なめ》らかに口から出た。

振り向いた夏帆の目が大きく開く。

「翔太が言っていたのはただの秘書で、何の関係も無い」

ドアに背を付け、見上げてくる夏帆はきれいだった。うっすら開いている桜色の唇が、微かに震えている。触れたくなる衝動を抑え込むために、両手を握り込む。

「それを言うべきは、私じゃなくて翔太さんじゃ……」

夏帆の口から出たのは、また翔太の名前だった。

ちらちらとリビングの方を心配そうに窺《うかが》う夏帆に、そんなに翔太が気になるのか、と自分勝手な苛立ちが沸点を超える。

「……夏帆」

手が勝手に動いて、翔太が触れていた夏帆の頬を包み込んでいた。しっとりとした肌の感触が手の平から伝わって、心が震える。

強張った表情を浮かべる夏帆のひんやりと冷たい肌が、僅《わず》かに残った冷静さを刺激した。

自分は何をしているのか。他人と腹を探り合う会食と、秘書のわかりやすいアピールに疲れたのか、酒に酔っているのか。

「翔太さんが――」

黙らせたくて、衝動的に夏帆の唇を自分のそれで塞《ふさ》いでいた。彼女の腕が完全に固まって宙に浮く。その手首を掴んでドアに押し付けた。

夏帆から漂《ただよ》ってくる微かなボディソープの香りは、秘書から匂ってきた人工的な香水とは全く違う。

「ふっ」

空気を求めるように開いた夏帆の唇の合間から舌を滑《すべ》り込ませた。硬直を解いていく体に体重をかけ、キスを深めていく。

柔らかな内頬の粘膜《ねんまく》を舌で舐めると、彼女は甘ったるい息を吐いた。舌で舌を捏《こ》ねて瑞々《みずみず》しい味を堪能《たんのう》しながら、耳朶《じだ》やその下に指を滑《すべ》らせる。

「しゃ、ちょ……っ」

口の中を蹂躙《じゅうりん》され崩れ落ちそうな夏帆の体を抱えるように、背中に手を回した。華奢《きゃしゃ》な骨格と、女性らしい柔らかな肉体に理性が飛びそうになる。

抱きたい、と痛い程の衝動が下半身から湧き上がり、我慢をしていた理由が次々に霧《む》散《さん》していく。

上顎《あご》を舌でなぞると夏帆が脚を擦《こす》り合わせ、義信はその両脚の間に膝を割り入れ、体を押し付けた。このまま、とドアの向こうにある夏帆のベッドを思い浮かべる。

「や……っ」

夏帆の声に我に返り、唇を離した。柔らかい唇を、本能のままに貪《むさぼ》っていた自分に驚く。

「……っ」

すぐ傍で夏帆の潤《うる》んだ黒い目が義信を見つめ返している。浮かんでいたのが非難ではなく悲しみであった事にショックを受けた。

非難なら謝って宥《なだ》める事も出来る。悲しみはどう贖《あがな》って良いかわからない。

「悪い……」

夏帆は涙を流しつつ頭を横に振った。瞼《まぶた》を閉じるとさらにはらはらと頬に涙が伝う。

「立てるか」

義信から体を離し、夏帆は頷きながら逃げるように部屋の中へ滑《すべ》り込む。その素早さに、義信は頭をガンと殴られたようなショックを覚えた。

「お、おやすみなさい」

バタン、とドアが閉まって、茫然《ぼうぜん》と立ち尽くす。

彼女を守るため、自立させるために弁護士に作らせた契約を自《みず》らが破り続けている。

大家の家に一緒に出向いたのも、キスをしたのも、夏帆を縛り付ける行動でしかない。

いい歳をして、認めるのを怖がっていた。

……俺は、夏帆を好きなんだ。

義信はバスルームへ向かうと、一線を越えてしまった自分を罰するように、しばらく頭から冷たいシャワーを浴び続けた。

＊　＊　＊

義信が初めて名前を呼んでくれた日、キスをされて、部屋に逃げ込んでしまった。それから朝食でも顔を合わせていない。

翔太も何か感じる所があったのか『店が忙しいから、しばらく行けそうにない』と、家に来る事が無くなった。

義信は時差のある国とやり取りをしているから、仕事が遅くなっていると翔太が教えてくれた。何も知らずそんな事を教えてくれる彼に申し訳なくて、自己嫌悪で眠りが浅い日々が続いている。

夏帆は自分の唇に指で触れながらソファに腰かけた。今週は、気が付けば自分の唇にそっと指を重ねている。

人生で初めてのキスは、何が何だかわからなかった。義信の唇が熱くて、彼の吐息に頭がぼうっとして、体の中がうずうずする感覚に圧倒された事は覚えている。けれど、噛《か》みつかれるような荒々しさに、だんだん怒りをぶつけられているのではないかと感じ始めた。あの日の義信は、夏帆があまりに翔太と仲良くしていたから怒ったのかもしれない。

「結局、邪魔しちゃった」

これ以上義信を好きにならないために、早く誰かに相手にして貰えるような『きれい』を手に入れないといけないと、夏帆は焦っていた。

義信の恋人である翔太に頼ったのはそのせいだったが、今では浅はかだったと反省している。

何よりも、義信への恋心が育ってしまったのが、一番いけない。

「私のバカ」

肩を落としたまま立ち上がって、テーブルの上にあった義信のメモ紙を手に取る。

『仕事にいってきます』

スマホにメッセージが入ってくるのは仕事先からの連絡だけだ。あとはこうやって手書きのメモで知らせてくれる。

数ヶ月前に買った、義信がインタビューを受けていた雑誌の記事は暗記する程に読み込んだ。また、少し時間があると本屋に寄って、彼の名前がある雑誌を探すようになっていた。

大変な責任がある役職だとわかっているのに、いらない心労を与えてしまうなんて。

何度目かの深い溜息を吐いた夏帆は、いつまでも落ち込んでいられないと、スマホを手に持ってダイニングチェアに座り、翔太にメールを打つ。

『髪は別のお店で切らせて下さい。気持ちだけありがたく受け取ります。ありがとうございました』

甘え過ぎたのが事の発端なのだから、翔太からも距離を置くべきだ。

「それから……家探し……」

やっぱり別々に住んだ方が良いと考えた結果だった。結婚していても一緒に住まない、別居婚という形も増えつつあるらしいと言えば、義信は納得してくれるだろうか。

保証人の必要が無くて、初期費用が抑えられて……という条件で家を検索していると電話が鳴った。液晶には『翔太さん』と表示されている。避けては通れないと、意を決して出た所、挨拶《あいさつ》も無かった。

『なんで？』

翔太の口調は怒っている。

「いえ、その、お仕事の邪魔かと」

『俺が切りに来いって言って、邪魔じゃないって言ってる。来ない理由を手短に』

動きながら話しているのか、翔太はいつもより早口だ。当たり障りのない理由を探すために夏帆が黙った僅《わず》かの間で、彼は勝手に納得した。

『ああ、義信と何かあったんだ』

言い当てられて言葉に詰まる。仲の良いふたりの邪魔をしてしまった罪悪感が胸に広がって、もう嫌だと胸の辺りの洋服をくしゃりと掴む。

「翔太さんは義信さんと、どうして一緒に住まないんですか」

『……俺たちの関係を聞いたって事かな』

翔太の答えに、夏帆は頭を殴られたような衝撃を受けた。ふたりはやっぱり恋人同士だったのだ。想像するのと、直接聞くのとでは全く違う。

激しくなった動悸を落ち着けて、夏帆は懺悔《ざんげ》にも似た重い気持ちで口を開く。

「聞いていないです。でも、気付いていました」

恋愛経験がなくても、恋人同士の雰囲気くらいわかるつもりだ。

「ごめんなさい」

義信にキスをされるような事になってしまって、本当に申し訳ないと夏帆は唇を噛《か》む。

『何で謝るの。俺は隠しきれると思ってなかったし』

夏帆はスマホを持ったまま、目を瞑《つぶ》って首を横に振った。謝っても許されない事をしている。

「……私、お付き合いをしているふたりが、一緒に住むのが自然だと思うんです」

これ以上間違いを起こさないために、思い切って切り出す。ふたりの関係を誤魔化すためだけの結婚なら、夏帆が全てを知った今、どんな風にでも協力出来る。

『待て。そのふたりって、誰と誰』

「……その、翔太さんと、義信さん」

改めて聞かれると答えにくくて、小さな声で答えた。

三秒程後に翔太が電話の向こうで大笑いを始めた。夏帆はついていけずにポカンとする。

『なるほど、なるほどね。そうだね、俺と義信が切っても切れない深い関係である事は確かだ』

笑い過ぎたのか、翔太はゲホゲホと咳き込んでいる。こっちは真剣なのにここまで笑われると、あまり良い気分はしない。

『あいつさ、仕事で秘書もずっと一緒のはずだから、帰ってきたら癒《いや》してやってよ』

「癒《いや》し?」

『野心的な女ばかりじゃない、と教えてあげて欲しいって事』

意味が分からずに混乱した。翔太は夏帆に任せても大丈夫だと思える程、義信から好かれている自信があるのか。

その自信が羨《うらや》ましくて、夏帆の胸がチクリと痛んだ。

「……私がそうしても、ふたりの仲は良いままですか？」

『俺たちの仲はずっと良いから気にすんな。とりあえず、帰ってきたらいつも通りに接してやって』

駆け足の電話が終わると、誰もいない部屋がやけに静かに感じた。

義信を気遣う事が出来る翔太を知るにつけ、彼らは夏帆が邪魔なんか出来ないくらい、深い絆《きずな》で結ばれているとわかる。

……やっぱり、家を出よう。

あんな事故《キス》が起こらないように、もう二度とふたりの邪魔にならないように。

夏帆は夢中になって、スマホで家探しを続けた。


「おかえりなさい！」

夕方、ドアが開く音を聞いて玄関へ出迎えに行くと、見るからに疲れた様子の義信が立っていた。

「ただいま」

夏帆の元気な出迎えに、靴紐を解く手を止めた彼は顔を強張らせて目を逸らす。

……あ、やっぱり避けられてる。テンションを考えた方が良かったな。

夏帆は焦りで口元に浮かべた笑みが崩れ落ちそうになるのを必死で堪《こら》える。

「お疲れ様です！」

義信はいつもより疲れていた。キスの後、初めて顔を合わせるが、心なしか顔色が悪く、この間の事を気にする余裕もないように感じる。

「お風呂にはいつでもお湯を張れますよ。ご飯はお蕎麦《そば》にしようかと思っています。今日は少し暑かったし。でも、お米の方が良いなら今から炊《た》きます」

「蕎麦《そば》が良いな」

当たり障りのない会話なのに、ちゃんと答えて貰った事で、夏帆の胸は喜びでいっぱいになる。浮《うわ》ついた気持ちを抑えられないまま話しかけ続けた。

「翔太さんからお仕事が大変って聞きました。先にお風呂が良いですか」

「俺が遅くなる間、翔太が来たのか」

ふと義信の表情の険が深まって、夏帆は失言をしてしまった自分を責める。

「社長さんがいないのに来るわけないじゃないですか。翔太さんもお仕事が忙しいみたいで来なかったですよ。電話で話しました」

「そうか」

ふと背中に触れた温かい手に、夏帆は義信を見上げた。靴を脱ぎ立ち上がった彼が、当たり前のように夏帆の背に触れている。

　じっと見つめられて背中がじわじわと熱くなってきた。

「あの、私、お風呂のお湯を溜めてきますね」

「いや、いい。風呂は自分で溜める」

「なら私は夕食の準備をしてきます」

　心臓がドキドキとうるさくて、冷静になれと自分に言い聞かせる。どうにも調子がおかしい。ふたりの邪魔をしないと決めたのに、体が言う事を聞いてくれない。

　頬を押さえつつキッチンに立った所で、夏帆は掃除をする時にカビ対策でシャワーの温度を五十度に設定したままだったのを思い出す。

　湯張りは自動でしてくれるが、義信が間違ってシャワーを出したら大変だ。

「社長さん」

　大きな声で呼びかけながらバスルームへ向かうと、義信が水栓のハンドルに手を伸ばしていた。間に合った、と夏帆は大きく息を吐く。

「どうした」

　ガラス張りで広く感じるはずのバスルームは義信がいると狭い。そんな事でどきまぎしながら説明する。

「私、五十度に設定したままで、危ないと」

「ああ」

注意をしたのに義信がハンドルを回したので、夏帆は焦った。シャワーヘッドは上のシャワーフックにかかっている。

義信が頭からお湯を被って火傷《やけど》してしまう、と体が先に動き、夏帆はお湯を被った。

勢い良く出た適温のシャワーが、服をぐっしょりと濡《ぬ》らしていく。

「社長さん！」

「気付いて設定し直した。飛び込んでくる奴がいるか」

義信の手がハンドルを戻し、体に打ちつけるシャワーが止まった。肌に張り付いた洋服がべったりと気持ち悪い。スカートまで濡《ぬ》れなかったのは不幸中の幸いなのか。

「社長さんが火傷《やけど》すると思って……」

「そもそも五十度じゃ火傷《やけど》しない」

義信は脱衣所からバスタオルを取ってきて、広げて差し出してくれた。

「ほら、風邪を引く」

「ありがとうございます」

バスタオルに包まれると自分のバカさが恥ずかしくなる。それなのに、こうやって気遣われて嬉しい。

「湯を溜める前に、湯船にシャワーをかけようと思ったんだ」

「ああ、なるほど」

疲れて帰った義信を癒《いや》すどころか、さらに疲れさせている。彼をリラックスさせる事が出来るのはやはり翔太だ。

夏帆は役に立てない事を心の中で翔太に詫びながら、少し濡《ぬ》れた髪の毛先を触った。

「……翔太さんを呼びましょうか」

「何でだ」

次はフェイスタオルを頭から被せられる。

義信は夏帆の濡《ぬ》れた髪の毛先に触れてからシュシュを抜いた。髪に神経は通っていないはずなのに、心臓がばくばくと息苦しくなっていく。

「社長さんが疲れてるって教えてくれたのは翔太さんだから。翔太さん、社長さんを心配していました」

翔太が来ている間、夏帆は外にいればいいだけの話だ。義信は手の中で夏帆のシュシュを弄《もてあそ》びながら、薄い溜息を吐いた。

「そういえば翔太からメールが来ていたが、読んでない。ほら、着替えろ」

湯張りスイッチを入れた義信に肩を押される形で、夏帆はバスルームを追い出された。

けれど、肩を押す義信の力加減はどこまでも優しい。

義信は翔太との恋人関係を隠すために夏帆との契約結婚を選んだ。借金まみれの父親を持つ夏帆と結婚してまで関係を続けようとしたふたりの仲が悪くなるのは、おかしい。

「……好きな人には、ちゃんと好きって、伝えた方がいいと思います」

「ご高説、痛み入るよ。自分は伝えたのか」

夏帆は首を横に振った。目の前の人に好きだと伝えれば全てが壊れてしまう。

義信は翔太という恋人がいるのに、ずるいくらい優しい。例の小悪魔的な秘書にも、思わせぶりだったのじゃないかと勘繰《かんぐ》る程に。

「私、社長さんが教えてくれないと、何も協力出来ません」

「協力？」

邪魔をするつもりはないけれど、魅力的な男性に親切にされれば、処女でも恋愛経験がゼロでも、相手に恋人がいても、意識してしまう。こちらが相手にされていないとわかっていても、抑えられないものがある。仲の良いふたりを応援したいと思う気持ちを固めるように、夏帆はぐっと拳を握り込んだ。

「私、今日はお泊りしてきます」

「……どこにだ」

「社長さんは翔太さんと話し合って下さい。一晩でも二晩でも。そして、ちゃんとふたりにとって幸せな道を選んで欲しいです」

精一杯、それだけを早口で言って頭を下げると、夏帆は自分でも驚く程素早く部屋に駆け込み、鍵をかける。

「開けろ」

すぐに冷え冷えとした声がドアの向こうから聞こえたが、返事をせずにクローゼットから一番大きな布バッグを取り出した。そして二泊三日程度に必要なものを詰め出す。

不動産屋に直接行った方が早いかもしれない。前に住んでいたアパートの近くなら土地勘もある上に家賃も手ごろだ。今日はホテルを取って、明日中には決めてしまおう。

とにかく、この気持ちと決別するため、義信から離れたかった。

無心に洋服を詰め込んでいると、ドアがダンッと叩かれミシリと音を立てた。壊れそうな音に、夏帆の手が止まる。

「開けろ」

義信の腹《はら》の底からの声は怒気を孕んでいる。

「いいから開けろ。俺たちは夫婦だぞ。癇癪《かんしゃく》を起こしていては話し合いは出来ない」

夫婦という言葉に固まった。最初に契約だ、としつこいくらいに念を押してきたのは義信だ。矛盾にも程があるのに、夫婦と認識してくれている事を喜んでいる自分がいる。

「夏帆」

名前を呼ばれて目頭が熱くなった。が、同時に怒りもふつふつと湧き上がる。

結婚している事を隠す契約なのに、夫婦を持ち出す。大家夫婦には一緒に住んでいると宣言する。義信の中でどんな整合性があるのかが全く見えてこない。だから、かき乱される。

「大人げなく癇癪《かんしゃく》を起こしているのは社長さんですよね」

すらすらと文句が出てくる。ドアの向こう側が静かになった。

「最初から社長さんと翔太さんが結婚すれば良かったんです。別に婚姻届を役所に出さなくても、ふたりで書いて大事にするだけでもいいじゃないですか！」

言ってしまった、と夏帆の思考が止まる。脱力感のようなものが過ぎ去ると、すぐに猛烈な後悔が襲ってきた。

「翔太さんと恋人同士っていうのが悪いと言っているのではなくて、そういうのを黙っていられるのが、凄く困るという叫びでして」

怒っているからといって、相手が隠したい事を言うのは良くない。後悔で消えたくなっていた所、ドアの向こうからやけに冷静な義信の声がした。

「良く聞け、翔太は母親違いの兄弟だ」

「え」

「翔太が本妻の子で、俺は愛人の子だ」

母親違い、本妻、愛人。

ドラマでしか聞いた事のない言葉にも衝撃を受けたが、夏帆が気になるのは別の事だった。

「え、翔太さんと恋人同士では……」

「やめろ、気持ち悪い」

ドアがコツンと叩かれた。恋人同士じゃないと言われても頭がついていかない。この数ヶ月、ずっとそう思って暮らしてきたのだ。

「でも、翔太さんの名字は真崎で……」

「父親は婿養子で、元の姓が真崎だ。あいつの本当の名前は羽成翔太で、勝手に真崎を名乗っている。羽成を手伝いたくないという意思表示だ」

契約結婚だったから義信の親兄弟の事には触れてこなかった。恋人だと勘違いしていたのは自分だけれど、こんなに近くで接してきた人たちに本当の事を隠されていたのは純粋に悲しい。

「そうですか……」

小さな声がドアの向こうに届いたかはわからない。夏帆は涙が出そうになるのを堪《こら》えて、荷物をまとめる続きをする。

翔太が結婚の事を知っていた理由もわかったが、同じマンションに家がありながら、義信の家に出入りをしていたのはどうしてなのか。

「開けてくれ。顔を見て話し合いたい」

夏帆はゆっくりとドアの前に立つと、コツンと額《ひたい》をくっつける。

「兄弟で、恋人だった?」

ドアの向こうから、呆れ返った声がした。

「……なんでそうなるんだ」

「だって、ここに毎日来ていた理由がわからないから」

禁断の兄弟愛なら偽装結婚も必要だ。もう何が出てきても驚きはしない、と義信の返事を待つ。

「夏帆に」

緊張で胸が詰まってきたのを感じながら、夏帆は目をぎゅっと瞑《つぶ》った。

「俺が夏帆に手を出さないように、ふたりきりにならないように、来て貰っていた」

信じられない台詞《せりふ》に目を開いたと同時に、夏帆はドアを開けてしまった。その縁《ふち》を義信が掴む。

「やっと開けたな。なんでまだ着替えていないんだ」

義信は強引にドアを全開にし、夏帆の頭越しに服が詰められたバッグを見て顔を顰《しか》める。

くしゅっ、とくしゃみが出て、濡《ぬ》れた服のままだった事に夏帆は気付く。さっきから興奮し過ぎて感じなかった冷えが、体の芯に入り込んできた。

「あ、寒い。早く着替えないと」

どこか他人事のように呟くとまたくしゃみが出て、義信にバスタオルをはぎ取られた。

「だから早く着替えろと……」

義信の視線が胸もとに注がれ、夏帆も釣られて視線を下げる。

膨らみの上に描かれた、白いレースに花柄刺繍《ししゅう》のブラジャーのライン。白いシャツが張り付いて下着が丸見えになっていた。ファッション雑誌を読み始めた頃から一ヶ月に一セット新調しているのだ。

「……バスタオルを」

きっとバスルームでも露《あらわ》になっていて、だから、あんなに早くバスタオルを渡してくれたのだ。義信の紳士ぶりに感謝しながら、またバスタオルを受け取ろうとすると廊下にそれを投げられた。

「えっ」

夏帆は顔を真っ赤にして、胸を隠すように肩を抱く。義信の遠慮のない視線がうなじを辿り、肌が火照《ほて》った。

「俺と翔太が、付き合っていると思っていたのか」

口にするのもおぞましい、とばかりに義信は唇を歪《ゆが》める。夏帆はこくり、と頷いた。

「……翔太と」

頬を抓《つま》まれ、痛くない程度に伸ばされる。

「キスはしたのか」

人のファーストキスを奪っておいてそれはないだろう。夏帆が義信の手首を掴んで、力任せに横に引っ張ると簡単に離れた。

「社長さんには美人の秘書さんがいるせいで、そういう想像が出来るのかもしれませんね。すみません、着替えたいから、ちょっとだけ部屋から出て……」

眉間に皺《しわ》を寄せて顔を逸らすと、義信に顎《あご》を掴まれて正面を向かされる。端整な顔はこれ以上ない程に真剣で、ちっとも余裕が感じられなかった。

「秘書に求めているのは正確な仕事だけだ。それさえ出来れば、性別、年齢、容姿は関係ない。着替えを手伝う。我慢はもうやめだ」

何の我慢かを聞く前に、義信の顔が近づいてくる。彼の熱っぽい目は、閉じられずにいる夏帆の双眸《そうぼう》に据えられたまま動かない。

義信の唇が、唇の端にそっと押し当てられた。前のキスみたいに激しくなるのではと身構えたが、杞憂《きゆう》だった。熟《う》れた果実に触れるような繊細さで、唇の形をなぞっていく温かくて柔らかい感触は、前回のキスとは全く違う。

義信の指が顔の輪郭をなぞる。大事なものに触れていると錯覚させる力加減に、夏帆は眩暈《めまい》を覚えた。

「抱きたい」

頭の中が真っ白になって、体が固まった。初夜という言葉に過剰反応していた日々は遠い昔の事で、ストレートな要求をどう受け止めていいのか迷う。

「ずっと、抱きたかった」

熱を帯びた絞り出すような声が鼓膜を震わす。急展開過ぎて頭がついてこず、混乱したまま口を動かした。

「誰を、ですか」

唇が合わさったままの会話はいやに静かで、部屋の時計の音の方が大きく聞こえる。

「夏帆を」

熱を出し、妄想を通り越して幻覚でも見ているのではないかと思った。でなければ義信が急にこんな事を言い出すはずがない。

躊躇《ためら》った後、控え目に彼の額《ひたい》に手を置くと、やっぱりちょっと熱い気がした。

「どうした」

「熱でもあるかと思って。少し熱い……」

うっすらと笑った義信に二の腕を掴まれた。彼の熱が腕に染み込んでいく。

張り付いたシャツの裾を捲《まく》られ、脱がされる羞恥《しゅうち》に腰が引けた。両手で彼の胸を押し返す自分の指が、微かに震えている。

「待って、私に興味がないから、初夜も」

「強引に連れてきた初日に抱く程鬼じゃない」

強引に連れてきたという自覚があったらしい。濡《ぬ》れて張り付いた服は脱がされて、迷いなくブラジャーのホックに手を回される。

ぷつり、とホックが外されて、締め付けから解放された。腕から抜かれる下着の紐と、明るい部屋に浮かび上がる張りのある乳房。濡《ぬ》れていたせいでツンと立った乳首に、義信の喉仏が動いた。

慣れを感じさせる手付きに、夏帆はされるがままだ。無力感と恥ずかしさが突き抜けて、胸を隠すように体を丸めた所、抱き寄せられた。

「あの父親は誰かに寄生して生きてきた。新しい寮に連れていっても、すぐにあの家に戻ってくる可能性があったから、早急に家を引き払う必要があったんだ。夏帆を、隠さないといけなかった」

早口の義信に強く抱き締められてスーツの生地が肌にざらりと擦《こす》れた。義信が夏帆を守ってくれようとしたのはわかったが、純粋な疑問が残る。

「どうして、初対面なのにそこまでしてくれたの」

「今は、ここまでしか話せない」

――また秘密。

質問を阻《はば》むように、背中に手の平があてがわれた。腰から臀部《でんぶ》に下りていくその手は、どこまでも優しい。

首筋を甘噛《あまが》みされると、甘ったるい声が口から漏《も》れた。頭の芯がぼぅっとなって、支えを求めるように義信の服を掴む。

臀部《でんぶ》まで下りた手はスカートの中に滑《すべ》り込み、下着の上から、ぴったりと閉じた秘裂をなぞった。背骨を這《は》い上がる、ピリリとした感覚。

「あっ、何」

夏帆は反射的に膝をぎゅっと閉じた。お風呂ぐらいでしか触れない場所は、義信の指を拒《こば》むように固く強張っている。

「……まさか、初めてか」

義信の驚いた声に、夏帆はみじめな気持ちになる。ファッション誌の特集で男性が答えるアンケートに、処女は面倒だという意見もあった。

嫌がられたらどんな顔をしていいかわからない、と黙っていると、ふっと義信が笑みを浮かべる。

「そうか。嬉しいな」

義信の言葉に、瑞々《みずみず》しい喜びが胸の中に広がった。甘い蜜を探すように花弁を辿っていた指が離れていく。

ベッドに連れていってくれるのかと、夏帆の体から力が抜けた。

だが、顔を上に向けて息を呑んだ。義信は夏帆に触れていたかもしれない指を口の中に入れている。

「何、してるの」

「痛くないようにする」

そう言って唾液で濡《ぬ》れた指を口から抜いた。熱に浮かされた彼の目と視線が合う。濡《ぬ》れて光る指がどこにいくか、聞かずともわかった。

激しくキスをされた時に似た、腫《は》れぼったい熱が体の中にぽっと宿った。彼が体から発する大人の魅惑的な香りに、五感が甘く緩く麻痺《まひ》していく。

「あの、ベッドに。その前にお風呂」

せめてきれいな体で義信と抱き合いたいと夏帆は身を捩《よじ》った。

「わかってる」

彼の手が再びスカートをくぐり、今度は臀部《でんぶ》から下着の中に潜《もぐ》り込んだ。義信の大きな手の平がお尻を覆い、指はまた脚の付け根を這《は》う。

「あっ……っ、まっ……て」

大事な場所を覆うための花弁は、義信の濡《ぬ》れた指の動きに、先程より柔らかく開いた。広げられて蕩《とろ》け始めた内側がゆるゆると撫《な》でられる。

「やっ」

「そのかわいい声、誰にも聞かせるなよ。俺にだけ、これから毎晩、聞かせてくれ」

耳元で低い声で囁《ささや》かれ、理性が遠くへ追いやられると同時に肌が粟立《あわだ》った。脚の付け根が湿った熱を持ち、クチュと音を立て始める。

毎晩こんな事になれば、仕事どころじゃなくなってしまう。

「ま、待って」

「待つわけがないだろう。どれくらい我慢したと思っているんだ」

義信の人差し指と薬指が器用に花弁を広げ、潤《うるお》ってぷっくり膨れた紅色《べにいろ》の花層を、人差し指で捏《こ》ね始める。前後に、円を描くように、優しく、夏帆が反応する場所を探す。

次第に、お腹の辺りに溜まっていた熱が快感になって体内を巡り出した。

「あっ、やっ」

指で愛撫《あいぶ》され続け、溶けていくような未知の感覚に体を捩《よじ》ると、スーツの生地に乳房の先端が擦《こす》られて、ピクリと体が跳ねる。

「んッ、ぁ、……ぁッ」

「我慢するためにベッドに行ってないんだ、煽《あお》らないでくれ。こんなに濡《ぬ》れたかわいい声を出されたら……」

くちゅくちゅという粘着質な音が増すと、指がスムーズに動き出す。これが濡《ぬ》れるという事だとわかったが、恥ずかしくてたまらない。

顔を隠したくて義信の背に回した腕に力を込めた所、彼の指が壊れ物に触るみたいに丁寧に蜜口の周りを一周して、入り口で止まった。

「痛かったら、叩くなり噛《か》むなりしてくれ」

何を、と聞く前に指がつぷりと埋《う》められた。

「い…………」

閉じた襞《ひだ》の路に侵入してくる指は止まらない。奥へ進むそれに裂かれるような痛みに、夏帆は義信の背中に爪を立てる。

「痛《いた》っ……い、指、入って……っ」

「息を止めるな」

「ん、うん。は……ぁっ」

素直に息をして、自分でも触れた事のない路を広げていく指に身を委《ゆだ》ねる。内側の壁が開かれていく感覚に神経を研ぎ澄ませば、世界に義信とふたりきりのような気持ちになった。

自《みずか》ら濡《ぬ》れていく淫靡《いんび》な場所が、彼の指を呑み込む。

「こっちからは浅い。痛みは少ない、はず」

義信の長い指が蜜路に埋《う》まり、手の平は臀部《でんぶ》に密着する。お尻側の壁を撫《な》でるみたいに指を動かされて、夏帆は体の奥で、さっきとは違う悦が呼び覚まされる感覚に眉根を寄せた。

「あっ、はぁっ」

肉体の最奥に現れた何かがどんどん膨れ、疼《うず》き出すのが少し怖い。

くちくち、という音はいつのまにか大きくなっていた。スカートでかろうじて隠されている場所から聞こえてくる、指が動くたびに聞こえる粘《ねば》り気のある水音。

「痛いか」

痛みの中にある快楽を掴もうと、夏帆は首を横に振った。義信の大きな手の平が臀部《でんぶ》を潰すみたいに動き、指が後ろの薄い壁を内側から圧迫する。

体が自然に反って、もっと指が入るように後ろにお尻を突き出す体勢を取っていた。

「若さは未知数過ぎてこわいな。どんどんきれいになる」

その言葉に、夏帆ははっとする。義信は指を動かすのを止めず、浅い部分で蜜の音を立て続けて、体の中に悦を刻み付けていく。

「あっ、んっ。わたし、きれいじゃ……っ」

「夏帆がきれいなのは俺だけの秘密にしておきたかった。初めて見た日から」

指は蜜を混ぜ合わせるように、内壁に刻印を残すように動き、言葉は夏帆の鼓膜に甘い余韻《よいん》を残す。

「あ……っ、はっ、あっん」

「翔太が余計な事をしたと思っていた。俺が用無しになる日も近いと、苛立ってた」

足の裏から義信が触れている部分まで、自制心を崩すものがドクドクと上がってくる。

「だが、夏帆のためにならないな」

指が抜かれ、腫《は》れ上がり淫《みだ》らに光った花芯に蜜が塗り広げられた。夏帆の体を、激しい快楽が駆け巡る。

内側はいなくなった指を欲しがって疼《うず》き、溜まっていく快感が重みを増していった。

「ぁ、ああっ……あ、や、……何かが……っ」

「きれいになれ。だが、誰かに二度と触れさせるな」

義信はきれいになったと思ってくれていた。夏帆は彼の背中に回していた腕に力を込める。

義信の指が再び内側を激しく暴《あば》き始めて、思考は薙《な》ぎ払われた。

「しゃ、ちょう……」

もう片方の手で、花弁の内側、顔を出した萌芽を長い指先で虐《いじ》められて、何かが弾けた。

どくどくと内側が収縮する。奥の方が、物足りないと夏帆に訴えながら義信の指をきゅうきゅうと締め付けている。

「イッたか」

指を抜かれて寂しさと倦怠感《けんたいかん》が同時に訪れた。イクとは、この感じなのだろうか。お腹の奥はもどかしそうに、夏帆を駆り立てている。

「まずはここまで」

そうか、まだちゃんとした初夜は迎えられていないのだ。まだ、続きはある。期待に胸を膨らませつつもぼんやりしていると、スカートのホックを外され、下着もその場に落とされた。さすがに焦る。

「ふ、服を着たい」

かろうじて残ったまともな意識が、そこらに散らばった服に手を伸ばそうとする。

だが、服を拾おうとした手首を掴まれて、最初は手首の内側に、次は唇に軽くキスをされた。敏感になっていた肌が粟立《あわだ》つ。

「んっ」

「駄目だ。明るい所でちゃんと見たい」

夏帆が唖然《あぜん》としていると、舌で唇を舐められて、僅《わず》かに開いた唇の内側もちらりと舐められる。

先日と違って、じわじわと体の中に熱がこもった。激しく舌が入ってきた時は怒られていると思ったのに、今は全然違う。

「この間、泣いた理由を聞いていいか」

唇を啄《ついば》みながら聞く義信の声には苦さが滲《にじ》んでいる。そうだった、あの時、キスをされて自分は泣いたのだった。

「その、翔太さんと仲良くし過ぎた事を、怒っていると思って。だって、あの、舌が」

「……まさか、キスも初めてだったのか」

その通りなので否定出来ずに、夏帆は唇を真一文字に引き結んだ。

「そうか……、怖がらせたな」

義信に抱き寄せられて、夏帆はそっと目を閉じる。彼の腕の中で久し振りに深い呼吸をした。

義信に抱きかかえられていた夏帆は、掛け布団を捲《まく》ったシーツの上に静かに下ろされた。

裸の心許《こころもと》なさに布団を手繰《たぐ》り寄せようとする前に、スプリングを軋《きし》ませて彼が上がってくる。傾いたベッドに心臓が跳ね上がったが、スーツのまま義信が覆い被さってきて唇が重なると、それも些細《ささい》な事に思えた。

「んっ」

切羽詰《せっぱつ》まった彼の熱い息と舌で、口腔《こうこう》がいっぱいになる。前は驚くばかりだった深い口づけに腰がくねって、疼《うず》きが体の奥にとくとくと溜まっていく感覚に震えた。

「っ、あっ、……ふぁ」

鼻腔《びこう》から漏《も》れる恥ずかしい声に我に返っては、脳が痺《しび》れるような心地良さに引き戻される。声は堪《こら》えようとしても出てきた。

義信は器用に自分の服を脱いでいく。男の人の裸を正視出来ずにぎゅっと目を瞑《つぶ》っていると、手の平で乳房を揉《も》みこまれた。指の間で乳首を挟まれて、体が跳ね上がる。

「ひああっ」

「……肌もきれいだ」

義信の濡《ぬ》れた唇が首筋を這《は》い、素肌の柔らかさを味わうように何度も往復する。瞬間瞬間に甘美さが体を走り抜け、啜《すす》り泣くみたいに喘《あえ》いでしまう。

お風呂に入っていない体を開くのは恥ずかしいのに、筋肉に覆われた太腿《ふともも》が、両脚の間に入り込んできた。

太腿《ふともも》が彼の硬い胴体に触れ、体のつくりの違いに夏帆は慄《おのの》く。

「大丈夫か」

ぎゅっと瞑《つぶ》った目尻に、義信は唇で触れてきた。こくこくと頷くと、いつの間にか胸の前で握っていた両手を彼の手で解かれる。

「あっ」

「大丈夫じゃないな」

義信は微かに笑い、夏帆の両手首を片手で緩く掴み頭上に押さえつけた。手を拘束《こうそく》されたが、不思議な程何の不安もない。

じっと義信の目を見つめると、甘く掠《かす》れた声で囁《ささや》かれる。

「その目が好きだ。ずっとこうしたかった」

好きだ、と言われて、夏帆は息が止まるかと思った。

義信の唇は右の乳輪ごと咥《くわ》え込み、口の中で屹立《きつりつ》した乳首を舌で押し捏《こ》ねる。夏帆の手首を解放すると、乳房の膨らみを両側から寄せて、今度は左の突起を甘噛《あまが》みした。

「っ……」

舌先で屹立《きつりつ》したそこを押したり、色づいた部分を舐めたり、舌の動きは止まらない。

彼が唇を離した先端は唾液でぬらりと光り、その滑《すべ》りを利用して片方は指の間で、もう片方は唇で舐《なぶ》られ、下腹にじんじんと悦が溜まっていく。

義信の頭を離そうとすれば、またその手首を掴まれて自由を奪われた。

胸の形を辿るように脇の下まで舐められると、さすがに腰が跳ね上がる。自由にならない手の代わりに、汗ばんできた両脚で義信の胴をぎゅっと締め付けた。

「それ、だめ……っ」

「それはこっちの台詞《せりふ》だ」

義信は夏帆の両手首を解放した手を、そのまま脚の間に滑《すべ》り込ませ、蜜をしたたらせた儚《はかな》い花弁をかき分ける。

そして先程の愛撫《あいぶ》の余韻《よいん》がある腫《は》れぼったい内側で、夏帆の反応を探るみたいに指を前後に往復させた。

「あぁっ、やっ、あっ……ッ、っん」

声を抑えようとしても、息のように音が漏《も》れてしまう。

「大丈夫だ、痛くないように、濡《ぬ》らす」

彼の指先が悪戯《いたずら》するように萌芽を押し潰し、痛みと悦が同時に訪れた。

「はっ」

彼の指が動くたびに頤《おとがい》を仰《の》け反《ぞ》らせながら、ベッドの上へ上へと体は逃げていく。

段々と痛みよりも快楽が勝り、下肢に溜まった疼《うず》きが大きくなった。

「感じるのが上手だ。だが逃げるな。どこまでも追いかけるぞ」

義信の視線が一瞬だけまとめた荷物にいき、夏帆は含みのある言葉にゾクリとした。

抱き締められて、ベッドの下の方に位置をずらされる。

「だって」

「大人の本気を舐めるなよ」

「本気って……っ、ンッ……あっ、はぁっ」

蜜口の中に指を穿《うが》たれて、夏帆は背中を仰《の》け反《ぞ》らせた。ぐちゅぐちゅという淫《みだ》らな水音が、巧みな指の動きと一緒に起こる。

ぐっ、と粒を押し潰されて、目を剥《む》いた。快感が螺旋《らせん》を描いて上《のぼ》り詰めていく感覚と、空中にふわりと投げ出されたような陶酔《とうすい》が一緒に訪れる。

「ふ……はぁ……っ、あ……」

肉襞《ひだ》が、義信の指をぎゅうぎゅうと締め付けていた。力が抜けて、体がシーツに沈み込む。じわりと浮かんだ額《ひたい》の汗を拭《ぬぐ》いたいけれど、手を上げるのも億劫《おっくう》だった。

「狭いな……」

独《ひと》り言《ご》ちた義信が、夏帆の弛緩《しかん》した脚を大きく開く。怠《だる》い体では抵抗出来ず、蕩《とろ》け切ったそこに押し当てられた硬い先端。

「挿《い》れるぞ」

無意識に引いた腰を義信の手が掴み、滾《たぎ》った杭《くい》を容赦なく挿入された。これ程までに痛いとは思っていなかった夏帆は小さな悲鳴を上げる。

「ひ……っ、やあっ……っ」

浮遊していた意識が体に戻って、痛みに呻《うめ》く。眦《まなじり》にうっすら涙を浮かべながら、手で義信の肩を押しやっていた。

「や、め……」

体を揺すぶられつつも、痛みから逃れようと体を捩《よじ》る。指の比ではない大きさの猛《たけ》りを奥までねじ込むように突き上げて、義信は熱い吐息を漏《も》らす。

「辛いなら、噛《か》みつけ」

圧迫感と硬さが鋭い痛みを引き起こした。堪《たま》らず夏帆は義信の厚い肩に腕を回して彼を引き寄せ、噛《か》む事なく額《ひたい》をぴったりとくっつけて耐える。

「しゃちょ……っ」

「義信だ。それは役職で名前じゃない。……夏帆」

名前を耳元で囁《ささや》かれ、蜜壺が猛《たけ》りを締め付けた。

「よしの、ぶ、さん……」

名前を呼んだだけなのに、痛みは徐々に官能へと変化していく。

その感覚はあまりにも強烈で、夏帆は甘美さに喘《あえ》いだ。

「やっ、あっ、んっ……」

「夏帆、きれいだ」

義信は引きずり出した猛《たけ》りを、体重を乗せて肉襞《ひだ》の奥までねじ込む。抽送によって劣情を呼び覚まされ興奮してしまう自分は、淫《みだ》らに堕《お》ちたのかもしれないと夏帆は思った。

「義信、さん」

痛いのに、もっと欲しい。満ちていく快感は、今までに感じた事が無い類《たぐい》のものだ。

縋《すが》るように義信の名前を呼ぶと、彼は一瞬だけ動きを止めた。

それから、夏帆の唇や舌を吸いながら、名を囁《ささや》き、深く突き穿《うが》つ。重なった汗ばんだ肌、義信の口から漏《も》れる熱く短い吐息。

初夜を迎えられたんだ、と夏帆の感情が昂《たかぶ》った。

「はっ、あっ、ああ……っ、ンンッ」

奥から蜜が零《こぼ》れ落ち、シーツを濡《ぬ》らしている箇所が肌に冷たく触れる。

「夏帆」

義信の顔が斜めになって近づいてきて、夏帆は唇を開き彼の舌を受け入れた。

体を繋《つな》げながら、キスをして、手を絡ませる。心まで寄り添えたような感動に、義信への想いをまた募らせた。

もし、役所に行った日に初夜を迎えていたら、体を引き裂かれる痛みに、彼を受け入れられなかったかもしれない。

今なら、義信が夏帆を心から求めてくれているのがわかる。たった数ヶ月でも一緒に暮らして培《つちか》ったものが、この喜びに結びついているのなら嬉しい。

「痛くないか」

返事の代わりに、夏帆は義信の首に腕を回して彼を引き寄せた。痛いからやめて欲しいとは思えない。

「もっと……触って……」

快楽に浮かされたような言葉に、義信が息を詰めたのがわかった。

激しい抽送に揺さぶられるたび背筋を突き上げる愉悦《ゆえつ》は、思考を奪うには十分だ。蜜襞《ひだ》は獰猛《どうもう》な猛《たけ》りを受け入れて、蠢《うごめ》きながら淫靡《いんび》に締め付ける。

「ああ、締まる……ッ。良過ぎる……だろ」

義信は体を起こして夏帆の膝裏に手を入れると、ぐいと腰を押しつけた。先端が更に進み、夏帆は小さな悲鳴を上げたが、溢れた蜜は滑《なめ》らかに奥へと導く。

「あぁぁッ」

「きつ……いな」

まだ入るなんてと慄《おのの》いた夏帆の奥を、義信はその剛直で混ぜるように煽《あお》った。合わさった部分で、ぬちゃぬちゃという音がして、萌芽も刺激され、お腹から全身に血が巡る。

「あっ……」

快感は大きく膨らみながら何度も背骨を走り向けた。瞑《つぶ》った瞼《まぶた》の裏に光がチラチラと瞬《また》き、夏帆は下半身が蕩《とろ》ける感覚に身を委《ゆだ》ねる。

「やっ、あっ、だめ、いっ……」

とんとんと駆け上がった快楽は、なんの前触れもなく弾けた。

「ああああっ」

目の前が真っ白に輝き、夏帆は声にならない声を上げて絶頂を味わう。何が起こったのかと呆然としている間も、義信はその動きを止めない。

「……くっ、凄いな」

蠢《うごめ》き収縮する蜜襞《ひだ》が義信の猛《たけ》りに絡み、その精を搾《しぼ》り取ろうと扱《しご》き始めた。

ぐっと歯を食いしばった義信の猛《たけ》りは一層膨張し、夏帆の腰を持つと激しく打ち込み始める。

反り返った先端に内側の壁を抉《えぐ》られる強い刺激に、達したばかりの夏帆はついていくだけで精一杯だ。

「あっ、あぁ、ンッ、あっ」

「……ッ」

息を詰めた義信が、夏帆の体内に精を放った。二、三度腰を打ち付けられながら注がれた熱を受け止めて、夢見心地のまま口を開く。

「好き……」

強く抱きしめられた義信の胸の中で、吐息と一緒に呟く。聞こえなくても良いと思ったのは、拒否されるのが怖かったから。

シンデレラは、降って湧いてきた幸せを掴む事を、躊躇《ためら》わなかったのだろうか。相手はダンスをしただけの王子様。全く違う世界に飛び込む勇気を持てたのは、どうしてだろう。

達した余韻《よいん》に身を委《ゆだ》ねていると義信が花芯から自身を抜いた。

「……大丈夫か。悪い、激しくし過ぎた」

「大丈夫」

そっと髪を撫《な》でられて夏帆は目を閉じる。今はただ、義信が与えてくれる安心感に酔いしれたかった。


「夏帆がいないんだけ……、おっ」

ドアが開く音と、翔太の声が遠くから聞こえる。ふわりと肩上まで布団がかけ直されて、湧き上がった幸福感のまま、シーツに頬を擦《す》りつけた。

「何だよ。ついに出ていかれたのかと」

「気を使えよ。今、何時だ」

義信の声が傍から聞こえると、起き出した体が怠《だる》さを訴え出した。瞼《まぶた》は重くて開かないし、股関節には凄い違和感がある。

「午前九時」

「来るには早いだろう。まず、お前は部屋を出ろ。あと、話がある」

「来てくれだの、来るなだの、話があるだの、我がままだな」

「お前に言われたくない」

微睡《まどろ》みながら、軽口を叩き合うふたりは仲直り出来たようだとほっとした。突然、布団の中に空気が入って、ベッドマットが傾く。そこにあった温《ぬく》もりが無くなって、体が寒さにきゅっと縮こまった。

「夏帆を起こしたくない」

大きな手が愛《いと》おしげに肩を撫《な》でてくれる。優しい力加減に胸が締め付けられて、一気に目が覚めた。視界に入ったのは、大きな窓とその下にあるふたり掛けの白いソファ。パタン、と遠慮がちにドアが閉まる音を聞きながら、夏帆は茶色と青のクッションカバーのコントラストを見つめていた。

「……ここ、どこ」

直接肌に触れるシーツの感触に、自分が裸である事は確かめなくてもわかる。この家でベッドがある部屋はふたつだ。夏帆の部屋と、義信の部屋。簡単な消去法で、ここは義信の部屋だと理解出来た。

「社長さんの部屋……」

フローリングにラグとベッド、あとは白いソファと机だけだ。床の上もきれいで、色遣いや家具の配置のセンスの良さに苦笑する。

……センスまで良いなんて。

夏帆は浮かれた感情を収めようと、枕に自分の顔を押し付けた。

抱かれたのを覚えていない、なんてうそぶく事は出来ない。体にたっぷり残った義信の熱の記憶は鮮《あざ》やか過ぎる。だが、自分の部屋で抱かれたはずなのに、なぜ義信の部屋にいるかはわからない。

「落ち着かないと」

最初は痛みしかなかったのに、それからどんどん気持ち良くなっていった。恥ずかしい声がいっぱい出て、込み上げてくる気持ち良さにどうしていいかわからず、自分から義信を抱き寄せたりもした。

「ああっ。起きないとダメなやつだ！」

ベッドの上でいろいろな事を考えない方が良い。そう思ってベッドから起き上がろうとしたが、脚の間が少し痛んで動きを止めた。激しく貪《むさぼ》られたせいか、いつもよりそこが腫《は》れぼったい。

……初めてって、やっぱり痛いんだ。

昨日は気持ち良くて、嬉しくて、体の痛みに鈍感になっていた。それ程に夢中になれた夜を思い出すと、幸せ過ぎて切なくなる。

痛みを感じないように、ゆっくりとベッドから下りた所で洋服どころか下着も無い事に気付いた。

夏帆の部屋は義信の部屋の隣、体を隠すものがあれば走って戻れる。いっそこの掛け布団を体に纏《まと》って部屋に戻ろうか、と部屋を見回して、もう一度ソファの上で視線を止めた。

「服」

掛け布団を体に巻きつけ、引きずりながらそろそろと近寄る。ソファの上には女物の、見るからに高そうな下着と、洋服がきちんと畳まれて置かれていた。

「社長さん、男の人が好きなんじゃなくて、女装癖が……」

骨格を隠すのが大変そうだと思いながら下着を広げてみると、サイズが明らかに義信のものではなかった。どう見ても、夏帆のサイズだ。下着のサイズをどうやって知ったのかと訝《いぶか》しむ。

『ずっとこうしたかった』

吐息と一緒に耳元で囁《ささや》かれた言葉を思い出して、下着を床に落とした。

拾いつつ、あれは嘘じゃなくて本当かもしれない、と思う。

顔が真っ赤になって、拾いかけた下着を掴み損ねた。

……本気で、本当に、そう思ってくれていたのなら。

アパートで会ったその時よりも、実はもっと前から、気にしてくれていたのなら。

義信が大家にした話は、本当だったのだろうか。夏帆を本当に小さな頃から知っていたという、お伽噺《とぎばなし》のような話。

一気に視界が開けるようなおもはゆさを覚えた夏帆は、その下着を身に着けてみた。

レースの下着の上に、膝丈のノースリーブのワンピースを着る。明らかに余所行《よそい》きの洋服で、化粧をした方がしっくりくる気がした。

「あ……」

自然とそういう事を気にするようになった自分に驚く。きれいになるって、こういう事かとしみじみ感じた。自分の中の感性を掴んでいく、繊細で根気のいる作業。

義信と会うのが恥ずかしいと思いつつドアを開けると、翔太の声が聞こえてきて、夏帆はドアを静かに閉じる。

じっとりと嫌な汗が浮かんだ。微睡《まどろ》みの中で翔太の声を聞いた気がしたが、夢だと思っていた。そういえばさっき、部屋に来ていなかっただろうか。義信と同じベッドで寝ていた姿を見られていたとしたら、さすがに翔太に会うのは気まずい。

夏帆は音も立てずに義信の部屋を出て、すぐ隣の自分の部屋に足を向けた。せめて翔太が帰るまで部屋に隠れていたい。

そんなささやかな願いは、すぐに打ち砕かれた。

「夏帆」

ふいに後ろから義信に腕を掴まれる。

「どこへ行く」

痛いくらいの力加減に振り返って見上げると、義信の顔には焦りが浮かんでいた。

「部屋に戻ろうと思って。洋服、勝手に着てごめんなさい」

この洋服は着てはいけなかったのだろうかと不安がよぎる。だが、ほっと表情を緩ませた義信を見て杞憂《きゆう》だったとわかった。

「似合ってる。気付いてくれて良かった」

満足そうに頷いた義信の目が、じっくりと服の上を這《は》う。中の下着まで見透かしてしまいそうな強い視線に顔が火照《ほて》り出した。

「ありがとう、ございます」

義信とは別の視線を感じて振り返ると、壁にもたれるようにして立っている翔太と目が合う。

「朝からお邪魔してまーす」

「おはようございます」

手を振って応《こた》えてくれた翔太から隠すみたいに、義信が夏帆の前に立った。彼が纏《まと》ったピリッとした雰囲気に夏帆は驚く。まるで手を出すなとでも言っているかのようだ。

「じゃ、俺は仕事に行くから。夏帆、またね」

何事も無かったとばかりに翔太が背を向ける。からかわれるかと思っていた分、肩透かしをくらった。

「もう帰るんですか。何か用があったんじゃ」

「ああ。丸く収まったみたいだから」

全てバレているんだと、夏帆は顔を赤くする。

「うまくやれよ」

そう言い残して立ち去る翔太を玄関まで見送ると、家にふたりきりになる。義信はドアの鍵を締めながら、翔太の来訪の理由を教えてくれた。

「昨日の夏帆との電話と、俺がメールを無視してたのとで、心配で来たらしい」

仕事前にわざわざ訪ねてくる程、翔太は義信を気にしている。やはりふたりは仲が良いんだなと思って、ほんの一瞬だけ嫉妬《しっと》した。

「翔太は、俺たちが結婚していないと困るんだ」

「どうしてですか」

「親に結婚を急《せ》かされるから」

それが義信の結婚とどう関係があるのか、夏帆が首を傾げると義信は言い方を変えた。

「本妻の子である翔太が、本来なら跡取りだ。羽成としても、血が繋《つな》がっている子に事業を継がせたいのはやまやまだが、翔太があの通りだから俺にその分の義務を期待する」

どこか突き放すような口調に義信の孤独が見えた。

夏帆は義信の腕を、ぎゅっと強く握る。

「聞く事は出来ます」

彼に手助けなんていらないかもしれないが、共有するだけで軽くなるものがあるはずだ。

義信は笑んで「ありがとう」と夏帆の頭に手を載せた。この大きくて頼もしい手の助けになる事があるのなら、何でもしたい。

「で、下着もあそこにあったのを着けてるんだろう」

「……ん？」

急に下着の話をされて硬直してしまった。凄く良い感じの会話だったはずなのに。

「どうしてその話に……」

「気になるから」

夏帆は服の上からジャストサイズな下着に触れた。

「……すみません。脱ぎます」

「なら、手伝おう」

パチン、と指を鳴らした義信は、良い事を思いついたとでも言いたげだ。さっそく夏帆の背中のファスナーに手を伸ばしてくる。

「何かおかしいですよ、義信さん」

「話を、聞いてくれるんだろう」

笑みを消した真剣な眼差しで見つめられながら、背中の途中まで下ろされるファスナー。義信の手が侵入して、ブラジャーのホックが外される。

「これは、話じゃないと思う……っ」

「男と女の話し合いだ」

焦る気持ちとはうらはらに、低く掠《かす》れた声が耳に届くと、下腹部にとくとくと熱いものが溜まり始めた。ワンピースの上から肩にキスを落とされて、愛《いと》おしげに唇で辿られ、流されそうになる。

でも彼を昨夜受け入れ続けた場所は擦《こす》れると痛い。また昨日の激しさで抱かれれば、きっともっと痛くなってしまう。夏帆は義信の肩を掴んで、小さく訴えた。

「あの、い、痛いの」

言葉尻は弱くなったが義信の耳には届いたようで、ちゃんと動きを止めてくれた。器用にブラジャーのホックを付けて、背中のファスナーも上げてくれる。

「俺は大人げないな」

ゆっくりと抱き寄せられ、義信の胸に頬をぴったりとくっつける。ほっとしながら彼の背中に手を回すと、とろりと内側から染み出してくるものがあった。

「あっ」

下着をたっぷり濡《ぬ》らしてなお内腿《うちもも》に伝いそうな量に、義信に抱きついたまま硬直してしまう。

「どうした」

「だ、大丈夫。何もない……」

「何もない事は無いだろう。どうした。病院に行くか」

病院に行くなんて恥ずかしい。中から何かが出てきたとは答えづらいが、義信の何としてでも聞き出すという気迫に、夏帆は顔を真っ赤にして口を開いた。

「その、何かが、出てきて」

義信はすぐに何かを察したようで大きく息を吐き、それから夏帆を強く抱きしめる。

息苦しい程の抱擁《ほうよう》なのに、甘い疼《うず》きが体に宿った。

「避妊は、今度からちゃんとする」

夏帆は閉じていた目を開く。夫婦は避妊をするのだろうか。

……契約は、続いたまま。

浮かれていた気持ちがすとんと落ち着いた。そんな夏帆の背を義信は優しく撫《な》で続ける。

「次は、結婚発表後からだ」

義信の揺らぎない言葉の意味が分かるまで数秒。

それが、避妊をしなくなる時期だと気付いて、夏帆は幸せに頬を赤く染めた。

# 4

「出張だ」

帰ってきた義信が背広をソファの背に投げ置いた。ムスッとしてネクタイを緩める彼は本当に行きたくなさそうだった。

「仕事ですよね」

「――夏帆も、来るか」

本気だとわかったのは、パスポートを持っているかと聞かれたから。生まれてこの方、海外に縁など無かった夏帆は、それをどうやって作るかも知らない。

「仕事に私を連れていってどうするんですか」

「外国ならパートナー同伴は普通だ」

「英語は喋《しゃべ》れないので」

「どうにかなるもんだぞ、意外に」

シャツの第一ボタンまで緩めた義信は、背広をハンガーにかけようとした夏帆の腰に手を回し、引き寄せた。

「んっ」

性急に重なった唇の間から、舌が差し込まれる。抗議するように体を引こうとすると、臀部（でんぶ）をしっかり押さえ込まれた。そして、熱を帯びた猛りを下腹部にわざと押し付けられる。

「すぐ……っ、そうやってッ」

体が痛かったのは初めてから最初の一週間くらい、その間はとても紳士だった義信だったが、夏帆が回復したと知った瞬間、肉食獣のような笑みを浮かべた。

今の義信を一言で表すとすれば、『大人げない』。厄介なのは、義信自身がそれを認めている所だ。

「んっ、ダ、メッ、ご飯が先だから」

「夏帆が先だ」

「私は、ご飯じゃない……ッ」

「俺の飢《う》えを満たせるのは、夏帆だけだ」

「あっ」

下半身を押し当てながら耳元で囁《ささや》かれ、ゾクリとしたものが背筋を這《は》った。

顔を逸らそうとしたが顎《あご》を掴まれ上を向かされ、抵抗する間もなく顔を斜めにされ深く口づけられる。じゅっと唾液を送り込まれて、夏帆は目をぎゅっと瞑《つぶ》った。

緩んだ唇に舌が入り込み、咥内《こうない》を蹂躙《じゅうりん》し始める。上顎《あご》、頬の内側、舌を舌で捏《こ》ねられると、口の端から溢れた唾液が零《こぼ》れた。

顎《あご》を伝った唾液を義信は指ですくった。

「……あ、だめっ」

濡《ぬ》れた指は夏帆のスカートの下、下着の中に素早く潜《もぐ》り込む。

「指を濡《ぬ》らす必要はなかったか。どんどん中から零《こぼ》れてくるぞ、聞こえるかこの音」

指をそこで跳ねさせて、ぐちゅっぐちゅっという音をわざと立てられた。

「やめ……、恥ずかしいっ」

蕩《とろ》けた秘裂は濡《ぬ》れ切っていて、義信の手まで蜜でひたひたに濡《ぬ》らす。指はくちゅり、と音を立てて花弁をかき分け、その膨らみをゆるゆると捏《こ》ねる。

頭がぼうっと痺《しび》れて、与えられる愉悦《ゆえつ》に、夏帆の官能は息苦しい程に高まった。

「あっ、ふっあ……っぁ」

「痛くないか」

「気持ち、いいっ」

口をついて出た言葉を、取り繕《つくろ》う余裕はない。

「あっ」

萌芽が指で押し潰されると、目の前がチカチカ光って、蜜襞《ひだ》は空虚なまま軽く収縮する。何かを探すように強く蠢《うごめ》くナカが、夏帆を切なくさせた。いつの間にかお尻はソファの背に押し付けられていて、限界まで上向いた顔にキスがいくつも降ってくる。

「今、イッた？　ここに指を置いてるだけで動いてるのがわかる……零《こぼ》れてきた」

蜜口に指を当てたままの義信の指は中を穿《うが》たない。零《こぼ》れてきた蜜を、花芯に塗り広げるのみだ。

じれったい、と下腹部が訴えてきてつらい。夏帆は義信のスラックス越しでもわかる反り返った猛《たけ》りに手を添えた後、躊躇《ためら》いがちに撫《な》でた。

ぴたり、と義信が動きを止める。

「……俺に余裕が無いの、わかってるのか」

「あっ」

義信に体を反転させられてソファの背に押し付けられ、すぐにピリッと避妊具の袋が破られる音がした。

下着を下ろされて腰を掴まれ引き寄せられる。義信が蜜口の場所を調べるように臀部《でんぶ》を割り開き、明るい部屋で熱を持ったそこがひやりと冷えた。

夏帆はさすがに羞恥《しゅうち》で身を捩《よじ》ったが、義信の力の前では無駄でしかない。

「やめて……っ。恥ずかしいからっ」

「煽《あお》ったのはそっちだ。今度一緒に見てみるか、きれいな色だぞ」

そんなの見るわけがない、そう口にする前に切っ先が迷いなく蜜口に当てられ、杭《くい》が隘路《あいろ》をじっくりと貫《つらぬ》いていく。

「ああっ」

最奥までみっちり埋《う》まると、夏帆は満たされた安堵の息を吐く。そうして火照《ほて》り始めた体を感じながら、彼の動きを待った。

満たされてしまえば、悩みも全て些細《ささい》な事になる。いつものように、深い繋《つな》がりで満たして欲しいと願っていると彼が呟く。

「……もう、出そうだ」

義信の声が耳元でして、それから耳を甘噛《あまが》みされる。

「あっ」

「出張は最低一週間、それ以上延びる事があるかもしれない。……浮気、するなよ」

相手にしてくれる人なんていないし、どちらかというと浮気の心配をしなくてはいけないのは夏帆の方だろう。

「浮気って」

最後まで言う前に、引いた腰をズンッと奥まで貫《つらぬ》かれ、そこでぐるりと腰を回され、快楽に夏帆は小さな悲鳴を上げた。

「ひあっ」

「俺は夏帆を愛している。変な男に引っかかるなよ」

義信の手が忙《せわ》しなく夏帆のシャツとブラジャーを押し上げて、背中側から胸を下から掬《すく》うように揉《も》む。

聞き間違いだっただろうか。義信は、愛していると言った。

「今、何て」

「愛してる。好きだ、何でも良い。出張に連れていけないのが悔《く》やまれる……」

「んっあっ……っ」

指の間で乳首を挟まれながら、形を変えて揉《も》み込まれる。後ろからの律動は激しく、足が時折宙をかいてしまう。その体を支えてくれているのは義信だった。

先程の言葉を何度も確かめたい気持ちが湧き上がる。けれど、荒く短い吐息、胸を揉《も》む手、止まらない律動、義信の余裕の無さが夏帆の五感に絡みついて、言葉にならなかった。

「……夏帆は、どんどん、きれいになる」

義信は腰の動きを止めずに、独り言のように言う。

「だが、ずっと前から、俺のものなんだ」

ずんずんと後ろから突かれて、愉悦《ゆえつ》の靄《もや》の中に漂《ただよ》っているみたいだった。夏帆の気持ち良くなる場所を暴《あば》いては執拗《しつよう》に攻めてくる体力に、ただされるがままになってしまう。

「義信、さんっ」

くる、と思った。さざ波だった愉楽が突然膨らみ、このまま弾けたいと強く願った。

義信は夏帆の限界を知り、それを助けるように萌芽に触れながら奥を擦《こす》り続ける。もう片方の手で乳首を抓《つま》まれた時、溜まっていた悦が弾けた。

「あ、んあああっ、あっ、ああ……ッ」

「大丈夫か」

夏帆が大きく身を震わせて達したのを見た義信は、ぐったりとした彼女から自身を引き抜く。

「え」

いつもなら二回はするのに、と夏帆は驚きの目を向けた。

「我慢の、練習だ」

寂しげに笑んだ義信は続ける。

「好きな人と離れるのは、つらいな」

彼の目に浮かんだ優しい光はとてもきれいだった。

……愛されている。

その事実はあまりにも甘酸《あまず》っぱくて、夏帆は照れたように微笑んだ。

羽成創建設のホームページの企業情報から会社概要に入ると、社長メッセージがある。そこに載っている笑顔の義信の写真を、夏帆はスマホから眺めていた。

会社近くの定食屋のカウンターでひとりランチ。日替わりメニューの若鶏《わかどり》の塩麴《しおこうじ》焼きタルタルソースがけを、口に運ぶ。

癖のないソースが若鶏《わかどり》の旨みを引き出すこのメニューが好きだった。この定食屋で一番美味《おい》しいと思うのだが、なかなか日替わりメニューに登場しない。

一緒に食べたい、と出張で留守にしている義信に心の中で話しかけた。

義信が出張に出てからひとりで食べる朝食は味気なくて、三日くらい前から抜いているし、夜ご飯も簡単に済ますようになっている。

出張が決まった日からは毎日義信に抱かれた。それもあって、ゆっくり眠れるとこっそり喜んだのは出張が始まった最初の一日だけで、目が覚めて彼の姿がない事が寂しい。

今朝、起きたら久し振りにメールが入っていた。飛びつくように読んだ所、出張が長引きそうだとの連絡で、気持ちが落ち込んでいる。

翔太なら、このモヤモヤする気持ちを聞いてくれるだろう。だが、義信に会いたくてたまらなくて、キューッと胸が締め付けられるし、しまいには食欲が落ちてきて……なんて相談しようものなら、彼は笑い飛ばすはずだ。

別に、この人が私の夫ですと叫んで街を走り回りたいわけではない。

義信は愛していると言ってくれたけれど、離れている時間が長くなると、このまま彼が帰ってこないかもと感じるのだ。

……父親のせいかもしれない。

心の中にドス黒い靄《もや》が広がって、慌てて味噌汁の椀に手を伸ばした。

周囲に結婚の話が知れ渡った瞬間に、義信の名前を使ってあちこちに借金をして回るのではないか。そんな父親への不信感がそのまま、義信との関係の不安に繋《つな》がる。

ぼうっと口の中に流し込んだ巻き麩《ふ》は、噛《か》んでもふわふわとしていて、ほとんどそのまま呑み込んだ。

父親の事で義信に迷惑が及ばないようにどうにかしたいけれど、どうすれば良いのか、どんな方法があるのか全く思いつかない。

あれこれ考えていたら、会社に戻らなくてはいけない時間が近づいていた。

慌てて、柔らかめに炊《た》かれた白米を、ほぼ噛《か》まずに味噌汁で胃に流し込む。手を合わせてごちそうさまをし、会計を済ませた。

店の外にはいろいろな表情の人々が歩いていた。すっきりした人もいれば、重苦しい表情の人もいる。

自分はどんな顔をしているのか、と頰に手を添えた所で、肩をポンッと叩かれた。

「久我」

振り返るとそこには同僚数人と一緒に小池がいた。夏帆は見知った人たちに笑顔で会釈《えしゃく》する。

「今日のお昼は外だったんですね」

夏帆の横を歩き始めた小池は腕を上に伸ばして背伸びをする。

「息抜きにね。久我はひとりだったの？」

「ひとりです」

美雪を誘ったが、お弁当を持ってきているとの事だったのでひとりで来た。

「けっこうひとりで行動するよね」

「そうですか？　あそこの定食屋さんは特別です。日替わりのタルタルが好きでメニューを毎日SNSでチェックしてるんですよ。今日はタルタルで、お弁当も作ってなかったので、行くしかないと思いまして」

夏帆が振り返って定食屋を指差すと、小池は興味津々《きょうみしんしん》に見やる。

「ああいうとこ、ひとりで入るんだ」

夏帆が生まれる前からありそうな情緒溢れる店構えは、確かに女子がひとりで入る店には見えない。

「そういえば、おじさんひとりのお客さんが多いような……」

店の中の面子《メンツ》を思い出して呟く夏帆に、小池はおかしそうに笑う。

「ほんと、久我は面白いよね」

「美味《おい》しいんですもん、ほんとに」

正面に向き直ると、彼が一緒に歩いていた同僚はいつのまにか数メートル先を歩いていた。

「追いかけなくて良いんですか」

目で彼らを差しながら、小池に問う。

「別に良いよ。ていうか、久我がSNSしてるの意外。リア充投稿してるわけだ」

「投稿はしてません。純粋に、タルタルのファンなんです」

ランチを写真に撮ってアップした事はない。飲食店が今日のメニューを投稿しているのを知って登録しただけだ。

「へぇ、そんなに美味《おい》しいなら今度誘ってよ」

ざわり、と胸の中で何かが騒ぐ。前ならもちろんですよ、と気軽に返事をしていただろう。

なのに、義信と一緒に行きたいという想いがますます膨らんで、無言になってしまった。

「あ、嫌なんだ」

意外そうな小池の口調に夏帆は困る。会社のエントランス前にある石段を下りながら害のない言葉を探した。

「だって、お酒が無いじゃないですか」

小池の顔を覗き込んで、軽はずみな言動だったと気付く。

「なら、飲みに行こうか。今夜どう。樽《たる》のビールがある店を見つけたんだ」

そういえば、義信はお酒の楽しみ方を教えてくれると言ってくれた。あれから、彼とお酒を飲む機会は無いまま時間だけが過ぎている。

『量が飲めるのが楽しいという飲み方から、酒を楽しむに変えていくんだ。興味があるなら教える』

義信の声が聞こえた気がした。目に涙が溜まりそうになって、夏帆は挙手する。

「行きます!」

感傷に浸《ひた》るのは自分らしくない。

「お、良い返事。久我らしい」

頭をポンッと叩かれて、触らないでと心が叫ぶ。義信が良い、恋しい、寂しい、彼だけに触れて貰いたい。この胸を掻きむしりたい程の衝動を恋というのだろうか。

『……浮気、するなよ』

義信の声が聞こえた気がした。飲みの誘いを断れなかった自分を責めつつ、夏帆は手に持っていたスマホをぎゅっと握りしめた。

樽《たる》の形をした木製のビールジョッキに美雪が感心している。なみなみと注がれたビールは少し茶色い。

あの後、さすがに小池とふたりで飲みに行くのは気が引けて美雪を誘った所、喜んでついて来てくれた。

「探せばあるんですね」

「俺、凄いだろ」

美雪も誘った事に、小池は『お、良いね』と言っただけだった。

連れてこられた店は海外のパブを模《も》した作りで、壁にはポスターや古びた金属の看板などがかけられている。テレビもあって、ラグビーやサッカーの試合がある時は、それを見に来る客で非常に混むらしい。

年季の入った店には外国人の客も多く、日本っぽくない雰囲気に、夏帆はまた海外出張中の義信を思い出してしまう。

「なんか夏帆、最近元気ないよね」

美雪の指摘に夏帆はとぼけた。

「元気だよ」

「恋煩《わずら》いだったりして」

「どうしてそうなるの」

ビールを飲んで誤魔化そうとしたが、美雪は興味津々《きょうみしんしん》に聞いてくる。

「でも、恋には興味を持ってるよね」

「え、男っ気のない所が久我の良い所じゃん」

目をまん丸くして驚いた小池の発言は、いささか失礼だ。

美雪は夏帆の着ている、義信が買ってくれた白のワンピースの袖を掴んでくる。

「甘いですよ、小池さん。こんなに服の趣味も変わってしまって。恋人も好きな人もいなければ、誰かに洗脳されてるレベルですよ」

美雪が言ったとたん、小池がしみじみと反応した。

「久我、騙《だま》されやすそうだもんなぁ」

「でしょう?」

息巻く美雪は、まだジュースみたいなお酒を一杯しか飲んでない。たったこれだけで酔っぱらえる彼女が羨《うらや》ましい。

「……好きな人はいるけど、騙《だま》されてはいない」

ずいぶん好き勝手に言われて夏帆はつい口を滑《すべ》らした。美雪が酔った目を見開いてこちらを見た事で、まずいと思ったが、もう遅い。

「誰よ、誰!」

「それは秘密」

「まじかよ。不倫とかじゃないよな」

「違いますよ」

小池にぴしゃりと言い返すと、心配そうな顔をされてしまった。

「なら、せめてどんな人か教えてよ」

美雪はマルゲリータを食べながら、自分には聞く権利があるとばかりに熱心に聞いてくる。

「ちょっと年上の、仕事が凄く出来る人。か、かっこいい人だよ」

「やだ、やっぱ不倫じゃん」

「え、なんでそうなるの」

義信のかっこよさを思い出して頬を赤らめていた夏帆はびっくりした。美雪は表情を険《けわ》しくして、二の腕を掴んでくる。

「夏帆みたいな何も知らない素直な子が、三十代の手練手管《てれんてくだ》にコロッといっちゃうパターンをよく聞くの。自分が決めたからとか、家庭を壊すつもりはないとか。そういう子に限ってクソ真面目で」

「だから、不倫じゃないってば」

義信の余裕のある言動と整った容貌に惹かれたのは認めるが、手練手管《てれんてくだ》で押し切られたわけではない。

「好きになった人が、年上だっただけ」

「また、騙《だま》された子が使うようなワードを」

心配してくれるのは嬉しいけれど、決めつけられるのは困る。夏帆はメニュー表を掴み、美雪に押し付けた。

「この激辛タンドリーチキンを食べたいから頼むけど、他に頼みたいものある？」

「あ、じゃあ、仕事が出来る年上って、小池さん？」

「え、俺かー。久我が俺を好きか。まいったなぁ」

「その話はもう良いから、食べたいものを選んで下さい」

人を酒の肴《さかな》にして飲みたいのだな、と気付いた。義信が絡むとどうにも冷静になれない。

「年上の好きな人かぁ」

美雪がメニューを見ながら独《ひと》り言《ご》ちる。

「あ、もしかして美雪の好きな人も年上なんだ」

だから絡んでくるのかとひとりで納得していると、メニューから顔を上げた美雪が、ははは、と笑った。

「夏帆と私、ライバルかもねぇ」

義信と美雪が腕を組んで去っていく後ろ姿を想像した。思い浮かべるだけで、胃がぎゅっと締め付けられる。美雪にも小悪魔的な秘書にも、義信をとられたくない。心の中に、いつの間にか独占欲の強い自分が住み着いている。

「美雪に勝てるとは思わないけど、私は私のきれいを追求したい所存……」

「前向きなんだか後ろ向きなんだか、わかんないんだけど」

「限りなく前向きに近い、前向き……」

美雪は噴き出して、夏帆の肩をぽんっと叩いた。

「ほんと夏帆の事、好きだわ。じゃ、私はこの炭火焼きチキンレモンソース。すいませーん！」

一瞬、美雪の笑顔が翳《かげ》った気がしたが、店員を呼ぶ元気な声に気のせいだったかなと思う。

「先輩がメニューを決めていない事を忘れてないか。てかさ、なんで鶏肉ばっか頼んでんだよ」

小池は慌ててメニューを確認し出した。

「小池さん、こんなかわいい後輩ふたりと飲めてるんですよ。それだけでも感謝して貰わないと」

「俺は熟成肉の鉄板焼き。まぁ、確かに、ふたりと飲みに行くって言えば、羨《うらや》ましがられるね」

夏帆がへぇ、と曖昧《あいまい》に返事をすると、ちょうど店員がオーダーを取りに来た。

「サラダだー、豆腐だー、ウーロン茶だーって言わない子と飲むのは気兼ねしないで良い」

「小池さんがそんな事言ったら、ウーロン茶頼みにくいなぁ。じゃ、カシスオレンジをお願いしまーす」

「美雪、無理しちゃダメだよ!」

珍しく二杯目を注文した美雪は、首まで真っ赤にしてお酒を飲んでいる。心配しつつも、気兼ねしないでいい飲みの時間はあっという間に過ぎて、気付けば二十二時になってしまった。

店を出た美雪の足元はフラフラしていて、夏帆はじとりと小池を睨《にら》みつける。

「小池さんがあんな事を言ったせいで、美雪が飲み過ぎたじゃないですか」

「責任を感じてる」

「美雪は私が送っていきます。この状態は心配だから」

今住んでいるマンションは美雪の家と方向が一緒だから、途中下車をすればいい。だが、夏帆が住んでいたアパートの最寄り駅を知っている小池は目を丸くする。

「久我と石田は家の方向、逆じゃなかったっけ。——あ、今からその好きな男の家にでも行くわけ」

「違いますって」

当たらずとも遠からず。夏帆は美雪の腕を取って「送るから」と耳元で励ます。気持ち悪そうな顔をしている美雪に、この時間の混んでいる電車はつらいだろう。ファミレスあたりで酔いを覚ますか、タクシーを使う事も考える。

「いや、石田は俺が送る。確か最寄り駅が近かったはずだから」

酔った美人を、先輩とはいえ男性に送らせていいものなのか。常識的に考えて避けた方がいいと思い、夏帆は小池の気分を害さない言葉を探す。

「ほら、お酒で潰れた人を介抱するのは私の役目――」

「皆がいる時はな。もう時間も遅いから、まずは酔い覚ましを兼ねて久我を駅まで送る。それから石田を送って帰る。以上」

さすが営業部のエースなだけあって決断が早く、小池は夏帆と美雪の荷物を持つと駅に向かって歩き始めた。その駅はもう使っていませんと、心の中で訴えるが届くはずがない。

結局、駅まで送って貰い、少し顔色が良くなった美雪を渋々小池に任せ、改札をくぐった。

小池がすぐに後ろを向いてくれれば帰れたが、彼は夏帆がホームへ上がるのを見届けたいらしく、改札前から動かない。

「責任感が強い……」

小池に見送られる形でホームまで上がると溜息が出た。これからまた下に下りて、ICカードの取り消しをして貰って、本来使う駅に戻って、という経路を頭の中で辿るだけでドッと疲れる。

そうこうしていると、もう何年も使っていた電車が目の前に到着し、不思議な気分になった。

……時間はあるし。

アパートへの帰り路、一軒家の塀《へい》から沢山の草花が覗く道が妙に懐かしくなって、吸い込まれるように電車に乗った。

電車の窓から見える風景は何も変わっていない事に寂しさと懐かしさを感じながら、ずっと使っていた駅で降り、改札を出る。

駅前にある広場のベンチに座り、浮かんだ月を見上げて満月だと気付いた。昔はこの駅につけば、ホッとしたものなのに、家が無い今はただ心細い。

夏帆は軽く握った手で額《ひたい》をコツンと叩いた。もう自分にとっての家は、義信と暮らすあのマンションなのだ。

さっきまでのノスタルジックな気持ちは疲れに立ち消えた。

もう帰ろうと腰を上げかけた所で、背後から興奮した声で名を呼ばれる。

「夏帆、夏帆だろ」

息せき切って夏帆の前に立ったのは父親の弘樹だった。日に焼けた赤黒い肌がちゃんと働いている証《あかし》に思えて、少しだけほっとした。

興奮した様子の弘樹は目を剥《む》いて肩で息をしている。その様子は異様で、夏帆はバッグの中のスマホを手で探した。

弘樹は夏帆を上から下まで何度も見て、顔を歪《ゆが》めて悪態をつく。

「お前だけ良い暮らしをしてるんだな。何だその格好は。色気づきやがって」

父親の言葉は夏帆の体を冷やした。こうやって女らしい格好をするたびにあてこすられてきたなと思い出して落胆する。

「……娘を、売った人に言われたくない」

夏帆のストレートな発言に、仁王立《におうだ》ちしていた弘樹は怯《ひる》んだ。反撃されるとは思いもしなかったのだろう。実際、いつもこういった言葉はにこやかに受け流してきた。けれど、夏帆も傷ついてこなかったわけじゃない。

弘樹は取り繕《つくろ》うみたいに不自然な笑みを顔に貼り付ける。

「まぁ、こうやって偶然に会えた俺とお前はツーカーだな。結局はお前だけ良い暮らしをしてるんだから、結果オーライだ」

弘目は全く笑っておらず、こちらの表情の変化を見逃すまいとギラギラ光っている。弘樹は当たり前のように横に腰かけてきたが、夏帆は黙ったまま腰を浮かせて距離をとった。

「帰ってやろうと思ったのに、俺たちの家に別の人間が住んでたんだ。お前は父親と暮らしたいはずだから、心配して探していた」

ずっと父親を気遣って生きてきた夏帆には、弘樹の意図はすぐにわかった。娘の口から一緒に住みたいと言わせたいのだ。

こういう遠回りな誘導をする人だった、と夏帆はすっと無表情になった。

駅前なので、人通りも交番もある。怒鳴ったりすれば、父親が恥をかく。恥をかく事を異様に嫌がる人だから、ここで騒ぎはしないだろう。

夏帆が冷静に考えている間にも、弘樹はずっと喋《しゃべ》り続ける。

「酷いもんで、義理の息子は俺を現場の寮に入れたんだ。辺鄙《へんぴ》な所にあるもんだから、なかなかこっちにこられなくてなぁ。寂しかっただろう。でも会えてよかった。で、今の家はどこだ」

家についてくる気だ、とぞっとした。父は媚《こ》びる顔を隠そうとして、夏帆を心配するような表情を浮かべている。あの家は義信の家で、夏帆の家ではない。

「てっきり三人で贅沢な暮らしが出来ると思ったんだがなぁ」

父が口にした本音は単純で幼く、胃が捩《よじ》れるみたいに痛んだ。こういった悪気無い言葉が、夏帆をいつも抉《えぐ》る。

「結婚式にも呼ばれてないしな」

今度は、当然の権利なのにとばかりにわかりやすい怒りを滲《にじ》ませた。

「だって、してないもの」

「してないのか」

弘樹はにゅっ、と上半身だけこちらに寄せてくる。本当か嘘か、それを確かめようという執念《しゅうねん》じみた目が気持ち悪い。

結婚はしたが、結婚式をしていないのは本当だ。父親が誤解しますように、と願っていると手の平に汗をかいた。

「してない」

「酷い男だな。で、お前はどこに住んでるんだ」

「近くに、ひとりで」

今は、ひとりで住んでいるから嘘じゃない。義信の出張が長引けば、あと数日はひとりで住む事になる。近くに住んでいるのは、嘘。少しだけ本当の事を交ぜると、緊張せずに嘘が吐けた。

弘樹がますます身を乗り出してくる。

「なら、一緒にまた住まないか。夏帆の作った飯が食いたいなぁ。お前も作り甲斐《がい》がないだろう。俺は食べっぷりが良いから、一緒に住めば――」

「無理だよ」

夏帆がぴしゃりと拒否すると、弘樹はみるみる眉間に皺《しわ》を寄せて憤怒《ふんぬ》の表情を作った。

「だって、追い出されるもの。私ひとりだから面倒を見てくれているの。ふたりになったら追い出されるよ」

「な、なら、お前が家を借りればいいじゃないか。家賃なら」

夏帆は泣きそうな顔で、自分の足元をじっと見つめた。

『夏帆に寄生させない』

義信が何度もそう言ってくれた事を思い出す。

「借金は結局払わされる、お前は結婚していない。俺らは騙《だま》されたんだ。親子そろって情けないなぁ。こういうのは遺伝するらしいな、諦めろ、夏帆」

義信は『不幸は遺伝しない』と言い切った。『自分を幸せにすると決めろ』と、夏帆を励ましてくれた。

夏帆は二の腕をぎゅっと握りしめる。

「ふたりでまた、貧乏を楽しんで暮らそうじゃないか」

「……借金、払ってるの？」

「ああ、羽成が一旦は肩代わりしてくれたんだが、結局はあいつに払うようになってたんだ。あの契約書にそんな事が書いてあったとはなぁ。騙《だま》された」

悔しさを滲《にじ》ませる弘樹に、夏帆はぱっと顔を上げる。

「契約書？」

「あいつは借金のカタにお前を出せと言ったんだ。お前がいるから払うって言ったんだ。なのに」

「私がいるから払うって、何」

弘樹はしまったという顔をして、話を変える。

「そうだ、お前、あの社長と連絡が取れるんだろ？　借金をチャラにしてくれって頼んでくれよぉ。じゃないと、会社のロビーでうちの娘を弄《もてあそ》んだって叫ぶぞ！　って脅《おど》して、なぁ」

弘樹は目に見えて動揺した夏帆にしめたと思ったらしい。反応してしまった事を後悔しても遅かった。

「な、な？　お前は結婚してないが、体の関係はあるんだろ？　なら、弄《もてあそ》ばれてるじゃないか。それを盾に借金を払えと言ってくれよぉ」

親から寝室の話をされて、夏帆の顔が真っ赤になる。反応しちゃだめだと思えば思う程だめで、指先が震え出した。

義信はそんな人じゃない。婚姻届を出した日に部屋のドアを叩く事は無かったし、夏帆の体調や生活を常に気にしてくれた。

弘樹にそんな彼の思いやりが、絶対にわかるはずがない。

余計な事を言わないように、くじけないようにと自分を戒《いまし》めるため、夏帆は唇をぐっと噛《か》んだ。

「お前はいいなぁ、女で。体で生活費が稼《かせ》げるもんなぁ」

次々に出てくる品の無い台詞《せりふ》に情さえも消えていく。離れてみてわかる酷さがあるのだ。義信は最初から父の正体を知っていて、夏帆を守ろうとしてくれた。

我慢出来ずじわりと涙が浮かんできて、夏帆は手の甲で涙を拭《ぬぐ》う。

やっと言い過ぎたと気付いたのか、弘樹が慌ててフォローし出した。

「悪いのは金払いの悪いあの社長だ。な、怒らないでくれな。借金の話、ちゃんとしてくれよ」

夏帆は首を横に振る。そんな事をお願いするなんて出来ない。

「お前は俺の娘だから俺の味方だろう！　払わなきゃ、娘を返して貰うと言え！」

鬼のような形相で野太い大きな声を出された。夏帆がビクリと体を震わすと、通行人がチラチラとこちらを注視し始める。

高そうな白のワンピースを着た若い女と、作業着で白髪《しらが》交じりのくたびれた男が同じベンチに座っているだけで、目を引くのだ。しかも夏帆の表情はずっと硬く、ほとんど弘樹が一方的に喋《しゃべ》っている。

「一ヶ月以内にどうにかしてくれな。じゃないと会社のロビーで叫んでやる」

周りを気にして声のトーンを落とした弘樹に、夏帆は、はいともいいえとも返事をしない。そんな娘に苛立った様子の父親を静かな目で見た。

「叫んだ所で、何も変わらないよ。お父さんが変わらないと」

睨《にら》んできた弘樹の目は無機質で、ビー玉みたいだと思う。

「相手は海外ともお仕事をする会社の社長だよ。私の事なんて、もみ消せるに決まってるじゃない」

本当に、自分の存在くらい簡単にもみ消せるだろう。

「飽きたらポイだよ。モテそうな人なのに、どうして私だけ特別だと思うの」

自分の心を切りつける言葉が、刺青《いれずみ》のように刻まれていく。

「だが、会社のイメージが」

「ドラマの見過ぎだよ、お父さん。私の事は無かった事になるだけだよ」

夏帆の胸は傷ついたのに、弘樹には響かなかったらしい。唸《うな》りながら、念を押してくる。

「もういい。一ヶ月だ、一ヶ月後ここでどうなったか教えるんだ。俺に楽をさせると思って、な。おねだりをするのに俺は邪魔だろうし、今夜の所は帰ってやるから」

……本当についてくる気だったの。

不快感しか感じられない笑みを浮かべた弘樹は、真っ青を通り越して真っ白な顔色になっている夏帆に何度も何度も念を押して、終電が近いからと駅へ向かっていった。

もしかして、これまでも時間がある時はここに来て夏帆を探していたのかもしれない。

そう思うとゾッとした。

「あ……」

義信が大家の家に行く時車で送ってくれたのも、これを心配していたのだ。彼は父親の本性を、ずっと一緒にいた夏帆よりも的確に見抜いていた。

……一ヶ月。

夏帆は満月を見上げる。駅に行くと見せかけた父親が、どこかで自分を見張っているかもしれない。どうやって家に帰ろう。今日はホテルに泊まろうか。

雲の無い空に明るく光る月に見下ろされて、満月は人の心を惑《まど》わせると、よく物語で描かれる事を思い出した。

父親の心も、満月に惑《まど》わされているだけならいいのに。

立ち上がる気力さえも奪われてただ空を見上げていると、スマホの着信音が鳴った。

画面には義信の名前が表示されている。出ない方がいいと思うのに、震える指は通話ボタンを押していた。

『夏帆』

「うん」

出た瞬間に名を呼んでくれた義信に、胸に切なさが込み上げてきた。

『悪い、寝てたか。時差があってなかなかタイミングがつかなかった。帰れなくて悪い。……夏帆？』

気遣ってくれる声色は耳に優しく響く。涙を堪《こら》えるのに精いっぱいになって、うまく返事が出来ない。

『どうした、……こんな時間にまさか外か』

「うん、外なの。小池さんに飲みに誘われて、アパート行きの電車に乗って、だから、家に帰りつかなくて」

義信は支離滅裂《しりめつれつ》な夏帆の言葉を黙って聞いたあと、念を押すように聞いてくる。

『ひとりだな』

「うん」

今はひとりだ。

『渡したカードを財布に入れているか。今すぐに、タクシーで帰るんだ』

義信から家族カードというものを渡された時、必ず財布に入れておくようにと言われていた。

カードを作った事のない夏帆は、こういう時に役に立つのかと理解した。

「カードは、入れてます」

『かしこいな。これは社長命令だ、タクシーを使って、そのカードで精算してくれ』

夏帆が受け取るのを非常に渋ったので、持ち歩いていないかもと思ったのだろう。おまけに、あんなに嫌がっていた『社長』という言葉を自分から使った。様子のおかしい夏帆の気持ちを解《ほぐ》そうとしてくれているのだ。

優しさが身に染みて、心の中が感謝でいっぱいになる。

「社長命令なら従いますね。……かしこいって、どうして？」

『感情を切り離して、冷静な判断をしている所だよ』

夏帆の顔が緩む。こうやって義信は小さな所を拾って褒《ほ》めてくれる。気力があっという間に満ちて、立ち上がった。

「自分でも自分がかしこい気がしてきますね。ありがとうございます」

駅前にあるタクシー乗り場に足を向けると、自分のヒールのカツカツという音に追われているような気がする。父親とのやり取りで、不安になっている証拠だ。さっきの件を義信に報告した方が良いのはわかる。でも、どう言えばいいのだろう。だらしない父親の話を聞いて、夏帆にも愛想をつかすかもしれない。

「……いつ、帰ってくる？」

思った以上に、甘えた声が出た。

『そんな声を聞いたら、今すぐにでもだな』

そう言って貰えただけで嬉しい。顔を上げると涙が頬を流れた。

「わがままを、言っちゃいました。お仕事優先で大丈夫です」

『大丈夫じゃないのは俺だけか。残念だ』

義信の体温が恋しくなった。今すぐ、抱き締めて欲しかった。

「寂しいけど、いっぱい話をしたいけど」

でも、距離があまりにもあり過ぎる。

『出張中、反省していた。抱いてばかりで話す時間をあまり取ってなかったな』

「そういう事、素で言わないで下さい」

タクシー乗り場には三人程が待っていて、夏帆は一番後ろに並ぶ。タクシーは次々に来ていて、すぐに乗れそうだった。

『……近いうちに、羽成の両親に会って欲しい。結婚している事は知っているんだ。あと、もうひとり、会って欲しい人がいる。それから、結婚した事を発表したいと思っている』

急な話に驚いたのと、弘樹の顔が思い浮かんだのとで心臓が痛くなった。あんな父親がいる自分を、義信の両親が受け入れてくれるとは到底考えられない。

「きっと、受け入れて貰えないと思う」

『大丈夫だ、俺がいる』

今、あった事を全部言うべきだ。義信ならどうにかしてくれる。頭の中を凄いスピードでいろいろな思考が流れていったが、ひとつの結論で落ち着いた。

……もう、十分、して貰っている。

魔法は、父親の登場で解けてしまいそうだ。

「タクシーが来たから、切りますね」

黄色のタクシーが止まって、後部ドアを開けた。

『ああ、気を付けて』

「義信さんも、体を大事にしてね」

義信が何かを言いかけた雰囲気を感じたが、電話を切ってタクシーに乗り込む。

行き先を告げて目を瞑《つぶ》る寸前、誰かの視線を感じて振り返る。すると、駅前の電光広告の前に弘樹が立ってこちらをじっと見ていた。

「さっき、終電で、帰るって」

タクシーに乗り込んで追いかけてくるんじゃないか、と肝を冷やしたが、父は瞬《まば》きもせずにタクシーを睨《にら》みつけているだけだった。弘樹の視線がゆらゆら動く黒い靄《もや》のように体に絡みつく。

義信が迎えに来るかもと考えて戻ってきたのかもしれない。夏帆が嘘を吐いていると思われている。

……こわい。

視線を前に戻す。タクシーが赤信号にも捕まらずどんどん進む事に安堵を覚えた。

バックミラー越しに、白い手袋をしたタクシー運転手が夏帆に話しかけてくる。

「高速、使いますか。この先の道、この時間は動かなくなるんですよ」

「使って下さい。お願いします」

助手席のシートに手をついて身を乗り出し、語尾に被せるみたいにお願いした。

言葉に出来ない恐怖が体を内側から冷やしてくる。よく効いたタクシーのクーラーは、今の夏帆には寒過ぎた。

『お前は俺の娘だから俺の味方だろう！　払わなきゃ、娘を返して貰うと言え！』

私は簡単に売り買い出来る人形じゃない、感情のある人間だ。夏帆は助けてと心の中で強く祈る。

その時に浮かんだのは義信の顔で、スマホを両手で握りしめたまま、ぎゅっと目を瞑《つぶ》った。


父親との再会のせいで、翌朝はいつもよりも早く目が覚めた。

夏帆は起き上がると、出汁《だし》をとって味噌汁を作る事にする。ネガティブになってしまうのは、最近ちゃんとご飯を食べていないせいだと考えたのだ。

水を張った鍋に昆布《こんぶ》をつけている間、お米を研いで炊飯ジャーにセットする。観音開《かんのん》きの立派な冷蔵庫から浅漬けの素《もと》を取り出して、きゅうりやもやしを漬け込んだ。

鍋を中火にかけて沸騰直前で昆布《こんぶ》を取り出し、そこから沸騰させて火を止め、鰹節《かつおぶし》を一握り入れる。鰹節《かつおぶし》の香りを堪能《たんのう》しながら、湯の中でゆらめく様子を眺めた。

「適当でも美味《おい》しいはず」

こういう作業に集中していれば、ざわざわと煩《わずら》わしいネガティブな感情は静かになる。

うすく色づいた出汁《だし》を小皿にとって味を確かめた。旨味がしっかりと出ているが、雑味はない。満足してざるで濾《こ》して、それから具の用意にかかる。

炊《た》きたてのご飯と、シンプルな豆腐とわかめとねぎの味噌汁。浅漬けと味付け海苔《のり》という質素な朝ご飯に、白出汁《だし》を使った出汁《だし》巻き卵を加えた。

「いただきます」

広いダイニングで手を合わせて、ひとりで食事をする。味噌汁は胃に優しくて、塩気が目を覚ましてくれる。

……私はやっぱり和食の方が好きかなぁ。

今度から朝食に和食も取り入れる提案をしてみようと思いつつご飯を食べていると、体があたたまってきてほっとした。

昨日のショックが薄くなり、その勢いで夏帆は紙とペンを用意する。

「悩んだ所で、何も解決しない」

食欲が満たされ眠気を訴える体をコーヒーで誤魔化しながら、義信に接触させないため、父親の借金を自分が返せるのかと、金額を書いてみた。

借金一千万円、という字をじっと見つめる。

母親がいなくなってから、食事の用意も洗濯も、酔った父親の介抱も全部夏帆がしてきたのだ。働き出してからは生活費もほとんど出してきた。

それまでどうやって生活をしていたのか、何となく不思議だった事を、初めて心から疑問に思う。

「まさか、昔から義信さんに」

資金援助をして貰っていたのだろうか。ぐっと眉間に皺《しわ》が寄った。そのまま疑問を紙に書いてそこに何重丸もつける。でも、それならもっと早く義信が接触してきたはずだ。

納得出来ないまま、その下に「私はどうしたいの」とも書く。

自分を幸せにすると決めろ、と義信は言って抱き締めてくれた。けれど、自分の幸せのために、誰かを不幸にしてもいいのか。

彼の前から姿を消した方がいいのかもしれない。そうすれば、父親は義信に何も出来なくなる。

罪悪感とともに湧いた疑問とアイデアも全て書いてみたが、違和感が拭《ぬぐ》えない。

パッと思い浮かんだフレーズをサラサラと書く。

――みんなが幸せになる方法について。

「全米が泣く映画のタイトルみたい」

おかしくなって笑いながらペンを置いた。美しい夢だけを見て生きていければいいのに。

顔を上げて時計を見ると、もうゆっくりしている時間は無かった。

まだ着替えも化粧もしていない。時間に急《せ》き立てられて、夏帆は出勤の用意を始める。

メモ紙をダイニングテーブルに置いたままにしていたと気付いたのは、電車に乗ってからだった。

焦って青くなったが、最近は翔太も出入りしなくなったし、義信の出張は長引いている。誰かの目に入る可能性は低い。

……帰ったらすぐに、あのメモ紙を隠さないと。

夏帆は電車の手すりにつかまったまま、うつらうつらと船を漕《こ》ぎ始めた。

出社してすぐに、美雪から「昨日はゴメン」と謝られた。飲み会後の出来事に気を取られ、酔っぱらった彼女に連絡していなかったのを思い出し、夏帆の眠気は吹き飛ぶ。

「こっちこそ、送らなくてごめん！　俺が送るっていうから、小池さんに任せちゃった……」

慌てて謝ると美雪は表情を曇《くも》らせた。その深刻そうな様子に夏帆は首を傾げる。

「どうしたの。何か、あった？」

「ちょっと、話が」

美雪に二の腕を掴まれ、早足で非常階段まで連れていかれた。重いドアがバタンと閉まる音が静かな空間に響き、ドアを背にした美雪が唐突に切り出す。

「夏帆の好きな人って、小池さん？」

朝から何の冗談を。そう笑って返そうとしたが、あまりにも真剣な美雪の表情に夏帆は声のトーンを落とした。

「違う」

「本当に？」

瞬《まばた》きもせずに確認をされて、美雪が好きな人は小池なのだと確信する。夏帆はその場の空気を軽くするように笑んだ。

「美雪は、小池さんが好き？」

躊躇《ためら》わずに、こくり、と頷いた美雪はかわいい。営業部のエースと部で一番の美人のふたりは、とてもお似合いに思える。だからこそ、夏帆は美雪の深刻さの理由が掴めなかった。

「何が問題？」

「小池さんは夏帆が好きみたい」

時間が止まった。同僚の想い人が自分を好きだとか、正直困ると内心で頭を抱える。

「……ていうか、あの後、何があったの」

「ホテルに泊まった」

「……まじですか」

「気持ち悪くて、電車に乗れなくて、ホテルに泊まったの」

眩暈《めまい》がしたが、かろうじて堪《こら》える。恋人がいないふたりがホテルに行った所で問題はないだろうけれど、この手の告白にどう対応していいかわからない。

「でも、何も無かったの」

「え、良かった」

夏帆の大きな声が非常階段に響いた。

何も無いなら良かったと思った後、あ、と気付く。小池の紳士な対応は素晴らしいが、美雪は彼が好きな分、女と見られていない事に傷ついただろう。

義信が部屋に来なかった事を悩んでいた夏帆は、美雪の傷心している様子に以前の自分を重ねる。

「小池さんが誠実である事に、ありがたさを……」

言いかけて、少なくとも自分は同じ状況でありがたさを感じられなかった、と夏帆は唸《うな》った。かける言葉が見つからず、非常階段の踊り場に、重い空気が落ちる。

「そうだよね。誠実な人だよね。好きな人がいるってだけで据え膳に手を出さないなんて、本当に良い人」

弱々しく呟く美雪は顔をくしゃくしゃにした。

「夏帆には他に好きな人がいるって聞いて、安心してる」

向けられた本音に傷つきはしなかったが、驚きはした。赤裸々な感情を見せつけられて、言葉が出てこない。

「本当に嫌な女だと思う。ごめんね、戻ろう」

美雪は非常階段のドアを開けた。廊下から流れ込んできたひやりとした空気が、夏帆の頬を撫《な》でる。

「……私、好きな人がいるの」

そう言った後に、夏帆は大きく息を吸った。美雪の心に触れて、自分の葛藤《かっとう》も誰かに聞いて欲しくなったのだ。

口にしようと思っただけで手が震えて、どれだけ自分が抑え込んでいたのか理解した。

「もういっぱい迷惑をかけてるのに、でも好きで」

美雪がゆっくりと振り向いて、首を傾げる。

「これ以上、迷惑をかけたら、嫌われるんじゃないかって、怖くて、でも好きで」

怖いのは迷惑をかける事じゃなくて、嫌われる事なのだ。

美雪はまた非常階段のドアを閉めて、柔らかく笑んだ。

「……夏帆は、本当にきれいになったよ。きれいになる好きは、正しいって私は思う。正直、小池さんが夏帆の素材の良さに気付いちゃうって焦ってた」

美雪は非常階段の階段を見つめながら続ける。

「夏帆は、本当に良い子だから。その人、手助けしたいだけなんじゃないかな。迷惑とか、考えてないのかもしれないよ」

「でも」

「その様子だと、もう両想いでしょう。ちゃんと不安を打ち明けてみたらいいと思う」

嫌われたくないという恐怖を乗り越える覚悟。きっと美雪はその覚悟を決めて、昨夜小池に対して行動に出たのだ。でも、夏帆という存在のせいでうまくいかなかった。

美雪の心の中には、いろんな感情が渦巻いているのだろうと思うと、やるせなくなる。

こんな事まで話せる友達を大事にしたいけれど、前のように戻るには少し時間がかかるかもしれない。堪《こら》えていた涙が零れて、ふと前を見ると美雪も泣いていた。

「何やってるんだろうね。……ごめんね」

そのままふたりでオフィスに戻った所、小池の視線を感じたが、無視をして席につく。

……好きって難しい。

初めて知った恋は酸《す》っぱいというよりも苦い。コーヒーを飲めるようになった時みたいに、いつかこれも旨みだと思えるだろうか。

夏帆は処理をする領収書を手に取って、ふぅっと溜息を吐いた。


その後、順調に進んだ仕事だったが、夕方に起こったトラブルのせいで残業になった。

宅配便で納品されるはずの荷物が倉庫に届いていないと問い合わせが入ったのだ。

取引先の担当者が休みで連絡がつかず、事前に貰っていた宅配便の控えから、夏帆が荷物の場所を探す事になった。

違うトラックに積まれていたと判明した時には既に定時を過ぎており、明日には納品出来ると決定してからの残務は意外に長引いた。

仕事が終わったのは二十時。まだ残っている人たちに挨拶《あいさつ》をした夏帆は、首の筋を伸ばしながらオフィスを出た。

すっかり暗くなってしまっているが、朝に作った味噌汁の残りがあるので食べて寝るだけだ。朝からご飯を作っていて良かったと思う。

エレベーターを降りて、警備員に挨拶《あいさつ》をしつつエントランスを出た。

「久我」

エントランス前の階段を上《のぼ》り切った所で後ろから呼び止められ、振り返る。

「……小池さん、お疲れ様です」

ドキリとしながらも、顔には出さずに返事をする。美雪とは一日中、ぎこちなかった。

原因は、この小池だ。

「昨日の事、石田から聞いた？」

近寄ってきた小池にぐっと手首を掴まれた。ここは会社前で、誰が出てくるかわからないのに大胆過ぎる。

「あ、えっと、昨日の帰りの事ですか」

頷いた小池は、手を離してくれそうにない。腕を引いたが駄目だった。

「帰れそうになかったから、ホテルに泊まっただけなんだ」

「やっぱり私が送れば良かったですね」

わざとぼかして答えたものの、小池の真剣な目は変わらない。良くない雰囲気に焦って、誰か知り合いが通らないかと周りを窺《うかが》う。しかし、終業時刻をとっくに過ぎており、期待しても無駄だとすぐに悟った。

「困らせるかもしれないけど、俺は、久我の事が」

「ごめんなさい、私はもう」

好きな人がいる、という夏帆の言葉を小池は遮《さえぎ》り、顔を歪《ゆが》めながら詰め寄ってくる。

「その好きな奴って、俺が知ってる奴か。なぁ、本当に騙《だま》されてないか心配なんだ。俺なら絶対に幸せにするし、大切にするから」

聞きたくないと耳を塞《ふさ》ぎたいのに、手を掴まれている。

「残念だが、俺がもう大切にしている。君に心配して貰うような事はない」

突然、後ろから肩に回ってきた手にぐっと抱き寄せられて、厚い胸に背中がぶつかる。

「その手をさっさと離して貰えないかな」

恋しかった声に心臓がばくばくと高鳴り出した。小池の視線は夏帆を通り越して、背後に注がれている。

「久我、この人は……」

振り返りながら見上げるとスーツ姿の義信と目が合った。昨日の夜には、まだ向こうにいたのではなかったか。

いろんな疑問が湧いたけれど、何よりも嬉しい気持ちが膨らんで顔が綻《ほころ》んだ。

「お、おかえりなさい」

「ただいま、夏帆」

夏帆は義信の胸に背中から抱かれたまま、手首を小池に掴まれていた。ここは会社の前なのに、と現実に戻ってすぐ、混乱で頭の中が真っ白になる。

「か、会社の前なの」

「わかっている。その男が夏帆から離れる方が先だ」

義信の強い牽制《けんせい》に小池は渋々といった様子で手首を離し、夏帆はすかさず義信の腕からも離れた。

だが、義信は夏帆の手を握って横に引き寄せ、小池に対して強気の姿勢を崩さない。

小池は怯《ひる》んだ気配も無く背筋を伸ばし、自分より背の高い義信をにこやかに見上げた。

「初めまして。小池といいます。久我と同じ部署で働いていまして。彼女とはどういった関係なのか、単刀直入に伺ってもいいですか」

「羽成といいます。夏帆との関係は、夫婦です」

唖然《あぜん》としたのは、小池よりも夏帆だった。

「事情があって伏せていましたが、いずれお知らせ出来るかと思います。それまで口外しないでいただけるとありがたい」

淀《よど》みなく話す義信の横顔を呆然と見上げていると、真剣な表情の小池が二の腕に触れてきた。

「大丈夫か」

心配そうな口調に、小池は義信の話を信じていないのだとわかった。夏帆が騙《だま》されていると勘違いしているのだ。義信は容姿端麗で長身、身なりも立派な上に、十も年上だ。そう思われる要素は揃っている。

「夏帆は車に早く乗れ」

義信の背後にはピカピカに光る黒塗りの車があって、運転席には運転手が座っていた。

「まさか、社用車」

「そのまさかだ。早く乗れ」

小池に挨拶《あいさつ》する間も与えて貰えず、後部座席に押し込まれドアを閉められる。張りのある高そうな黒い革のシート。後部座席と前部座席の間には壁があり、真ん中にはテレビらしきものが埋《う》め込まれている。運転手の姿が全く見えない。

慌てて窓から外を見ると、義信が小池と何か言葉を交わしている。慌てた夏帆が外に出ようとしたのを見計らったかのように彼も乗ってきて、バタンとドアを閉めた。

すぐに車がすぅっと動き出す。

「小池さんと何を話したんですか」

「名刺を渡しただけだ」

「名刺って……」

確かにちょっと調べれば義信の顔も名前も出てくる。身元を偽《いつわ》っているわけではないとわかるけれど――

「秘密にしないと、いけないのに」

「もう秘密にする必要はない」

「そんなの、聞いてない」

おかえりなさいと笑顔で言いたいのに、どうして口論になっているのだろう。横に悠《ゆう》然《ぜん》と座っている義信は明らかに不機嫌で、寂しくなる。

「話してないからな。俺が夏帆を抱いてばかりで、話し合わなくてはいけない事が後回しになっている」

夏帆の頬がみるみる赤くなった。

「会いたかった」

義信はそう言って夏帆を抱き寄せた。広い座面はふたりで座ってもゆったりとしていて、彼の胸の中に倒れ込むと、きゅっと胸が締め付けられる。

昨日の父親の事や、美雪と小池の事、沢山の事があり過ぎて、義信と会うのがずいぶん久し振りな気がした。

「私も会いたかったです」

ふいに義信に顎《あご》を掴まれ上を向かされた。鼻頭が擦《こす》れ合う程顔を寄せ合う。キスして貰える、と期待に胸が膨らんだが、顔をすっと離された。

「で、俺が迎えに行かなかったら、あの男とどうなるつもりだったんだ」

「どうなるもこうなるも、小池さんはただの先輩です」

夏帆の抗議に義信は大きな溜息を吐いた。甘くなりかけた雰囲気が消えてなくなる。

「もっと早くに距離を取ってやった方がよかったんじゃないのか。さすがにあれは酷《こく》だ」

「酷《こく》って……。距離も何も仕事上の付き合いだけですよ」

小池はずっと親切にしてくれた。夏帆に対する態度が他の女性社員に対するそれと少し違うのは、お酒を飲めるという共通項のためだと思っていた。

「私は誰に対しても、態度は変えていないつもりです」

「無意識なら大問題だろう。相手の懐《ふところ》への入り方が自然過ぎるんだよ。気があると思われて当然だ」

声のトーンを抑えている義信だが、苛立ちは隠せていない。

「人の望みを無意識に汲《く》み取って合わせ過ぎる。気を付けた方が良い」

だから、父親にもあんな態度を取られるのか。昨晩の暴言の数々が蘇《よみがえ》って、夏帆は口を噤《つぐ》んだ。義信が心配してくれているのはわかるが、今はキツ過ぎた。

黙ってしまった夏帆の横で、義信は大きな溜息を吐いて両手で髪をかき上げる仕草をする。

「つまり、俺は夏帆が他の男に触れられているのを見たくない」

そういえば、初めてキスされた日も翔太に頬を触れられていた。義信は、実はもの凄く嫉妬《しっと》深いのかもしれない。

向けられた自己嫌悪と自嘲が混じった笑顔に、彼の葛藤《かっとう》を感じた。

「ごめんなさい……」

「頼むから謝るな。冷静でいられない俺の問題だ。夏帆に関しては、本当に俺はダメになる」

愛《いと》おしげに頬を手で包まれて、掠《かす》れた声で告白される。

「昨日の声を聞いて会いたくなって、予定通りに帰ってきた。——妻が待っているからと言って」

信じられない言葉に目を瞠《みは》ると、ゆっくり唇が塞《ふさ》がれた。温かくて柔らかいキスにうっとりしたが、車の中だと我に返り、体を離そうとする。

けれど背中に回された義信の腕に阻《はば》まれ、キスはますます深まった。

「大丈夫だ」

「……っ、ふっ」

義信の余裕の無さに、彼の気持ちを痛いくらいに感じる。堪《こら》えきれなくなった愛《いと》おしさが、夏帆の体を火照《ほて》らせた。

「よしの、ぶ、さん」

「夏帆……」

舌を吸われて捏《こ》ねられるうちに、義信の手が躊躇《ためら》いも無くスカートの中に入ってきた。

しっとり湿った下着に触れられて、車内でこれ以上はダメだと身を捩《よじ》る。

「まっ、て」

太腿《ふともも》を這《は》い上がってくる義信の手を、膝を閉じて阻《はば》む。だが、不自然な格好で彼にもたれかかっている上、背中に腕を回されており、うまく体に力が入らない。

幾度も角度を変えながら深い口づけを繰り返され、その熱さに呑み込まれて、段々と脚から力が抜けていった。

「待たない」

「あっ」

するりと下着の隙間から入ってきた指は繊細な花芯をゆっくりと探る。一枚一枚、花弁を捲《めく》るような動きに夏帆の口から熱い息が漏《も》れた。

ビリビリする程の快楽に、蜜口がもう蕩《とろ》けているのがわかる。

「はぁ……ふ……ッ」

「二度とあの男に触れさせるなよ」

義信の嫉妬《しっと》が滲《にじ》んだ声に、いけないと思いつつ気持ちは昂《たかぶ》った。

ゆとりのあるフレアスカートは義信の手の動きを全く邪魔しないせいで、花弁の間を前後に捏《こ》ねられ弄《いじ》られている。濡《ぬ》れそぼっているのが自分でもよくわかって、恥ずかしい。

「いつでも入りそうだ」

「は、ぁ……っ。そんな事、ない」

ぷっくり芽吹いた蕾《つぼみ》を指先で弾かれ、走り抜けた愉悦《ゆえつ》にお尻が窄《すぼ》まり、体がビクリと跳ねた。

「あ、やめっ」

また奥からとろりと零《こぼ》れ出した蜜が義信の手を濡《ぬ》らす。彼は滑《すべ》る花弁を指で器用に広げて、蜜口の辺りを小刻みに刺激した。

「はぁっ、ぁっ、ぁっ、ん……っ」

「入れて欲しいって聞こえるな、ここに」

つぷん、と指を一気に埋《う》められれば、頭の天辺《てっぺん》からつま先まで電流が走り、夏帆は義信の頭を引き寄せるように抱きしめていた。

「ふぁぁっ」

淫猥《いんわい》な匂いが車内に立ち込め、ここが『外』だという認識がぐらつく。けれど、流れていく窓の外の光景や外から微かに聞こえる喧騒《けんそう》は、ここが外とたった一枚のドアでしか遮《さえぎ》られていない事を教えてくれる。

「……さっきの男の事、好きだったのか」

小さな掠《かす》れ声に胸が締め付けられた。夏帆は義信の頬を両手で包むと、自分から唇を押し付ける。さっきまで交わしていたキスの湿度で、ふたりの唇は深く密着した。

「凄いと思う先輩です。それだけです」

本当にそれだけだ。

「信じる。夏帆は、俺の妻で恋人だ。……忘れるなよ」

耳元で囁《ささや》かれてぼうっとなった所に、二本に増やされた指がぬかるんだ隘路《あいろ》につぷんと沈み込んだ。

隔《へだ》てる壁があるとはいえ、運転席に声が全く漏《も》れないわけではないだろう。夏帆は出そうになった声を噛《か》み殺す。

「義信さん」

ぬかるみの中を指は蠢《うごめ》く。義信の手で感じやすい場所を暴《あば》かれた日々は、ついこの間まで処女だった夏帆の体をすっかり歓びに素直にしていた。

お腹の内側を執拗《しつよう》に擦《こす》られると、高まった悦から解放されたがって、腰が僅《わず》かに動き始める。

「夏帆」

「……っん」

恥骨と一緒に萌芽も刺激され、グチュグチュと隘路《あいろ》を淫猥《いんわい》に掻かれて、夏帆はまともな思考が出来なくなる。

「困った事があれば、何でも相談して欲しい」

「っ、ぁっ、うんっ」

昨日の父親の下衆《げす》な頼み事が浮かんだが、与えられる愉悦《ゆえつ》の前にかき消える。車がブレーキを踏んで、指が予想しない動きで最奥に触れた。

「ひぁっ」

その刺激に、限界まで高まっていた悦が弾けて達してしまう。ヒクヒクと義信の指を締め付けるのを感じながら、夏帆は息を整えた。

「続きは後だな、――もう家に着く」

片方の手で髪を梳《す》かれて、汗ばんだ額《ひたい》に口づけを落とされる。衣服を整えて貰ったが、蜜に濡《ぬ》れた下着が、続きを早くと煽《あお》ってくる気がした。

後部座席に並んで座り、夏帆は疲れた体をくったりと義信の肩にもたせかけた。寝不足と仕事の疲労、達した余韻《よいん》で、瞼《まぶた》がぴったりと閉じる。

『もう両想いでしょう。ちゃんと不安を打ち明けてみたらいいと思う』

父親の事を相談すれば義信はすぐに動いてくれるはずだ。紳士的だが目的のためには手段を選ばない彼は、夏帆の知らぬうちに対処しそうな気がする。

――約束は、一ヶ月後。

「眠たいなら寝ていいぞ。少しでも休んだら楽になる」

「ありがとう」

義信を信用している。けれど、彼は自分を信用してくれているだろうか。

車の中でされた説教を思い出し、眉間に皺《しわ》を寄せながら、夏帆は束の間の眠りに落ちた。

翔太の訪れはいつも突然だ。

「おかえりー」

義信が家の鍵を開ける音で気付いたのか、ドアを開けると翔太が廊下を歩いてきた。

「夏帆、久し振り」

「お久し振り、ですっ！」

義信と手を繋《つな》いで帰ってきた甘い雰囲気はすっと消えた。ダイニングテーブルの上に、メモ紙を置きっぱなしにしていたのを思い出したからだ。

兄弟ふたりが玄関先で雑談を始めるのを微笑ましく見る余裕は無かった。何を書いたか詳細は覚えていないが、見られていたら恥ずかし過ぎる。

「ごめんなさいっ！」

義信と繋《つな》いでいた手を強引に離し、脱いだ靴をかろうじて揃えて家の中に入った。翔太の脇の下をくぐって、駆け足で廊下からリビングへと向かう。

「夏帆、どうした」

背後から義信に怪訝《けげん》そうな声をかけられる。

「は、恥ずかしいものを置いていたんです」

振り返りもせず、大きな声で返事をした。翔太はいつもダイニングのソファでくつろいでいる。茶色のダイニングテーブルの上にある白いメモ紙なんて目立つし、すぐ見つけたはず。

好奇心旺盛《おうせい》な翔太がそれを見ない確率は……、ほぼゼロだ。

泣きそうになりながら、夏帆はダイニングテーブルの上に目を走らせた。

「あった」

朝と同じ場所に、ちゃんと裏返しで置いてある。駆け寄って取り上げ、そのままバッグの中にしまい、自分の部屋のクローゼットの中にバッグごと隠した。

取り乱した事をどう取り繕《つくろ》うかと考えつつ、ダイニングに戻る。

すると、義信がスーツ姿のまま、薄いガラスコップの中に氷を入れて、冷たいお茶の用意をしてくれていた。

氷を入れるたびにカランカラン、と繊細な音が部屋に響いて、夏帆は慌てる。

「お茶の用意なら私がしますから」

「久し振りに夏帆と飲むお茶だ。俺が用意する」

何もかもが父親と違う。当たり前なのに、胸に寂しさが募る。人としてここまで違うのは、どうしてだろうか。

「……本当に、凄い」

「お茶を淹《い》れるだけじゃん。良かったな、こんな事で褒《ほ》められて」

こんな事、が簡単に出来る兄弟はどんな教育を受けたのか。椅子に座っている翔太は背伸びをしている。少し疲れている様子なのは、彼にしては珍しい。

「羨《うらや》ましいだろう」

翔太のからかいをかわすかと思いきや、義信はのろけて微笑した。動揺しない彼の代わりに夏帆が頬を赤らめる。

せめてお茶を運ぼうと、木のトレイにコースターを用意した。麦茶がコップに注がれるのをカウンターに手を置いてじっと見つめていた所、義信が苦笑する。

「スーツケースの中に土産《みやげ》の菓子が入っているから出してくれるか。暗証番号は……」

簡単に暗証番号を口にした義信に夏帆は動揺する。

「私に教えて良いんですか。……もう聞いちゃったけど」

「信用してるし、暗証番号は全て別にしているから問題ない」

「覚えられるの？」

「ああ」

夏帆は素直に感心した。ただでさえ何にでも暗証番号が必要な時代だ。全てを変えるのがベストとはいえ、自分では覚えられる気がしない。

「ほら、菓子」

義信がトレイに麦茶の入ったガラスコップを置き始めて、夏帆は慌ててスーツケースに近寄った。暗証番号を合わせて開けると、中は整然としている。片隅に、甘い香りが漂ってくる白い紙袋があった。

「お菓子って、これですか？」

「ああ、それだ。クッキーだ」

すると、翔太が反応した。

「……クッキーを買ってきたのか」

「ああ、早めに食べた方が良い」

夏帆はお皿を出してペーパーナプキンを敷き、そのクッキーを並べる。沢山の具が入ったボリュームのあるクッキーは一枚でお腹がいっぱいになりそうだ。

義信はしきりに翔太にクッキーを勧めていて、それを食べた翔太が神妙な顔をして義信に聞く。

「このクッキー、まさか俺がこの間、話してたやつ？」

「そうだ」

「言えばいいじゃないか」

夏帆にはわからない、ふたりのやりとり。もしかしたら、翔太は義信にお土産《みやげ》をリクエストしていたのだろうか。小首を傾げていると、翔太が義信に向かって両手を上げた。

「降参。わかったよ。母親に釘を刺しておく」

義信はそれを見てから、夏帆に向き直る。

「夏帆、無理にとは言わないが、良ければ今週末に羽成の両親と会ってくれないか」

「え」

昨日、電話で会って欲しいとは言われたが、あまりにも急で返事に困る。

これまでは義信から家族の話をされる事が無かったので、こちらからあえて何も聞いていなかった。羽成家がどういう家族構成なのかも知らないくらいだ。最初は契約結婚という形だったので、興味を持たないようにしていたせいでもある。

父親の弘樹の事を知られれば、離婚しろと言われてしまうかもしれない。不安な気持ちが、夏帆の声を小さくする。

「私が会っても、良いんですか」

「もちろんだ」

でも、という言葉を呑み込んだのは、義信に昨夜の事を伝える勇気が無いからだ。

頭の中を整理するつもりで麦茶を口に運ぶ。

……反対されたら、どうしよう。

心の中に落ちた一点の染みが、どんどん広がっていく。

「――お互いがこの結婚生活を前向きに進展させたいと思った場合はこれに限らない」

義信が諳《そら》んじたのは、契約書の一文かもしれない。読んでいなかったとは言いにくくて、夏帆は俯《うつむ》いて両手をぎゅっと握りしめる。

「……急《せ》かして悪かった。夏帆がその気になった時で良い」

顔を上げると、少し寂しげな義信と目が合った。その表情は一瞬で消えて、彼は「夕飯だったな」と食べかけのクッキーを置いて立ち上がる。

「義信さん」

「先にシャワーを浴びて良いか。それから夏帆の作った味噌汁をいただくよ」

背中を向けてしまった義信にかける言葉が見つからない。彼はソファの背もたれにかけていた上着を手に取ると、バスルームへ行ってしまった。

「珍しく、焦ってるねぇ」

口を挟まずになりゆきを見ていた翔太は、義信が置いたクッキーの残りに手を伸ばしながら言う。

「このクッキーさ、あいつの出張先にあった人気店のものなんだよ。義信は基本的に分刻みで動いてるから、『これを買ってきたらお願いを聞いてやる』って言ったんだ。無理だと思ってね」

「お願い？」

このクッキーはお土産品《みやげ》によくある個包装ではなかったし、袋もとても簡素な白い紙だった。確かに、街の人だけに売っているような包装だ。

「実家にね、夏帆にあれこれ聞くなって釘を刺すよう頼まれた」

相手の親が、夏帆の家の事を聞きたいのは当然だと思う。けれど、家庭事情について喋《しゃべ》らないといけないと思うと、怖い。

「クッキーを食べるなら、絶対にコーヒーを淹《い》れるべきだよな」

「今から淹《い》れましょうか」

確かに麦茶とクッキーは合うとは言えない。残りの欠片《かけら》を口に放り込んだ翔太に聞くと、彼は苦笑しながら首を横に振った。

「あいつはわざと淹《い》れなかったんだよ。俺に早く帰れって意味。長居をさせたくないんだ」

「そんな事ないですよ」

「あるよ」

翔太は指を舐めて、言い切る。

「俺、滅多に実家に連絡しないんだよね。父親と折り合い良くないし。顔も出さないから、母親に連絡を取ると凄く機嫌が良くなるんだ。義信は、その状態になった所で夏帆を連れていきたいわけ」

義信は自分の心配をわかってくれていた。考えてみれば、あんなに気が利く彼が、そんな事に気付かないわけが無いのだ。

「夏帆が大事なのは、本当に最初から一貫してる。そこだけは義信を信じてやってよ」

翔太は残りのクッキーをペーパーナプキンに包み、帰っていった。シャワーを浴びた義信と廊下でちょうど鉢合わせて、二、三言葉を交わしていたが、夏帆には聞こえなかった。

夕食の準備をしながら、夏帆は思い切って切り出す。

「義信さん、私、ご両親と会わせて貰えますか」

義信の両親に気に入られるような要素なんて何もない。それでも、彼の家族に気に入られたいという浅ましい考えが浮かぶ。

「本当か」

義信が歯を覗かせて、嬉しそうな笑顔を見せた。その笑顔に、夏帆は昨夜の父親の事を打ち明けるタイミングをまた失う。あまりにも酷《ひど》過ぎて、愛想をつかされるかもしれないと思うと怖い。

「夏帆への土産《みやげ》もあるんだ」

そう言った彼に、英語で書かれた和食のレシピ本を渡されて驚いた。

「和食が好きだろう。文化が違う所の本だから視点が違って面白いと思ったんだ。一緒に読まないか」

開いてみるとレシピ本だけあって、写真が多くて英文は短めだ。写真だけでもわかるように書かれていて興味をそそられる。

「読みたいです。一緒に」

義信がまた新しい世界を見せてくれた事が嬉しくて、きらきらした目を彼に向けた。

一緒にずっと暮らしたいという想いが、どんどん募っていった。


夜、車の中の続きがあるかと思ったが何も無かった。義信は夏帆を抱き締めて深く息を吸ったと思ったら、すぐに寝息を立てる。

「お疲れ様です」

義信のこめかみに唇を落として、彼の肩にそっと鼻を寄せるように横へ寝そべった。

どうすれば父親に諦めて貰えるかを考えても、答えは見つからないままだ。

もし家がお金持ちだったら、という妄想を小さな頃はたくさんした。そのたびに夢を大きく膨らませ、視界に入った古くて茶色い天井を見て現実に戻されていた。

本当は、ずっと、誰かにあのアパートから連れ出して貰いたかったのだ。でも、変わらない現実を受け入れて、今を楽しむようにしていた。

アパートを出る夢は、思わぬ形で叶ったのに。

……お父さんからは離れていない。

義信の肩を指先で撫《な》で、そのぬくもりを感じながら、夏帆はやっと眠りについて、夢を見た。

意地悪な義姉が王子様と結婚して去っていく夢。行かないで、と叫ぼうとしても声が出ない。

誰かが『ドウニカシロ』『オイテイクナ』と後ろから手首を掴んで離さない。半笑いのしゃがれ声はどこまでも追いかけてくる。声にならない悲鳴を上げると王子様が振り返った。

「義信さん」

知らない人を見る顔で、義信がこちらを見ている。

そんな目で見ないで。

胸が切り裂かれるような痛みに起きると、熱を出していた。

朝、夏帆に熱がある事がわかった途端、義信は断固とした姿勢で采配《さいはい》を振り出した。

心労からのものだろうし、寝ていれば治ると思うのだが、朝から病院に連れて行かれた。その上でただの風邪だと診断を受けても、義信に安堵した様子は無い。

帰宅して夏帆を自分のベッドに寝かせると、横に椅子を持ってきて座った義信は手を握ってきた。

「義信さん、仕事に行かないと」

喉から自分の声ではないようなしゃがれた声が出る。

「大丈夫だ。秘書にスケジュールを調整させた」

自分なんかより何倍も忙しい人に世話をさせる罪悪感もあって、とにかく彼には会社へ行って貰いたかった。

「大丈夫だから、仕事に行って……」

「夏帆、妊娠しているのか」

義信の視線がゆっくりと夏帆のお腹あたりに止まって、焦る。

「ないです、ないない」

全力で否定をすると、彼は複雑な表情を浮かべた。避妊せずに抱かれた後、生理がきてホッとしたのは事実だ。

だが、義信に優しく求められ、最後には荒々しく貪《むさぼ》られるのは嫌ではなかった。思い出した夏帆は頬を赤く染める。

それにあの日以来、義信はずっと避妊をしてくれているので、妊娠の可能性は低い。

「なら、ちゃんと薬を飲んで寝る事」

義信の熱い大きな手で頬を包まれて、親指の腹で頬を撫《な》でられた。彼の浮かべたやや残念そうな表情に、夏帆の顔が緩む。

彼が去ってしまう夢が、夢で良かったと本当に思った。そして、父親の事を黙っていたら正夢になってしまうのではないかという不安に襲われる。

「俺が出張に行く前より、少し痩《や》せただろう。ちゃんと食べてたか」

僅《わず》かな体重の変化に気付かれて、驚きに瞬《まばた》きを忘れた。夏帆の表情を答えとして受け取ったのか、義信が顔を曇《くも》らせる。

「食事を疎《おろそ》かにするな。心配になる」

どこまでも優しい口調に夏帆は切なくなった。

義信に嘘を吐かれたら悲しい。けれど今の自分は、彼を騙《だま》そうとしているようなものだ。父親の事を黙っている行為は、彼に信用して欲しいと願って生活をしてきた数ヶ月と矛盾してしまう。

「あの……」

嫌われるかもしれないという恐れとの闘いが数秒。夏帆は会ったその日から自分の幸せを願ってくれた人を、覚悟を決めて見上げる。

「……実は、父に偶然会ったの。一昨日《おととい》の夜、前の家の最寄り駅で」

夢の中で夏帆の腕を掴み、『ドウニカシロ』と言ってきたのは父親の弘樹だった。夢に見る程に、自分は追い詰められている。

義信は眉を顰《ひそ》めて、勇気づけるように夏帆の髪を撫《な》でてくれる。

「そうか。何を言われた」

夏帆を責めない彼の態度に励まされて、駅前で言われた事を伝えると義信は小さく溜息を吐いた。無表情に見えるその顔の真意がわからず、緊張しながら彼の言葉を待つ。

「久我弘樹が、あの駅周辺をうろうろしていたのは把握していた」

「どうして、知ってたの」

義信は起き上がろうとした夏帆を制して話を続ける。

「どうしてと聞かれれば、それを知っておく必要があったからだよ。借金を一旦、肩代わりしたのも本当だ。利息が膨れ上がるから一括で返して、元本《がんぽん》だけを払うようにという契約だ」

それでもかなり特別な計らいだと思った。額が額なだけに、利息が無いだけでありがたい。

「借金のカタに娘を出せって、義信さんが言ったって」

「あの男はそんな風に言ったのか」

義信は立ち上がって腰に手を当てると、気持ちを落ち着かせるように二、三度深呼吸をした。一瞬見せた激しい怒りをあっという間に収め、また夏帆のベッド脇の椅子に座る。

「正確には娘と離れれば、だ。――そんな嘘を吐かれるのは、不愉快だな」

「一ヶ月後に、説得出来たかを聞かせろって。お金を……」

父親が払わないで済むように、と続けようとすると、喉がきゅっと締まった。恥ずかしさと、無力感と、様々な感情がせめぎ合って呼吸が浅くなる。

「私が、どうにか出来ないかと考えてたの」

「駄目だ」

「え」

「どうにかしたら、駄目なんだ」

冷たく言い切った義信は膝の上で頬杖をついて何やら思案し始めた。じっと一点を見ながら、不意に呟く。

「ある人との約束で、俺からは伝えない、そう約束をしている事がある」

「ある人って、おばあさん？」

義信と初めて会った日、彼は祖母の話を避けたけれど、大家の家では話題に出した。あの時の説明は事実に近い話なのかもしれないと思う事がある。

「夏帆は察しが良いな」

ちゃんとした返事はしてくれないが、やはり祖母の事なのだ。祖母が元気でいるという事実は嬉しいものの、父親の事が重く圧《の》しかかって喜べない。

「察しが良ければ、父親の本性はとっくの昔にわかっていたと思います」

人を見る目の無さに、夏帆は自嘲の笑みを浮かべる。

「だから、どうにかしたいと思うんです」

「ならば、その力のベクトルを一ヶ月考えるといい」

義信が人差し指を立ててぐるりと回した。

「ベクトル？」

「この問題を『どうにかする』事で、夏帆はどうなりたいんだ」

突然の禅問答に熱が上がった気がする。

……どうなりたいのか。

固まっていると、掛け布団の上に載せていた手を義信に持ち上げられて恭《うやうや》しくキスをされた。指の付け根に彼の熱い吐息を感じる。

「まずは、元気になる事」

「元気になったら、……祖母に会えるの？」

「会える」

しっかりと答えてくれた義信の顔は笑んでいた。本当に会えるのだと驚いた後、夏帆は目を輝かせる。

「そうだな、久我弘樹の事を正直に教えてくれたから、こっちも正直になろう。昨日、夏帆が隠したメモ紙は、読んだ」

一瞬の間の後、夏帆は顔を真っ赤にして体を起こし、くらりと眩暈《めまい》を起こす。義信がすかさず立ち上がり、背中に腕を回して支えてくれた。

義信はそのままベッド脇に腰を下ろしたので、彼の体重でベッドが斜めになった。自然と彼に体を預ける形になる。

当たり前のように肩を抱き寄せられて、鼓動も呼吸も乱れた。

「よ、読んだの？」

「俺はいつもメモをテーブルの上に置いていただろう。あんな所にあったら、夏帆からのメッセージかと思って当然だ」

「帰ってこない人に、メモなんて残さないです」

「寂しい事言うなよ」

自分の思案の痕跡を覗き込まれた恥ずかしさで落ち着かない。

「あれを読んで、急いで運転手に引き返して貰った。それで会社前に着いたら、夏帆が男に言い寄られているじゃないか。しかも喋《しゃべ》ってみれば、年齢的にも釣り合う芯のある男で、俺はかなり焦った」

不機嫌な態度を取って悪かった、とさらに肩を抱き寄せられた。義信はあのメモを見て、心配になって探しに来てくれたのだ。

「……初めて、会った時」

アパートで初めて会った時、少し言葉を交わしただけで、父親よりも義信の方が信用出来ると思った。整った容貌だけでなく、落ち着いた芯のある口調、その時から彼に心を囚われている。

「義信さんに、見惚《みと》れました。かっこいいなって」

義信がおかしそうに笑った。

「それはどうも」

「いっぱい元気が出る言葉を言ってくれて、嬉しかった。お礼を言っていなかったなって。本当にありがとうございました」

痛ましげな表情を浮かべた義信に、夏帆は微笑む。

「あの時から好きです……。だから」

心配しないで、と続けようとして、義信にしっ、と唇に指を当てられた。戸惑い黙った夏帆の唇から指を外し、ベッドから立ち上がった彼の姿はかっこよかった。

高い身長に、広い肩幅、抱き締めて貰えればたちまち安心出来る頼りがいのある胸板。一点を見つめる黒い目には迷いが無い。仕事に行く時の義信の顔だった。

急に体を離されて不安になる。

義信の整えられた黒く短い髪に指を絡めて、ぐしゃぐしゃにしたくなった。会社では秘書のみならず、社内の女性を虜《とりこ》にしているのだろう。嫉妬《しっと》を覚えるのは、義信だけじゃない。

「……これ以上いると、抱きたくなるから行く」

義信がこちらに寄越した視線は劣情に淀《よど》んでいる。昨日も車の中で愛撫《あいぶ》された事を思えば、嘘には聞こえない。

ベッドの中から彼を見送って、嬉し過ぎて緩みきった顔に力を入れながら、夏帆は義信に言われた事を思い出していた。

……自分は、どうなりたいのか。

義信は最初にここに来た時から、自分はどうしたいのかを考えろと言ってくれている。父親の言動を思い出せば、彼は楽《らく》をしたいだけだと、今ならわかる。それに対して出来る事はあるのだろうかと考えながら、夏帆は目を瞑《つぶ》った。


ピンポンピンポンピンポン。

家のチャイムが鳴り続ける。エントランスのチャイムじゃなくて、玄関からの音だ。翔太なら鍵を持っている、と夏帆は布団の上で寝返りを打った。

ピンポンピンポンピンポン。

それでも鳴り続けるチャイムは、出るまで押し続けるとばかりに病的だった。翔太はこの手の悪戯《いたずら》をもっとも嫌うタイプだし、義信であるはずもない。

……何か、緊急事態かも。

微睡《まどろ》んでいた夏帆は一気に起きた。髪を手で整えながら、インターフォンを確かめる事もせずに、玄関に向かう。

「はい」

ドアを開けた向こうから、香水の香りが漂《ただよ》ってきた。

「私、羽成社長の秘書をしております藤本直美と申します。失礼します」

軽くウェーブのかかった焦げ茶色の髪を後ろで束ね、耳にはパールのピアスをつけている。愛くるしいたれ目は敵対心でギラギラとしており、ぽってりとした唇はへの字に曲がっていた。声も刺々《とげとげ》しく、持っている美しさを損ねている。

「お邪魔いたします」

「あ、え、ちょっと待って」

ドアを開けた夏帆の横から押し入るように部屋の中に入ってきた。義信の秘書というわりに態度がおよそ社会人らしくない。

思わず道を譲った夏帆は、ズカズカと中に入っていく直美の強引さに呆気に取られたままでいた。

「あ、義信さんに何かあったんでしょうか」

これだけ強引なのだから、義信に何かあったのかもしれない。夏帆は鍵をかけて直美を追いかける。

「何か」

はん、と鼻で笑う直美の高慢な調子に、夏帆もさすがに不愉快になる。

「確かめもせずにドアを開けるような頭の弱い女を選ぶなんて、どうかしてるわ」

「家人に許可もとらずに、家に上がり込むあなたはどうなんですか」

ピシリとしたスーツを着てメイクもばっちりの直美に、パジャマ姿の夏帆は頭痛で朦《もう》朧《ろう》とする頭で対峙《つ》する。疲労が倍になって伸《の》しかかってきた。

直美は虚を衝かれた表情をした後、つん、と顎《あご》を反らしてこちらを値踏みするような視線を向けてくる。

「だらしない格好」

「ええ、体調が悪くて横になっていましたので」

招かれざる客は、片眉を上げて「あら」と、ばつが悪そうな顔をした。

「本当だったのね」

夏帆はこめかみのあたりを押さえて目を瞑《つぶ》る。この人はいったい何なのだろう。仕事が出来る雰囲気はあるが、この態度は立派な社会人とは思えない。

『小悪魔的秘書』

翔太が言っていた事を思い出して、はっとする。しきりに瞬《まばた》きをしながら腕を組んで部屋を見回していた直美は、ゆっくりと夏帆の方を振り向いた。

「単刀直入に言うわ。あなた、羽成義信から手を引いてくれないかしら」

彼女はバッグの中から茶色い封筒を出し、そこから書類を出すとダイニングテーブルの上にざっと並べる。父親の写真が目に入ってきて、おおよその内容がわかった。

「あなたには、とんでもない血が流れているようね」

すっと父親の写真を引き抜き、直美はフレンチネイルを施《ほどこ》した指でひらひらと振る。

体の内側の熱がスッと引いた後、夏帆の内にフツフツとした怒りが込み上げてきた。

確かに父親はどうしようもない男だが、見ず知らずの人間に評価されるいわれはない。

「人の家にズカズカ上がり込む、あなたの育ちよりはマシかと」

やはり、反論されるとは思っていなかったようだ。直美は憎々《にくにく》しげに鼻に皺《しわ》を寄せて、それからすっと澄ました表情に戻る。

「ねぇ、羽成家がどんな家柄かご存知？」

全く知らない夏帆は返答に困った。だが、直美が自分の侮辱《ぶじょく》を始めようとしている意思はしっかりと感じて身構える。

「母方が旧華族に縁続きのお家柄よ。各界に幅広い人脈をお持ちで、あなたみたいな方が入ってもいい家ではないの」

華族、と言われてもピンとこず怪訝《けげん》そうな顔をする夏帆に、直美は苛立った様子で話を続ける。

「良い家柄なのよ！」

突っかかられて、夏帆は反射的に言い返した。

「重要な問題なんですか」

あの兄弟の家柄が良い事は肌で感じていた。それは、自立心や自尊心を育《はぐく》むような教育を施《ほどこ》す、意識が高い家なのだろうという漠然とした理解だったけれど。

「重要な問題に決まってるじゃないの。あなたはバカなの」

「人に面と向かってバカなんて言葉を使わないくらいの良識はあるつもりです」

頭痛がするのに言葉はするすると出てくる。直美は夏帆が言い返すたびに面食らっている様子だった。これまでよほど、周りに肯定され続けてきたのだろう。

彼女はふんと鼻を鳴らして、視線を鋭くした。

「とにかく、こんな借金まみれの父親がいるのよ。さっさと手を引きなさい」

直美の言っているのは、自分がずっと心の中で自分自身に言ってきた事だ。それなのに他人の口から聞くと、とても嫌な気持ちになる。

「無理です」

あれ程全てを受け入れてくれる人を、諦められるはずがない。

少し前なら身を引いたかもしれない。でも、今の夏帆に義信から離れるつもりは無かった。

「私は義信さんが好きだから、一緒にいます」

結婚がダメなら、傍にいるだけでもいい。

「はぁ？」

義信にとって得などない契約書を作ってくれて、夏帆の人生を考えてくれた。喉の奥が熱くなって、涙が自然と零《こぼ》れる。

「あなた、やっぱりバカだわ。惚れた腫《は》れたでどうにかなるものじゃないの」

直美は大仰に溜息を吐いて、父親の写真をぐっと夏帆につきつけてきた。

「しょうがないからもっと教えてあげる。あなたの父親が母親を殺したようなものじゃないの。あなた、そういう人間の娘なのよ」

「………え」

涙がぴたりと止まった。

母親が帰ってこなかった日の事は今でも覚えている。彼女は出ていっただけで、この世界のどこかで生きている、そう信じていた。

「あら、知らなかったの。そこの調査報告に全て書いてあるわよ」

勝ち誇った直美の顔を凝視していた夏帆は、ダイニングテーブルの書類に体を向けた。

「ええ、じっくりと読むといいわ。そして、さっさと身を引きなさい。あなたみたいな人間が羽成家の一員になろうとするなんて、本当に身の程知らず」

震える体を抱き締めて、その中の一枚に手を伸ばそうとした時、ドン、と激しく壁が叩かれる音が夏帆の体を跳ね上がらせた。

振り返ると、憤怒《ふんぬ》を体に纏《まと》わせた義信が壁に拳を付けたまま、直美を睨《にら》みつけている。人を殺せそうな視線の強さに、彼女の喉から息が詰まったような音が出た。

「夏帆、熱は下がったのか」

ゆらり、と壁から手を離して、義信が近づいてくる。優しいが悲しげな笑みを向けられて、直美の言った事は本当なのだと悟った。

「熱は、計ってないです」

「なら、起きてはいけないだろう」

「チャイムが鳴ったから、起きたの」

「ここに出入り出来るのは、鍵を持っている人間だけだ。今後は出なくていい」

義信は夏帆の震える腕を掴むと胸に抱き寄せ、落ち着かせるみたいに何度も背中を撫《な》でてくれる。

「義信さん、私の母親は……」

彼の体が強張って、聞いてはいけないのだとわかった。母親は死んでいるのだ。彼が祖母と約束している『言えない事』も、この事かもしれない。

ずっといなかった人間が死んだとわかっただけなのに、この喪失感《そうしつかん》は何だろう。優しくて、強くて、どこか寂しげだった人は、もうこの世のどこにもいないのだ。

「彼女は、夏帆を世界で一番大切に思っていた人だ」

冷たかった体に血が流れ出した気がした。一緒に涙が零《こぼ》れる。コクコクと頷いていると、ぎゅっと強く抱きしめられた。

……安心する。

動揺が収まった頃、体を離され額《ひたい》に口づけをされる。ソファに誘導されて腰かけると、大丈夫だというように、彼が頬を指で撫《な》でてくれた。

義信はダイニングテーブルに近寄り、広げられた書類を一枚一枚確かめながらまとめて、書類の角を打ち付けて揃えていく。

そして真っ青になって固まっている直美の前に立ち、顔も見ずに手に持っていた写真を奪い取って、書類を全て封筒に片付けた。

「帰れ」

直美の存在はないもののように振舞っていた義信は、冷たく言い放つ。冷え冷えとした響きに夏帆が固まった。

「……嫌です。社長、考え直して下さるまで帰りません。結婚をするのなら、もっと良い相手がいるはずです」

直美は義信の腕を掴もうとしたが、避けられたせいで空《から》振る。顔を真っ赤にした彼女は金切り声を出した。

「彼女、若いだけじゃないですか！　目を覚まして下さい。社長ならいくらでも女を選べます」

「だから選んだんだ」

直美を見る義信の冷たい目に、夏帆はぞっとする。自分がこんな目を向けられたら、耐えられそうにない。

だが、果敢《かかん》にも直美は食い下がる。

「だから、間違った選択だと」

「無理やり、夏帆に結婚するように仕向けたのは俺だ」

怒りを抑え込んだ義信の声は、怒鳴り声よりも怖かった。圧力が空気をビリビリと震わせる。

息が詰まる緊張感の中、夏帆はソファから立ち上がり、義信の腕を両手で掴んだ。

「サインをすると決めたのは私だから」

「夏帆」

「そんな風に言わないで」

しゃがれた声は全然色っぽくないし、説得力にも欠けて悔しい。

あの日、鴨居《かもい》をくぐってきた義信の姿に見惚《みと》れて、父親とは違う紳士的な態度に絶対的な安心を感じた。彼が相手でなければ、契約書にサインはしなかった。

直美への文句はすらすら出てきたのに、今はうまく言葉にならない。

義信は夏帆を守るように抱き寄せて、直美に言い放った。

「お前、まだいたのか」

顔を真っ赤にしてドカドカと廊下を踏み鳴らしながら帰る直美の後ろ姿は哀れだ。義信が好きなら、想いを伝える方法はもっとあっただろうにと思う。

「鍵を締めてくる」

玄関へ向かった義信を待つ間、夏帆はソファに座り込んだ。安堵してはぁと吐いた息が自分でもわかる程熱くて、体温が上がった事を感じる。

今は何も考えずに眠りたいのに、ひとりになるのは嫌だ。

「大丈夫じゃないな」

戻ってきた義信は夏帆を見て湯沸かしポットをセットした。ティーバッグが入った缶を開け、温かい飲み物を用意しようとしている。

きっと、熱く用意したお茶に氷をいくつか入れて、すぐ飲める温度にしてくれるのだろう。彼の行動が、わかるようになっている。

「……いつでも、物語みたいな登場をするんですね」

「社長だからな」

肩を竦めた義信がお茶を淹《い》れる光景を見ながら、彼が傍にいてくれる幸せを噛みしめた。

「……母親の話は、元気になってから聞いて良いですか」

今は何も聞きたくないと思う一方で、義信の肩を掴んで揺らしてでも聞き出したい衝動もある。矛盾する激しい感情が頭をさらに重くした。

「もちろんだ。俺が伝えていれば良かった」

後悔に表情を歪《ゆが》めた義信を見て、母親がもういないというのは本当の事なのだと改めて認識し、夏帆は泣きそうになる。

手を止めた彼は、夏帆に向かって深々と頭を下げた。

「秘書が申し訳ない事をした。秘書課からの異動は既に決まっていて、本人にも申し渡している。今後はこういう事は無いようにする、絶対に」

異動で会えなくなる焦りから、ああいった行動に出たのだろうか。夏帆は慌てて義信の二の腕を掴んだ。

「頭を上げて下さい。ドアを開けた私が悪かったんです」

「あの女はその何倍も悪い」

一番悪いのはどう考えても父親の弘樹だと、夏帆には口にする勇気がなかった。

義信は夏帆の前にマグカップに入れたお茶を置いてくれる。やはり飲みやすい温度になっていて、夏帆は頬を緩めた。

「秘書の人、結婚の事を知っているんですね」

「ああ、隠す必要もないしな」

淀《よど》みなく言われて、笑ってしまった。義信は最初から誰にも隠していなかったのではないかと疑う。

「なら、あんな契約書、作らなければ良かったのに」

誰にも喋《しゃべ》らないという決まりが、いろんな人を振り回した気がしなくもない。

「夏帆が俺を好きになってくれるとは思わなかったから。誰かに引き渡すのが俺の役目だと」

そこまで言って物憂《ものう》げに首を傾げた義信は、夏帆をひたと見つめた。

「そうだな、最初から失敗だった。好きな人を誰かに譲るなんて出来るわけがなかった。最初から正面切って、大事にすると言えば良かったんだ」

胸にじわじわと広がっていく幸せが、目を潤《うる》ませる。胸をかすめるのは、もっと幸せになる予感だけ。

いろんな妄想をしてきたが、ここまでのものはない。

夏帆はパジャマの袖をひっぱりながら、おずおずと彼に尋ねる。

「……ぎゅっとして、寝てくれませんか」

思った以上に甘えた声色になって恥ずかしい。

「体力が戻っていないだろう」

声の中に情欲を感じて、夏帆は首を横に振った。

「違う、違います。そういう意味じゃなくて」

「わかってるよ」

断固とした口調で夏帆が拒絶すると、義信は笑う。からかわれたのだとわかって、恥ずかしさを隠すために頬を膨らませる。

「夏帆は、本当に底が知れないな」

「どういう意味……」

夏帆からマグカップを取り上げた義信はサイドテーブルに置いた。飲みかけだったので、どうしたのだろうと思っていると、腕と膝の下に腕を入れて軽々と抱き上げられる。

「なっ」

突然視界が高くなって、夏帆は義信の首に手を回す。

「重いし、歩けるから、やめて……っ」

「いつもよりだいぶ体温が高い。本当に横になった方が良い」

実際、座っているのも少ししんどくなってきていたので素直に従う。そのまま運ばれて義信の寝室のベッドに寝かせられた。

自分の部屋で寝たい、という視線を向けたが、義信の頑固そうな表情に無駄だと諦める。

ふたりで寝ても余裕がある大きなベッドで抱き締められ、彼の顎《あご》の下にすっぽりと頭が収まる。

　体が密着すると、もう何も怖がらなくてもいいと思えた。

「……羽成家は俺を引き取る時に、手切れ金を母に払った。嬉々として金を受け取った母親の顔を覚えているよ。俺とあの人とはそれきりだ」

　何の脈絡もなく告白された身の上に、夏帆はうとうとと閉じかけていた目を見開いた。

義信の顔を見上げたくても、後頭部に手を置かれ、胸に押し付けられていて出来ない。

「自分を可哀想な存在にした方が楽なのを、俺は知ってる」

　夏帆はどんな言葉をかけていいかわからず、義信の背中に腕を回し、その腕に力を込めた。

　大家の家で話していた事は、本当だったのだ。

「……義信さんは、自分を可哀想にしなかったんですね」

「夏帆もだろう」

　そう言われると、少し違う気がする。過去や未来を考えても息苦しくなるだけで、いろいろな妄想をしながら今を生きる方が楽しかったから、それを選んだだけだ。

「義信さんを好きだって思ってから……、ちょっとだけ可哀想を利用しようかなとは思いました」

「なんだよ、それ」

「ちょっとだけですよ、ちょっとだけ」

自分がこんな境遇でなければ、出会えていなかったのは確かだ。それで彼の気を引けるのであれば、利用したかもしれない。

彼がリラックスした様子で楽しそうに笑うのを聞いていると、言い繕《つくろ》わなくてもいいかと思い始める。

胸に広がる温かなものが眠気を誘い、夏帆はすぅっと寝息を立てた。

＊＊＊

寝息を立てる夏帆を置いて行くのは嫌だったが、翔太に看病を頼むのも嫌だった。熱が下がっているのを確認し、額《ひたい》に口づけて「いってきます」と声をかけると、義信は家を出る。

マンションの駐車場の頼りない白熱灯の下、自分の車へと向かう。コツコツと靴音を立てながら珍しくもないハイブリッド車のキーを開けようとした時、後部座席に人影があるのに気付いた。

エンジンはかかっているが、車内灯は消えている。

「相変わらず、趣味が悪い」

キーを向けて解錠すると、ピピッという音が響く。ドアを開けて車内灯が点いてすぐ、

「よぉ」と手を上げる、ハットを被ったスーツ姿の男が見えた。

「死んで化《ば》けて出たのか」

「似たようなもんだ、出せ」

「俺はあんたの運転手じゃない」

「違ったのか」

義信がバックミラー越しに悪態をつくと、父――羽成憲生《のりお》はハットを取る。白髪《しらが》をかき上げながら、彼は気難しそうな唇の端を上げた。

「口が悪いな。若い嫁さんに逃げられるぞ」

「逃げたら掴まえて、離さないだけだ」

シートベルトをして、サイドブレーキを引く。夏帆を手放すつもりでいたのは、結局どれくらいの間だったのだろう。最初から他の男に渡す気があったのか、今となると曖昧《あいまい》だ。

「怖い男だな。俺だったらごめんだよ。嫁さんの前でどんな猫を被ってるんだか見てみたいもんだ」

「他所《よそ》に子供を作った人に言われたくない」

「おお、やっぱり怖いな」

あっけらかんと笑い飛ばす父親に呆れつつも、それ以上は言及しない。

実の母親は、憲生の元秘書という所も含めて直美に似ている。自分のためなら誰でも踏みつける事が出来る、したたかさがあった。

車が駐車場を出ると、憲生はおもむろに腕を組んでゆっくりと口を開く。

「嫁の父親を、俺の知り合いに任せていいのか」

憲生はスーツのポケットからガムを取り出した。タバコをやめた代わりに、話が込み入ってくると噛《か》み始めるのだ。

「頼みます」

義信はすっと態度を改めた。

「金は回収すると決めたので」

弘樹が借りていた金はポケットマネーで一括返済した。懐《ふところ》に響く金額ではないし、元々は更生の兆《きざ》しでも見えれば返済を勘弁する事も考えていたが、完全に気が変わっていた。

きっちりと返済が終わるまで解放される事がない場所を、憲生なら知っている。

「嫁にかけた金はどうなんだ。ずいぶんと前から金をかけていたそうじゃないか」

憲生がニヤニヤと笑っているのがバックミラーで見えた。夏帆を守るため、身辺をずっと調べていた事を言っているのだ。

「俺の気が済むようにやっていただけだ。夏帆には関係が無い」

もっと早くに自分が幸せにすると決めていれば、他に接触の方法はあったかもしれないが、結婚した今はどうでもいい事だ。

「あと、元秘書の藤本直美。異動をさせるが、近いうちに適当な縁談が欲しい。社外のスカウトでも何でもいい。とにかく会社を辞めさせたい」

異動で済ませようと思っていたけれど、家にまで押しかけて来た事で気が変わった。本当は会社から放り出してやりたいものの、そういう事をすると後に響く。

「ああ、羽成家に入りたがった女か」

会長である憲生が出社した時も、媚《こ》びを売っているのだろう。直美は父親が元秘書と関係を持った事を知っていて、義信にも色仕掛けをしてきたのかもしれない。

仕事は出来るので放置してきたが、それがいけなかった。夏帆と住むと決めた時に、全てを整理しておくべきだったと、自分の甘さを呪う。

「縁談なら小都子《ことこ》さんに頼んだ方が早いぞ」

「お母さんにそんな事を頼めるわけがないだろう」

恩人のひとりであり、実質、羽成家の主である小都子には頭が上がらない。

義信が不信感丸出しで初めて羽成家の敷居を跨《また》いだ時、突如、抱きついてきたのは小都子だった。

『大歓迎するわ』

あのほんわかとした上品な女性の情熱的な出迎えがあったからこそ、義信は誰にも遠慮する事なく羽成家で過ごせた。

「案外、喜んで探してくれそうだけどな。そういや、若い嫁さんにはいつ会えるんだ」

「その、若い嫁さんってやめてくれないか」

「羽成、夏帆さんだな」

すっと名前を出し、おまけに既に羽成家に迎え入れていると暗に知らしめてくるのが、憎らしい。

憲生は窓の外を見ながら再び腕を組む。父はいつもそうだ、淡々としている義信を苛立たせたがる。

「夏の帆」

彼の言葉に、義信は何を言い出すのかと目を細めた。

「夏の海を、風を受けてぐんぐんと走る帆船《ほぶね》。真っ青な海に白い航跡。真っ直ぐで明るい子、親御さんはそんな願いを込めたんだろうな」

憲生のこういう部分を見ると、心底嫌いにはなれなくなる。義信はバックミラー越しに窺《うかが》った父親の、大海に思いを馳せるような表情に肩を竦めた。

「お前が好きな女に早く会いたいよ。俺も、小都子さんも」

憲生が時々見せる『父親』の顔には、いつまでたっても慣れない。

「……夏帆が、覚悟を決めたら」

弘樹が接触してきたせいで、夏帆の気持ちが揺らいだ気がする。ずっと父子ふたりで過ごしてきたのだから、引き戻されても仕方がない。それを無意識に利用して、支配を続けようとする弘樹に虫唾《むしず》が走る。

それに加えて直美の来襲。先程の光景を思い出して、義信の頬がピクリと痙攣《けいれん》した。

「なるほど。嫁さんの父親とお前の元秘書のふたりが嫁さんの障害なわけだな」

憲生はふたつ折りの携帯電話を開いて、電子音をさせながら操作し始める。静かな車内に電話の発信音が小さく響き、話し声に変わった。

「おお、ジュンちゃん、俺だよ、久しいな。ああ、そうだよ頼みがあって。ははは、そうなんだ。一ヶ月後にひとりね、お願いしたい男がいてねぇ、ジュンちゃんにしか任せられないじゃないか。……回収金額は一千万だ」

こういう話をするから、憲生は仕切り付きの車か、義信を運転手にした車を使いたがる。同じ場所をぐるぐると三周回った所で、憲生は電話を切ってまたハットを被った。

「今から会社に行け。用事が出来た」

「了解しました。……ありがとうございます」

「俺は死に金が好かんだけだ」

これで夏帆の父親が目の前に現れる事は無くなったと、ほっとする。だが、一生言えない秘密を抱えた。

そんな義信の迷いを嗅《か》ぎ取ったように、憲生は眉を顰《ひそ》める。

「仕事しか出来ない職場を与えただけだろう。俺は堅気《かたぎ》だぞ、何だと思ってる」

「羽成創建設の会長ですよ」

義信はアクセルを踏み込む。危険な分、神経が研ぎ澄まされる夜の街を運転するのは好きだった。父親に借りを作るなんて自分も変わった、と思う。

「お互い、仕事をしましょうか」

会社の今後の方針として、海外での事業を拡大させる方向で動いている。

海外は日本とは勝手が違い、契約書を作れば良いというわけではなかった。前回の出張も、工事がストップしそうだと急きょ呼び出されたのだ。

政治も違えば法律も違う国での仕事は、労働に対する意識の違いだけが問題となるわけではない。法律の見落としによる工事中止や、支払いトラブルに煮え湯を飲まされる事も少なくない。

人を欺《あざむ》く事など考えもしない、真っ直ぐな目の夏帆に会いたかった。

だが、今から会社に戻って、時差のある現地とビデオ会議がある。

……傍にいてやれなくて悪い。

義信はハンドルをぎゅっと握りこんだ。

＊＊＊

――一ヶ月後。

夏帆は住んでいたアパートがある駅前の、広場のベンチに座っていた。

ペットボトルを手の中でくるくると回しながら、来るかどうかもわからない弘樹を待つ。

夏帆なりに『どうしたいのか』と考えて出した結論は、自分で父親に伝えたかった。

ペットボトルの蓋を開けかけてやめる。緊張を逃すように、大きく長い息を吐いた。

義信が仕事でなかなか家に帰って来られない日が続いている。伝えたらきっと忙しい合間を縫って来てくれて、また甘えたくなってしまう。

甘えを、断ち切りたかった。

『今日、父に会います。ひとりで話してきます』

駅に着いた時にメールを送ったのは、事後報告では怒られるだろうと思ったから。

この一ヶ月、義信は少しずつ羽成家について教えてくれて、夏帆は生まれて初めてこの世の中には血筋というものがある事を事実として認識した。

物語の中だけにあった事が現実にあり、しかも知らずに自分がその『身内』になっていて、正直戸惑いの方が大きい。そういう気持ちが態度に出てしまっているのか、義信は不安は全て言ってくれと、事あるごとに言ってくれる。

義信の父親は婿養子で、そういった孤独に耐えきれずに秘書と関係を持ってしまったらしい。そして、たった一度の関係で産まれたのが自分なのだと彼は言った。

聞けば何でも教えてくれる彼の真摯《しんし》な態度に守られながら、『自分は父親をどうしたいのか』と、夏帆は考え続けていた。

「もう、帰ろうかな」

弘樹が来ないのであれば、それはそれでいい。腕時計は二十一時を指している。漠然とした約束で一時間も待った自分を褒《ほ》めて立ち上がった時、声をかけられた。

「夏帆」

少し遠くから弘樹が歩いてきたのが見えて、緊張で胃が締め付けられる。

……勇気を下さい。

ここにはいない義信に縋《すが》って、落ち着かない気持ちを紛らわせ、自分から弘樹に近寄った。

「お父さん」

弘樹は爬虫類《はちゅうるい》のようなぬめる光を目に宿していて、ギロリと見つめられた夏帆はたじろいだ。

以前はあった愛嬌が消え失せている。何があったのかは知らないが、関わってはいけない雰囲気を漂《ただよ》わせていた。

「話せたんだな。丸く収まったか」

「うん」

「どうなった」

険のある、短い言葉でこちらを探ってくる弘樹。狭いアパートでも楽しかった日々を思い出して、夏帆は寂しげに笑んだ。

「私に出来る事はありません」

夏帆がきっぱり言い切ると、数秒の後、弘樹は顔をみるみる真っ赤に染めた。

「どうしてだ。お前くらいの若さがあれば、男なんてすぐに」

唾を飛ばしながら耳を塞《ふさ》ぎたくなるような言葉を発する弘樹に、夏帆は一歩後ずさる。

「私に出来る事は、何もないの」

考え続けていたある日、夏帆が父親をどうにかした所で、自分の気持ちをたった一瞬、軽くするだけだと気付いた。

その束の間のために時間を使うなら、義信との生活を大事にしたいと、そう思ったのだ。

「お父さんのためにも、お金は自分で返した方がいい。だって、遊んで作った借金でしょう」

「お前、裏切るのか」

唇の端に白い唾液を溜めた弘樹にまた一歩近寄られて、夏帆は身構える。恐怖で震えつつも、義信に言わずに来て良かったと思った。きっと父親は彼に恥ずかしげもなく罵声《ばせい》を浴びせたはずだ。

「……お父さんは、お母さんが死んでいるのを教えてくれなかった。どうして」

夏帆は震えた手の中に汗をかきながら、絞り出すみたいに問う。弘樹の目がどんよりと暗くなり、唇が歪《ゆが》んだ。

「俺は教えたぞ。お前が生きていると思い込んでたんだ」

「……教えた？」

宥《なだ》めるような、気味が悪い程優しい声を聞いて、背中に、脇に、じっとりと冷たい汗が浮かんだ。

弘樹の異様な雰囲気に呑み込まれないために、夏帆は辺りを見回して人の姿を確認する。

「それに、うちは貧乏で葬式が出せないから黙っていようって、ふたりで決めただろう」

「私と？」

小学生だった自分にそんな決断をさせたのならおかしいし、その記憶はない。体温が下がって、自分でもわかるくらい体がぶるっと震えた。

「自分が忘れていた癖に、お前は本当にどうしようもないな。ああ、そんな辛気《しんき》臭い話はやめよう。そうだ、金の事だったな。また時間をやってもいい。どうにかして、あの男を落とすんだ」

「嫌だ」

思うよりも先に声が出ていた。頭の中に義信との、お互いを労《いた》わり合える生活が蘇《よみがえ》っている。あの生活を壊すくらいなら、自分が壊れてしまった方がいい。

「お前……っ」

忌々《いまいま》しげに手首を掴まれそうになり、ビクッと体を震わせて手を引いた。

避けられてカッとなった弘樹の腕が振り上がる。叩かれると、目を瞑《つぶ》りかけた時、安《あん》穏《のん》とした声がふたりの間に入ってきた。

「トラブルですか」

まず目に入ったのは長身で、次はハットだった。清潔感のある初老の男性は親しみを感じさせる笑顔を夏帆に向けながら、弘樹の手首を掴んでいる。

弘樹は顔を引きつらせ青ざめていた。見れば男性の手が彼の手首にめりめりと食い込んでいる。

「別嬪《べっぴん》なお嬢さんが、何やら助けを求めておいでのようだったので」

「おかげ様で……大丈夫です」

「それは良かった」

笑顔の男性を見上げる夏帆は、老いているものの端整な顔立ちに安心感を覚える。

男性がぱっと手を離すと、弘樹は手首を擦《さす》りながら二、三歩後ずさった。

「い、一ヶ月後に、また」

弘樹は男性を視界に入れずに、夏帆に気味の悪い視線を向けてきた。

「私はもうここには来ないから」

腹に力を入れて言い返した所、血走った目をした弘樹がまた手を振り上げる。

「父親の言う事を聞け……っ！」

「これは思った以上に酷いですねぇ」

男性は間髪《かんはつ》を容《い》れずに弘樹の手首を再び掴むと、素早く背中側に捩《ねじ》り上げた。弘樹が痛みに呻《うめ》く。

「娘さんは来ないそうですよ。退場退場。じゃないと、警察を呼ぶ」

語尾から安穏《あんのん》とした雰囲気を消し、腕を解放した男性に、弘樹は怯えた顔をして、あっという間に駆けて去っていった。呆気なさ過ぎて、夏帆は小さくなっていく後ろ姿を見つめ続ける。

どきどきする心臓の前で両手を握りしめると、男性が横で、眉を顰《ひそ》めて溜息を吐いた。

「誰かについて来て貰おうとしなかったんですか。ああいった男にひとりで立ち向かうのは、蛮勇でしかない」

本当にその通りだ、と夏帆は無理やり笑みを浮かべた。

「助けていただいてありがとうございます。少し、甘く考え過ぎていました。次からは気を付けます」

バッグの持ち手を強く握って、手の震えを止めようとするがままならない。まさか、父親が手を上げるとは思わなかった。

男性にじっと見つめられて、夏帆は必死に口元を緩める。

「本当に、助かりました。もう大丈夫です」

「当然の事をしたまでですよ。さて、紹介が遅れました。私は羽成憲生といいまして義信の父親で、息子から派遣されてきました。翔太も仕事中でね、私の手だけが空《あ》いていたもので」

「……っ」

あんな父親を見られて、結婚を反対されると、夏帆は蒼白になる。

親しみを感じたのは、義信の面影《おもかげ》があるからだったのだ。翔太の名前まで出されては、疑う事は出来なかった。

すっかり表情を失った夏帆に、憲生は何事もなかったかのように話し続ける。

「義信が仕事を放り出して妻の所に駆け付けるまで、あとどれくらいか賭けませんか。

僕はあと五分程」

「し、仕事は、放り出して、欲しくありません……」

憲生はみるみる愛嬌のある笑みを浮かべる。

「なるほど。あの翔太が重い腰を上げる程に、物わかりが良過ぎるというわけだ。義信があれこれ手を焼こうとする理由はわかりました。けれどね、蛮勇はいけません。利口に立ち回る事も覚えましょう」

「あ……あんな父親ですみません」

「あなたが謝るべきは、自分の行動だけです。小さな頃のあなたにも、まだ若いあなたにも、あの男を止める力が無かった。出来なくて当然な事で、自分を責めてはいけませんよ」

きらきらと光る目で諭《さと》してくる憲生の口調には、包み込むような温かさがあった。夏帆を責めない態度が義信と重なり、彼もこうやって育てられたんだと思う。

「……義信さんを好きでいても、いいですか」

あんな父親を持つ私でも、と思い切って聞くと、困ったような顔をした憲生と目が合った。

「それを決めるのは義信です。結婚もね。まぁ、ただ羽成家に慣れるには覚悟が必要ではあります」

家柄と言われてもわからないし、それに伴《ともな》う礼儀作法も覚えられるか不安だ。しゅん、と肩を落とすと、大きくて熱い手が夏帆の両肩に置かれた。

「夏帆さんが良いなら、私がいろいろ手助けします」

「……本当ですか」

「僕は婿養子ですから。立場は似ています」

ウィンクが似合う所はどこか翔太っぽいけれど、面立ちは義信のそれだ。

「お、来たな」

憲生の視線の先を見ると、酷く不機嫌そうな義信が駅から歩いてきていた。憲生は自分の腕時計を見ると、ひとつ頷く。

「お、本当に五分程で来た。何かを賭けていれば良かった。じゃ、夏帆さん、また会いましょうね」

憲生は夏帆の背中をぽんっと叩き、去っていく。

彼は義信とすれ違う時に立ち止まり、短い言葉をかけたようだった。義信の顔色がサッと変わる。

今あった事を報告されたのだろう。

「義信さん、あの」

駐車場に停められた義信の車の後部座席に乗せられてすぐ唇を塞《ふさ》がれた。いくら貪《むさぼ》っても足りないとばかりに舌を差し入れられ、激しく咥内《こうない》をなぶられる。

まるで無事を確かめるかのように、義信の手が服の上をくまなく這《は》って、撫《な》でられた場所から強張りが解けていくのがわかった。

「はっ、うっん」

怖さを抑えつけていた事に気付いて、夏帆は眦《まなじり》に涙を浮かべつつ、義信の肩に手を回す。

そのまま絡み合えば、熱量の増した吐息で暗い車内がいっぱいになった。

性急な義信の手は脚の狭間へと潜《もぐ》り、潤《うるお》い始めた花裂を指で割る。ぐちゅり、と潜《もぐ》り込んだ指をさらに受け入れるために夏帆は腰を浮かせた。

「もっと……っ」

いつの間にかスカートは太腿《ふともも》まで上がり、下着は片足に辛うじて引っかかっている。

義信の唇が首筋を這《は》って、夏帆は首を仰《の》け反《ぞ》らせた。

尖った乳房の先端を口に含まれながら蜜襞《ひだ》を捏《こ》ねられて、膝を震わせて歓びを体全体で表す。

愉悦《ゆえつ》が体の中で渦巻《うずま》いて弾ける危機感を覚えて、夏帆はそれから逃れるみたいに体を浮かせた。

達するなら義信と繋《つな》がってからが良いと、ねだるように腰をくねらせる。

「義信さん……」

うずうずと高まった熱がお腹の中で呻《うめ》いていた。額《ひたい》に汗を浮かべた切なげな表情のまま、夏帆は義信の顔を正面から見据える。

車に乗り込む時も、乗り込んだ後も合わなかった目がやっと合った。彼の瞳に怒りと苦しみが見えたが、それは彼自身に向けられているように思えて、夏帆の胸がぎゅっと締め付けられる。

「……危ない事を、しないで欲しい」

父親だからふたりでも大丈夫と判断したのだ。けれど、その考えは甘過ぎて、大事な人をとても心配させてしまった。

夏帆は泣きそうに表情を歪《ゆが》めた義信の頬を包み込んで、ごめんなさい、と唇を動かしたが、堪《こら》えた涙のせいで声が掠《かす》れる。

義信はスラックスの前をくつろがせると、夏帆の手を取って下着を押し上げる猛《たけ》りに触れさせた。

「……っ」

すっかり反り上がった熱い肉塊に、こくりと生唾を呑み込む。額《ひたい》にぴたりと額《ひたい》を付けられながら、その手首を掴んで動かされた。

形や大きさが記憶と繋《つな》がって、ずんと下腹を突き上げられたように蜜襞《ひだ》がひくつく。

「欲しいか」

義信は夏帆のピンクに染まった頬を唇で撫《な》でた。彼の体温にざわりと肌が粟立《あわだ》ち、居ても立っても居られない衝動に突き動かされる。

「欲しい……、欲しいです」

「ああ、そういう素直さがいい」

下着から引きずり出された、透明の粘液《ねんえき》を滲《にじ》ませた切っ先をあてがうために、夏帆は義信に跨《また》がった。だが、彼が肉棒から手を離したせいで、蜜口に触れていた先端がつるりと滑《すべ》る。

「入るように自分で支えるんだ」

「……っ」

脚の間にある彼自身に、躊躇《ためら》いながら手を添えると、ぬるりとしていた。

「自分で……?」

「欲しいんだろう?」

艶《つや》っぽく笑んだ義信に促《うなが》されて、硬く張ったそれを握って蜜口に当てる。

「う……ふぅ……っ」

潤《うるお》った蜜唇はくぷり、と膨らんだ傘を呑み込み、鋭利な角度で反る猛《たけ》りが蠢《うごめ》く隘路《あいろ》を押し広げた。満たされていく悦に、夏帆の肌はじわりと汗ばむ。

味わうように少しずつ腰を落としていると、義信は逃がさないと言わんばかりに夏帆の細い腰を掴んだ。

「上手だ」

義信が目の前の乳房をきつく吸い上げ、夏帆はつま先まで電撃が走ったみたいなひりつきに、かろうじて抑えていた嬌声《きょうせい》を上げた。

「ひあっ」

軽く歯を立てられると堪《こら》えきれず一気に腰を落としてしまう。最奥まで繋《つな》がった歓びの余韻《よいん》に浸《ひた》る間もなく、義信は待っていたかのように下から突き上げた。

「ああっ。だめぇっ、やめっ……っ、ひぁっ」

「かわいいな」

啄《ついば》まれていた乳首をしゃぶられて、夏帆はぐっと猛《たけ》りを締め付ける。

くちゅくちゅとなぶられ、夏帆の腰は突き上げられるのを待たずに動き始めた。

蕩《とろ》けた襞《ひだ》に猛《たけ》りを擦《こす》りつける激しい動きに、義信は眉根を寄せて切なげな表情を浮かべる。

「うまい………ッ」

「……、いっ、ンっあっ」

自分の気持ちが良いように動く。本能だけの行動に目の前がチカチカし始めて、体の中心に絡まっていた悦楽がその色を濃くした。

「……はぁっ」

夏帆が疲れ始めて腰の動きが緩慢《かんまん》になると、義信は夏帆の体を抱きしめて、最奥をズンッと突き上げる。

「あああっ、あっ、いっ、ああ……」

意識が真っ白になった夏帆の背中を、義信が撫《な》でてくれた。

「……あの」

いつもなら達した後も義信は夏帆を貫《つらぬ》き続け、軽い絶頂を何度も迎えさせるのだ。なのに今、義信は動こうとしない。お腹の中にはまだ硬さを保ったままの彼がいて、夏帆は義信を窺《うかが》う。

「俺は、相談して貰えると思っていた」

突然の話にびくり、と体を震わせると、義信は夏帆の額《ひたい》に張り付いた髪をかき上げて、夏帆の衣服を整え始めた。

「そんなに俺が信用出来ないか」

夏帆は咄嗟《とっさ》に首を横に振る。

「違います……っ。自分で、どうにかしたくて」

「気持ちはわかる、が、相手が悪い。何でもとは言わないが、あの父親がらみの事は必ず相談して欲しい」

腕を振り上げられた事を思い出して夏帆は表情を固くした。弘樹が義信の会社まで行き、大声を出したらどうすればいいのだろう。

「義信さんの会社のロビーで大声を出すかもしれない。もう会う約束なんてしていないし、どうしたら」

すっかり動揺した夏帆が義信から体を離そうとすると、ぐっと腰を掴まれ落とされた。

「……んっ」

「居場所なら俺が知っている。妻に対してあんな態度を取る男にかけてやる温情はもう無いが、良いか」

夏帆を見上げる感情の籠《こ》もらない目に、不安がかきたてられる。

「……その、ドラマみたいに、海に沈め――」

「法は犯さない」

語尾に被せるように淀《よど》みなく言った義信は、嘘を吐いている様子には見えない。

あの父親が誰にも迷惑をかけないようにする事は、夏帆の力では無理だとわかった。

罪悪感から逃げるためだけに、良い子でいる事は出来ない。

「ごめんなさい……。お願いします」

胸が痛んだのは情のせいだろうか。

「わかった」

決断の重さに耐えられず夏帆が体を離そうとすると、義信が夏帆の腰を掴んで、ゆらりと回した。

「あっ」

「中に出していいか」

ずっと避妊をしていた義信の思わぬ言葉に、夏帆は耳を疑う。けれど腰をゆるゆると揺すられながら、唇を吐息で撫《な》でられれば、冷静な判断をするのは難しい。

「俺たちは夫婦だし、反対している人間はいない。むしろ、両親にも早く孫が見たいとさえ言われている」

くちくち、とまた淫《みだ》らな音がして、足の先まで血と一緒に悦が巡り始めた。

「会社、言ってな……いっ」

「夏帆の会社があったか。明日から、さっそく周知を始めよう」

義信は夏帆の体をあっという間にシートに横たわらせた。

片脚を持ち上げられて、奥まで捻じ込まれ、夏帆は背を仰《の》け反《ぞ》らせる。

「ああっ」

上から押し込むような激しい抽送に、義信は劣情を抑え込んでいただけだと思い知った。濡《ぬ》れた局部が重なり合うたびに、粘着質な音が響く。

「ひぃあっ……っ、はげしっ、ああっ」

「よく、締まる……ッ。誰にも、渡さない、からな……」

吐き出された生温い精は、臀部《でんぶ》に伝って座席へと滴《したた》った。汗で乱れた義信の髪に触れながら、もし子供が出来たら、と考える。

すると頬がふっと緩んで、とてもかわいい子だろうなと思った。

5

――一ヶ月後。

夏帆は長くなった髪をすっきりとひとつにまとめ、シャツとスカートというシンプルな格好にコットンパールピアスをつける。

鏡の前に立つと、前より見られるようになった自分がいた。変われば変わるものだ。

自分の変化に戸惑いはあったが、こっちの方が良いと思う。

「シンデレラは……」

お城に上がったシンデレラは、慣習に馴染《なじ》めずにとても苦労したという話もある。

夏帆は廊下の物置の扉を開けて床拭き用のワイパーを出した。そして乾燥シートを裏返して付け替えると、ダイニングを掃除し始める。前に住んでいたアパートの畳のようにぺこぺこと沈まないフローリングにも慣れた。

義信の作ってくれる朝食はもう随分食べていない。時差がある国との会議で、朝に家にいる事が少ないからだ。夏帆とは完全にすれ違いの生活になっていた。

「シンデレラは、幸せになった」

彼女は何年も義母と義姉ふたりの世話をしていたような根性の持ち主なのだから、きっとなんとかやったはずだ。

夏帆は時計を見上げ、会社に行く時刻が過ぎている事に気付いて慌てる。

こんな風に落ち着かないのは、義信の育ての母親と今日、ふたりで昼食を取る約束をして緊張しているせいだ。数日前、痺《しび》れを切らした彼女は夏帆のスマホに直接電話をしてきた。

喋《しゃべ》った印象は柔らかかったが、ぐいぐいと日時を指定してきたあたり、やはり彼らの母親だと感じる。

翔太は自分の母親を『人畜無害な人だと、思う』と妙な間をつけて評した。

夏帆に出来るのはみじめな格好で行かない事くらいだ。

「血筋とか、家柄とか、ドンマイ」

頬を小さく叩いて、夏帆は家を出る。

出社すると美雪におはよう、と明るい笑顔で声をかけられた。

この二ヶ月の間に何があったのか、美雪と小池は付き合い始めたらしい。そのおかげか、最近の彼女は内側から輝いている。

体調が戻って出社した時、夏帆は義信に許可を貰って、結婚している事を美雪にも白状した。

『やっぱり男で、きれいになったんじゃないの』

美雪は口では文句を言いつつも喜んでくれたが、義信の地位などを話すと顔を曇《くも》らせた。

『騙《だま》されてない……？』

心配する美雪を安心させたのは、義信と対峙した小池だった。

『かなり威嚇《いかく》されたから、あれは本気だと思う』

小池はあの後、ホームページなどを調べて、義信の身元も確認したらしい。

それでも美雪と小池は夏帆が騙《だま》されていないか心配して、いろいろ話していたようで、馴《な》れ初《そ》めはそのあたりではないかと、夏帆は密かに思っていた。

よくわからないうちに、全てがうまくいっている気がする。

父親と偶然駅前で会ってから今日で二ヶ月目だ。ロビーで騒ぐぞ、と言った弘樹の表情や、振り上げられた腕を思い出すと今でもぞっとする。

だが、夏帆の生活の中に父親が入ってくる事はもう無い。

……元気でいますように。

祈るしか出来ない自分に唇を引き結びつつ、夏帆は目の前の伝票を捲《めく》った。

昼休みの時間になり、夏帆は重い腰を上げて会社を出た。

義信に出会った日は肌寒かったのに、最近は日中の気温がゆうに三十度を超える日が続いている。会社から一歩外に出るだけで汗をかく程だ。

指定された店はここから遠くないが、汗をかくだろう。日傘だけでなく扇子《せんす》も持ち歩くべきだと考えていると、いきなり腕を掴まれ引き寄せられた。

「わっ」

「夏帆、こっちだ」

冷房が効いた所から出て来たばかりなのか、肌触りの良いスーツはひんやりとしていて、火照《ほて》った肌を冷やしてくれた。昼時に、義信の胸に抱き寄せられている。

突然現れただけでなく、会社の前で抱き寄せられるのは心臓に悪過ぎた。

「普通に登場して下さい！」

腕を慌てて振りほどいて見上げると、悪戯《いたずら》っぽい魅力的な表情を浮かべた義信に文句が詰まる。

「ひ、人目がありますし……」

「誰も気にしてない」

「私は気にします！」

聞こえているのかいないのか、義信は腕時計で時刻を確認した。

「さて、俺も一緒に昼食を取る時間が出来たから行こう」

夏帆は暑いのに汗ひとつかいていない義信の横顔を見上げた。凛《りん》として整った面立ちは、何度見てもはっとする。

「義信さんは来られないって」

「秘書に時間を空《あ》けて貰った」

以前、家に突撃してきた秘書は異動が早まって別の部署になったらしい。新しい男性秘書とは、彼が義信を迎えにマンションへ来た時に会った。

義信より少し年上で、冷静沈着な雰囲気で冗談が通じなさそうな人だった。ただ、夏帆を見る目は優しかったので、悪い印象はない。

「どんな魔法を使ったのかは知らないが」

義信の口から魔法という言葉が出て、似合わなさに夏帆は噴き出す。

「何がおかしいんだ」

手を繋《つな》がれて歩くように促《うなが》される。彼の手の温度は高くて、夏帆の手はいっきに熱を持った。

「魔法って言葉が似合わないなって」

「聖なる力とでも言えばいいのか」

「似合わない上にイタい！　笑いが止まらなくなるからやめて下さい」

義信が皮肉を口にするのは、彼自身がくつろいでいる間だった。一緒にいる時にそんな表情を見せて貰えると、とても嬉しい。

「おまけに、暑い……」

この暑さで手を繋《つな》いでいるせいか、手から体に熱がどんどん送り込まれるようで、汗が出てくる。

「暑いので手は離してもいいですか」

「俺の妻は厳しいな」

渋りながらも手を離してくれた。

「すみません、暑いと汗をかいて、臭くなるので」

汗をかいた後、自分から漂《ただよ》ってくるにおいはあまり好きではない。

これから義信の母親と会うため、少し神経質になっているせいもあるだろう。

「そうか？」

ふいに義信の息がうなじにかかる。嗅《か》がれている、とわかった時には、彼は体を離していた。夏帆は頬を赤く染めて、熱を持って汗ばんだうなじに手をやる。

「むしろ良い匂いがする。俺が加齢臭を気にするのはわかるが」

「待って、加齢臭って自分で言わないで下さい」

重かった気持ちがすっかり軽くなった所で、約束した店の前に着いた。

「着いたな」

義信は会話で気持ちをほぐそうとしてくれていたのだろう。

「ありがとうございます」

店のドアを開ける彼の背中にそう声をかけると、義信は笑顔を返してくれた。

「美味《おい》しく食べよう」

エスコートされて入った店の、よく磨かれた白のタイル張りの床に自分が映った。黄色の壁には幾何学《きかがく》模様の絵が品良く飾られている。壁際の青いソファにはランチ待ちの人が座っていた。

待っている人たちも品が良く、こんなお洒落《しゃれ》な店でのランチだと緊張で食べられそうにないと、夏帆は焦る。

そんな夏帆とは違い、義信は慣れた様子で受付に予約をしている旨を伝えていた。急に遠い人になった気がして夏帆が彼の手にそっと触れると、すぐに握り返してくれて、胸の中に温かい光がぱっと広がる。

「どうした」

「やっぱり義信さんは魔法使いですね」

こんなに気持ちを楽にしてくれる。

「魔法使いか……。夏帆には王子様と呼ばれたいもんだが、年齢的には王か」

夏帆は呆気に取られた。義信は自分の王子様になりたいと言ってくれたのか、いやでもきっと冗談だ、と段々と胸の中が騒がしくなる。比例して、頬は赤く染まっていった。

「す、凄い自信ですね」

「自信なんていくらでも湧いてくる。さて、既に母親は来ているそうだ」

義信の母親が既にいると聞いた瞬間、心臓が口から出そうな程に緊張が高まった。家柄や血筋やら、そういったものが大きく伸《の》しかかってきて、喉がカラカラになる。

「……自信は、どうやったら湧いてくるの」

受付の男性に、奥にある個室に案内されながら、女性客の視線を独占している義信に問う。

「俺にそれを教えてくれたのは、真っ直ぐ前を見て歩く夏帆だ」

「私？」

　思ってもみない答えに夏帆は目を丸くした。どういう意味か聞く前に個室のドアが開かれて、ふたりは自然につないでいた手を離す。

　中にいた白のワンピースを着た女性が立ち上がった。

「義信さん、お久し振りね」

　歳を感じさせないほっそりとした品の良い女性。にこやかな笑みを絶やさない彼女は、夏帆に温かな目を向ける。

「お久し振りです。お母さん、この女性が」

「夏帆さんね。私、羽成小都子と申します。このたびは息子が結婚を押し切ったようで、さぞかしびっくりなさったでしょう」

　義信の紹介を待たず、小都子は夏帆に近づいてその手を取った。肌は艶《つや》やかで随分と若々しく、四十代だと言われても納得しそうだ。

「ご挨拶《あいさつ》が、遅れまして」

「いいのよ。契約結婚なんてものを持ち出したのはこの義信さんなのだから……あら」

　小都子は義信の肩に触れた後、夏帆の両手を取ってまじまじとその指を見た。

「指輪が無いわ」

　ビクリ、と体を震わせてしまって夏帆は恥じる。義信には未だに指輪の話をされていなかった。気にしないようにしてはいるが、うまく笑えない。

下手な事を言うと、義信を困らせるだろう。

「あの……」

この場をどう乗り切ろうかと頭をフル回転させても、良い答えは見つからなかった。

義信はそんな夏帆の手を小都子から取り、その薬指にゆっくりと唇をつける。大胆な行動に、夏帆の息が止まった。

「お母さん、好奇心は時に身を滅ぼしますよ」

のんびりとした口調には有無を言わせない響きがある。だが、小都子は意に介した様子も無くにっこりと笑んだ。

「女心をわかっていない方が問題よ」

「あの、私は義信さんにはとても良くして貰っています。これ以上、迷惑をかけたくは……」

「夏帆、迷惑なんて思った事は無い。指輪は——」

手の甲に義信の息が再びかかって、体の奥が震えた。

「あら、迷惑をかけない人間関係なんてないのよ」

義信の言葉を遮《さえぎ》った小都子の毅然《きぜん》とした発言に、ふたりは彼女の顔をはたと見た。小都子は変わらず温かい笑みを夏帆に向けている。

「私はね、一目惚れした人とどうしても結婚したかったからわがままを言って、父親に頼んで縁談をまとめて貰ったの。そのせいで本当にいろいろあったわ。けれど、今は夫婦円満なの」

夏帆の頭に夜の公園で助けて貰った憲生の姿が浮かんだ。きっと一目惚れする程に全てがかっこよかったのだろうと、簡単に想像出来た。

義信は夏帆の腰に手を回しながら苦笑する。

「よく知っていますよ。さぁ、食事をしましょう」

小都子は引かれた椅子に座りつつも、緊張で硬くなっている夏帆に向かって話し続ける。

「そんなに硬くならないで。義信さんがかわいいお嫁さんを連れてきて、滅多に連絡をくれない翔太さんも夏帆さんを苛《いじ》めないようにって顔を見せてくれるし、夫も何だか楽しそうで。私、それでいいのよ」

その言葉は、夏帆を幾分か楽にする。義信は肩を竦めて、親しみの籠《こ》もった目で小都子を見た。

「羽成で一番男らしいのは母なんだよ」

「あら、酷い。私は女なのに、ねぇ」

小都子に同意を求められた夏帆は、ふたりの仲が良さそうな雰囲気に顔を綻《ほころ》ばせる。

もっと堅苦しい食事を想像していただけに、運ばれてきた料理を美味《おい》しく味わえる事に驚いた。

お互いの腹を探り合う事もなく会話が弾んで、あっという間に終わりの時間になる。

「今度はふたりで食事をしましょうね」

「はい、ぜひ」

夏帆は小都子の明るい朗《ほが》らかな性格に惹かれ始めていた。身を乗り出して返事をすると、彼女は次の食事の日付をあっという間に決めてしまう。

やっぱり義信や翔太の母親っぽい、と夏帆は嬉しくなる。

食事を終えて店を出た所、前の道路に見慣れた黒塗りの車が停まっていた。

「夏帆、急に悪いが夜の予定を俺にくれないか」

小都子は先にその車に乗って、義信を待っている。夏帆も誘われたが、昼にこの車で会社の前につけて貰う程の勇気はなかった。

「会って欲しい人がいるんだ」

義信に手をぎゅっと握られる。

「……夏帆のおばあさん。俺の恩人だ」

蝉《せみ》の声も、車の音も、街の喧騒《けんそう》の全てが無になった。

父親と会ってからはどうしたいかを考えるのに精いっぱいで、母親の事は正直考えないようにしていた。

義信に祖母に会いたいと言えば、きっと会わせてくれただろう。けれど過去の事を聞いて、父親について冷静に考えられる自信も無かった。

その後は、新しい事実に触れる事を無意識に避けていたと思う。

去っていく車を見送りながら、胸に沢山の思いが渦巻《うずま》いていた。

けれど、最後に残ったのは、義信が元気づけるように握ってくれた手の熱さだけだった。


夕方、義信は会社の前まで自分の車で迎えに来てくれた。ビジネス街を走る車から見える風景は何も目に入ってこない。今から祖母の家に行く事に緊張しているせいかもしれないと思う。

「話をしても良いか」

運転をしている義信に話しかけられて、緊張は最高潮まで高まった。

「何をですか」

「俺の事」

母親の事かと思っていた夏帆は拍子抜けする。

義信は前を見る目を暗く揺らめかせて、淡々とした口調で話し始めた。

「大家夫婦の家で話した事は本当の事だ。夏帆の祖母、幸子さんにはとてもお世話になった」

なんとなく想像はしていたものの、真実だったのかと、夏帆は目を丸くする。

「幸子さんは俺が住んでいたアパートの裏の一軒家に住んでいた。壁にボールをぶつけて遊んでいたのをしこたま叱られて、それが最初の出会いだな」

祖母は、他所《よそ》の子を叱るバイタリティがある人らしい。

「ずっと外にいる俺に何か感じる所があったのか、家に上げて食事をさせてくれるようになった。俺に礼儀を叩き込んだのは幸子さんだ。そのお陰で羽成家に引き取られた時、非常に役に立ったよ」

義信の身に起こった事は、子供には大変だったはずだ。小さな彼を想像して、夏帆は涙ぐみそうになるのをぐっとこらえる。

「俺が羽成家に引き取られる事になったのは中学に上がる時だ」

勝手に、義信はかなり幼い頃に羽成家に引き取られたと想像していた夏帆は戸惑った。

「父親は俺の存在を小都子さんに隠したかったから、生みの母親に金を払い続けていた。だがもっと大金を要求されて小都子さんに頭を下げた、という経緯だな」

辛かっただろうなと思うと、自然に涙が流れたが、夏帆は前を見続ける。信号が赤になって停車すると、横からハンカチが差し出された。

「……泣くなよ。今、俺は幸せだぞ」

義信の言葉にもっと泣きそうになって、慌ててハンカチを受け取る。彼の手が夏帆の太腿《ふともも》に置かれた。

「幸子さんに世話になっている時に、幸子さんの娘さんが夏帆を生んだ。疎遠《そえん》だったから、写真だけを貰ったらしい。あんまりにも赤ん坊の写真を眺めているから嫉妬《しっと》したよ。でも、その子が女の子と知った時、結婚すればいいじゃないかと思ったんだ」

驚きで言葉を失って横の義信を見ると、彼は笑っている。

「現実になった」

赤ちゃんの頃から義信にそんな風に思われていたと知っても現実感がない。けれど、何だか嬉しい。

「家族っていうものに飢《う》えていたんだな」

夏帆も、ドラマに出てくるような助け合って暮らす家族が、本当に羨《うらや》ましかった。義信は頷き、重い口を開く。

「俺が大学生の頃、幸子さんに元気が無い事が多くて、病気じゃないかと心配して問いただしたんだ。そこで夏帆の母親が保険金の受取人を幸子さんにして突然に亡くなった事、その父子家庭の生活費を幸子さんが出している事を知った」

胃をぎゅっと掴まれて捩《よじ》られた感覚に、借りたハンカチを口に押し当てた。ハンカチから漂《ただよ》う義信の匂いが気持ちを落ち着かせてくれる。

父親は、祖母にたかっていたのだ。

「過労だったらしい。幸子さんはあの父親に、夏帆には母親は出ていったという事にする。本来なら保険金は夏帆が受け取るべきだ。父子を離れ離れにしないでくれ。……そう情に訴えられて、生活費を出していた。冷静に考えたらおかしい事なんだけどな。疎《そ》遠《えん》だった娘の死がショックだったんだろう」

話に酔いそうになった夏帆はシートに体を預けた。異常な事でも、気持ちが落ち込んでいる時に、それらしく言われれば呑み込んでしまうのはわかる。

「俺は、それから夏帆の事を調べていた」

「うそ」

全然、気付かなかった。

「夏帆を初めて見たのは、中学生の時か。暗い少女を想像していたんだが、全くそんな事はなかった」

既に妄想に楽しみを見つけていた頃だ。きっとニヤニヤしながら歩いていたんだろう。

「そして最近、あの父親は幸子さんに借金の肩代わりを頼んできた。夏帆のためだ、家と土地を売ればそれくらいあるだろうと。俺はずっと調べていたからあの男に借金があるのは知っていた。幸子さんは夏帆が奨学金で学校に行った事も知らなくて、さすがに俺に相談をしてきたんだ」

この世界に自分の事を心配してくれていた人がいた。夏帆は唇を真一文字に引き締めて目を瞑《つぶ》る。

「幸子さんに、夏帆は一度会ってる」

驚いて、夏帆は運転をしている義信の横顔を見た。

「いつ」

「まだ肌寒い時、雨が降っていたな。幸子さんが緊張で立ち止まってしまって、俺の方が冷や冷やした」

雨が降っている肌寒い日。記憶を辿って、花柄の傘を差した五十代くらいの、真っ青な顔をした女性が浮かぶ。

「あ」

「具合が悪そうな幸子さんに夏帆はすぐに駆け寄っただろう。幸子さんは感動した反面、あの男の言いなりになって、真実を確かめなかった自分を責めたんだ。だから、会うまでにこちらも時間が欲しかった」

夏帆は祖母を責める気には全くなれなかった。見たくない真実を受け入れるには、時間がかかる。

「……でも、義信さんが私と結婚する必要はなかったですよね」

義信が祖母に恩を感じていて、その孫を助けようとしてくれたのはわかった。けれど、わざわざ結婚する必要はなかったはずだ。

車は既に住宅街に入っていた。義信は勝手知ったるといった風に、家と家の間にある狭いコインパーキングに車を入れる。

「それなら、一目惚れだったからだ。セーラー服の夏帆に」

義信は正直に答えて、ややあって気まずそうにシートベルトを外した。

思春期、周りがお洒落《しゃれ》に気を使う中、夏帆はとくに気にせずに過ごしていた。

その自分を、と信じられない。その疑念を感じ取ったようで、義信は苦笑する。

「いつ見ても夏帆は前を向いていた。その柔らかい強さに憧れたんだ。俺はかなりひねくれていたんでね」

いつ見ても、という言葉から、夏帆をどこからか見ていたのは一度や二度ではない事がわかった。

中学生や高校生の自分を眺める、社会人。

「ちょっと、犯罪すれすれな……」

褒《ほ》められて照れるのを軽口で誤魔化しながら、夏帆もシートベルトを取る。すると、顎《あご》を持たれて、くいと義信の方を向かせられた。

「あの頃に手を出せばそうだ。だが、今は違う」

逞《たくま》しい胸と腕が夏帆を捕える檻《おり》になり、近づいてきた義信の唇を受け入れる。彼の舌が口腔《こうこう》を激しく蹂躙《じゅうりん》してきて、背筋に悦が駆け上がり頭の中が痺《しび》れた。

「んっ」

夏帆は義信の頬を包み込んで自《みずか》らも舌を絡ませる。激しい息遣いと唾液が絡み合う水音が車内をいっぱいにした。

「……これでも、見合った歳の男に渡すべきだとずっと考えてきたんだ」

夏帆は咄嗟《とっさ》に義信の二の腕を掴む。彼がアパートにいた時から、全ては決まっていたのだ。

「そういう事、もう二度と言わないで」

義信は夏帆の後頭部に手を置き引き寄せて、さらに深く唇を重ねてきた。お互いの気持ちをぶつけるようなキスは体中を疼《うず》かせる。背中を擦《さす》る義信の手が愛しくて、いますぐに繋《つな》がりたくなってしまう。

夏帆が義信のネクタイに手を掛けると、彼は呻《うめ》いて体を引いた。劣情を理性でなんとか抑え込んだというような目をしている。

「夜に」

濡《ぬ》れて柔らかくなった唇に軽いキスを落とされて、抱き締められる。幸せで、時が止まればいいと本気で思った。

青のモザイクタイル壁の玄関、引き戸の前に紺のワンピースとサンダル姿の女性が立っていた。暗がりに浮かぶ不安と緊張が混ざった顔が、玄関の四角い灯りに照らされている。人の気配に気付いた女性は義信の顔を見てから、夏帆の顔に視線を止めた。

「夏帆……」

少し暗いせいか記憶の中にあった母親の面影《おもかげ》と重なって、夏帆は頭痛を感じ、息を深く大きく吸った。いつか聞いた母の悲鳴のような叫びが耳の中に蘇《よみがえ》って、両手に顔を埋める。

「どうしたの」

心配そうな祖母の声は、母の声と似ていた。

そうだ、と両手の中で顔を歪《ゆが》ませる。父親は何かスイッチが入るとごくたまに、母へ手を上げた。外では人当たりが良くて明るいと言われていた人だったけれど、母親の行動を支配したがっていた。

悲しそうな母親の横顔は、夏帆に向き合う時にはとびきりの笑顔になる。何も心配はないと言わんばかりに、楽しい物語をたくさん話してくれて、ぎゅっと抱き締めてくれた。

『私の大事なお姫様』

いつも宝物を愛《め》でるようにかわいいと言ってくれた記憶、心の奥の奥、しっかりと蓋をしていた気持ちが溢れ出す。

「……ごめんなさい、お母さんを助けられなかった。喧嘩《けんか》をしていても、何も、何も出来なかったの」

母親はもうこの世にいないのだと、祖母の顔を見てやっと理解した。夏帆は震える腕を、自分で抱き締める。

「夏帆は、子供だったんだ」

義信が夏帆をすっぽりと包み込むように抱き締めてくれた。祖母の前なのにと冷静に思う自分もいたが、彼の背中に腕を回す。

「私の方こそ、ごめんなさい」

祖母の涙に濡《ぬ》れた声に彼女の罪の意識を感じ、父親の問題が片付くまで会わなくて良かったと思った。もし会っていたらきっと、泣きながら弘樹を罵倒《ばとう》して、酷い事になっていただろう。

「時間はいくらでもあるから、まずはお茶でも飲もう。幸子さんに鍛《きた》えられた俺が淹《い》れますよ」

夏帆の抱擁《ほうよう》を解いた義信は、夏帆の手を引いて、遠慮する事なくカラカラと引き戸を開ける。すると中から甘い香りが漂《ただよ》ってきた。

鼻をくすぐる良い匂いに、ふっと我に返り、夏帆は涙を拭《ぬぐ》う。

「おはぎ、作ってくれたんですね」

笑った。

「ええ、皆で食べようと思って」

「夏帆、幸子さんのおはぎはうまいんだ」

おばあちゃんがつくったおはぎ。どんな物語よりも物語ぽくて、夏帆は泣きながら笑った。

ふたりでマンションに戻ると、夏帆は疲れからソファに座り込んだまま動けなくなった。義信の母親と昼食をとって、自分の祖母に会って、時間はもう二十三時を過ぎている。

「……ハードだった」

忘れられない日になるだろうと思いながら、夏帆は目を瞑《つぶ》った。

次に目を覚ました時には横に義信が座っている。夏帆が起きた事に気付いた彼は読んでいた本から顔を上げて微笑みを浮かべた。

「少しは休めたか」

リビングは間接照明だけにされていた。シャワーを浴びてくつろいだ様子の義信は、圧倒される程に色っぽい。シャツに短パンというういで立ちなのにどうしてだろう。

義信は本を閉じて袖机《そでづくえ》に置くと、夏帆の髪をひと房、指で掬《すく》う。

「今日はお疲れ様」

「お疲れ様です」

見つめ合って、どちらからともなく、唇が重なった。今日の疲れが全部溶けていきそうなくらい甘い口づけに、夏帆は義信の腕をそっと掴む。

「……んっ」

唇を少し強く吸われながら胸の線を手で何度も往復されて、熱い吐息が漏《も》れた。親指で頂《いただき》を押し潰すように捏《こ》ねられ、大きな手で膨らみを揉《も》まれると、体が震える。

「待って」

服の中に手が入ってきそうになって、キスと愛撫《あいぶ》に酔っていた夏帆は、頑丈な手首を掴んだ。今日は暑くてたくさん汗をかいたから、シャワーを浴びたい。

「私もシャワーを浴びてきていいですか」

「駄目だ」

きっぱりと却下されて、言い返そうとした口はまた彼の唇に塞《ふさ》がれた。

義信の手が太腿《ふともも》を彷徨《さまよ》い、脚の付け根へと移動する。脚の間を薄い布越しに辿られ、甘美な痺《しび》れに手足から力が抜けた。

「っ、ん、……ッ」

上顎《あご》を舌の先端で擦《こす》られ、舌を絡めとられ、ぎゅっと強く吸われたかと思えば扱《しご》かれる。息苦しさの中で生まれる愉楽は強過ぎて、夏帆は義信の胸を押しやった。

「どうした」

悪戯《いたずら》っぽく言った義信は夏帆の瞼《まぶた》に唇を落としながら、器用に下着を下ろしていく。

「義信さん、私」

「俺は今、夏帆を抱きたい」

有無を言わせない強い目を向けられて、夏帆のお腹がかぁっと熱くなった。

義信はソファから下りてフローリングに跪《ひざまず》き、夏帆の太腿《ふともも》を押し開く。冷房でひんやりとした空気が火照《ほて》って潤《うるお》った場所を刺激して、夏帆は悲鳴に似た声を上げる。

「待って、どうしたの。今日の義信さん、変ッ」

脚の付け根に口づけをされ、太腿《ふともも》を閉じようとしたが義信の手が阻《はば》んだ。

「会うべき人への挨拶《あいさつ》は終わった。義理は果たした。これで、やっと好きに夏帆を独占出来る」

胸の高鳴りに、さっきまであった眠気は完全にどこかへ行ってしまった。

花弁に息を感じて夏帆は体を捩《よじ》ったが、駄目だった。

「あああっ、やっ、あ」

抵抗も空《むな》しく、舌先が濡《ぬ》れた花弁に潜《もぐ》り込み、夏帆を翻弄《ほんろう》する。芽吹いた蕾《つぼみ》に舌をあてられると腰が震え出して、たまらず夏帆は叫んだ。

「イッちゃう……っ」

「何度でもイけばいい。時間はいくらでもあるんだ」

舌で萌芽を弄《いじ》られながら、中に入った指で恥骨の内側を捏《こ》ねられて、夏帆は小さく痙《けい》攣《れん》する。

短い息を吐きつつ茫然《ぼうぜん》と天井を見上げると、天に向かって押し上げられている自分の両脚が目に入った。あられもない格好に体勢を変えようとするが、押さえられた体は動かない。

「溢れてきたな」

舌で花弁を丁寧になぶられ、蜜が溢れる箇所を啜《すす》られると、もっと奥に来て欲しいという欲が宿り始める。

「は……んっ……っ」

つい数ヶ月前まで処女だったのに、義信のせいでどんどん淫《みだ》らにされていた。執拗《しつよう》に求められて甘い夢に浸《ひた》りきってしまえば、何もかもが心地良い。

「恥ずかしい……っ」

甘えた声は抗議しているようには聞こえなくて、自分でも恥ずかしくなる。

「かわいいな」

再び、ぷっくり膨れた敏感な芽を吸われて弄《もてあそ》ばれると、お腹の奥は義信を誘うようにくねった。

義信の息と舌を鋭敏に感じ、じゅっと蜜が溢れ出る。じれったさに、夏帆は下肢にいる義信に手を伸ばした。

「義信さん……っ」

夏帆の哀願に義信は体を起こして、首筋に顔を埋め、舌を這《は》わせながら服を捲《まく》り上げた。露《あらわ》になった乳房を掴まれると、指が沈み込んで形が変わる。手の平に擦《こす》られた乳首はますます尖り自《みずか》ら快感を拾い、夏帆の肌は粟立《あわだ》った。

「ふぅ……ぁッ」

「大きくなった」

夏帆の顔がかぁっと赤くなる。義信がしっかりご飯を食べるようにと口煩《うるさ》いせいで体重が増えたのと、体を合わせるようになったのとで、胸が大きくなった気がする。彼の手に翻弄《ほんろう》される乳房は卑猥《ひわい》で、お腹の奥がじんじんと痺《しび》れて切ない。

「義信さ……もう、お願い……っ」

我慢の限界で、夏帆は自《みずか》ら義信の頭を抱き寄せた。

「ねだるのも上手になった」

服を脱ぎ捨てた義信は夏帆の頬を愛しげに撫《な》でた後、中へと押し入り始める。

「あ、あ、んっ」

焦《じ》らすようにゆっくりと隘路《あいろ》を押し開いていくその質量に、夏帆は喉を反らした。

「ああ、かわいいな」

奥まで入りきったかと思えば、蜜を纏《まと》った猛《たけ》りが引き、再び襞《ひだ》が蠢《うごめ》く路を突き進む。そんな抽送を繰り返されるうちに、夏帆の頬は火照《ほて》りで赤く染まった。

その頬を指の甲で愛しげに撫《な》でられて、蜜路がきゅうと締まり、彼を離すまいとする。

義信から全身全霊で愛されているのを感じて、夏帆の心は震えた。

「も、もう、奥まで来て……っ」

「そういうおねだりは、いくらでも聞きたい」

夏帆が懇願《こんがん》すると怒張した猛《たけ》りに奥までゆっくりと穿《うが》たれ、その圧迫感と快感に背が弓なりになった。

やっと満たされた夏帆は大きく息を吐いて、義信の唇に自《みずか》らキスをする。好き過ぎて、どうしていいかわからないながらも自《みずか》ら彼の舌を探した。

「俺を、これ以上、夢中にさせてどうする。俺の秘書として雇うか……。ダメだな、仕事にならない」

義信は夏帆の拙《つたな》い舌の動きをそのまま受け入れて、自《みずか》ら激しく絡ませる。それから、冗談には聞こえない声色で言った。

「夜の社長室で、夏帆を抱くのもいいな」

夏帆が会社で義信に抱かれる想像をした途端、柔襞《ひだ》は肉杭に艶《なま》めかしく吸い付く。

「反応した」

どこでも繋《つな》がりたいのは本当だ。上目遣いに義信を見ると、彼は夏帆の細い腰をぎゅっと掴んだ。

「ちがっ」

そして硬度を増した猛《たけ》りで、熱く潤《うるお》う奥を激しく突き上げる。

「ああッ――」

さっきまでのゆったりした動きが嘘みたいに激しい動き。逃げられないように押さえられて嬉しいなんておかしな話だ。

守られているのに壊される、倒錯《とうさく》した感覚はひたすら甘い。

「……んっ、ああっ、あっ、あっ、あっ、ンンッ」

夏帆は義信の首に腕を回して彼を引き寄せつつ、愉悦《ゆえつ》の底の無さに怖くなった。

「また、締め付けて……、俺を堕落させる気持ち良さだな……」

義信は熱っぽく言いながら体を起こすと、脳髄まで届くような激しい抽送を始める。

ガクガクと体が揺さぶられて、夏帆の体はつま先まで火照《ほて》った。

「ああああっ」

硬い切っ先で奥を容赦なく突かれ続け、肉襞《ひだ》と杭《くい》はますます密着し、夏帆の快感は無限に昂《たかぶ》る。

「……んっ、ああっ、あっ、あっ、あっ、ンンッ」

ソファという不安定な場所で揺さぶられて、いつもとは違う扇動が起こり、窪みはますます力強く義信を誘い込んだ。

「締め付け過ぎ……だ」

「あっ、もう、だ、イッ」

目の前に光をチラチラと散らしながら、夏帆は高みへと上《のぼ》り詰めた。義信は痙攣《けいれん》して脱力した夏帆の両膝を抱え上げ、軋《きし》む程腰を深く落とす。

「ふあああっ」

「好きだ」

眉根を寄せた義信の表情に、初めて会った日を思い出した。少し不機嫌そうにも見える、こちらを窺《うかが》う表情。彼なりに緊張していてあんな態度だったのかもしれない。

義信が歯を食いしばりながら奥を打ち付ける動きを二、三度した。中に飛沫《ひまつ》を放ったのだ。荒い息を吐きながら汗ばんで動きを止めた義信の背中に、夏帆は怠《だる》い腕を回す。

ふと思う。シンデレラは王子様に愛されている事を知っているから何でも乗り切れたのだ。

「大好きです」

義信の耳元でそう囁《ささや》いて、夏帆は目を閉じて幸せを噛《か》みしめた。

翔太に髪をきれいにして貰った後、夏帆は電車を乗り継いで義信の会社の前に向かった。見上げたビルが大きくて怯《ひる》んだが、エントランスに義信の姿を見てホッとした。

「夏帆、きれいだ」

「翔太さんの力ですよ」

「あいつの腕が本物なのは知ってるが、夏帆がきれいなのはまた別の話だ」

褒《ほ》められて夏帆は照れ笑いを浮かべる。最近、義信は翔太の名前を出しても不機嫌にならなくなり、彼はずっと嫉妬《しっと》していたのだと改めてわかった。

「式の準備も大変になってきたのに、悪いな」

「ほとんどお義母さんがしてくれてるから、私は大丈夫」

結婚式の事は全て任せてはいるが、既に休みの日などは式の打ち合わせや挨拶《あいさつ》回りなどでスケジュールを押さえられていて、多忙ではある。

だが、小都子が常に付き添ってくれるお陰か、何も不都合はない。

『まず会社が安泰である事が重要なの。義信が会社をしっかり経営している限り何の問題もないのよ。だから、会社も見てきて』

義理の母にそう言われれば、来ないわけにはいかなかった。

会社の中へ進むにつれ緊張に体を強張らせる夏帆に、義信は明るく声をかけてくれる。

「さあ、大人の社会科見学だ」

義信の気遣いは相変わらずで、夏帆はいつも元気づけて貰える。

終業時刻が過ぎているといっても残業している部署も多く、廊下で義信とすれ違った社員はみな一様にギョッとした顔をしていた。

各階の部署の説明を受けて、最後に役員フロア。そこのフロアだけカーペットの色が違い、足を踏み入れるとフカフカしているのがわかった。

「特別仕様……」

「ここはエグゼクティブのお客様を迎える階だから、品格を上げて損はない。カーペットの費用なんて、装飾品に比べると実用的な方だ」

「そうなんですね」

どれくらいの費用なのだろう、と考えながら義信についていく。

社長室のドアを開けて貰い、その広々とした空間に入るのを躊躇《ちゅうちょ》した。義信の手が腰に回ってこなければ、きっと回れ右をしただろう。

「……凄い」

「慣れだ、慣れ」

茶色の立派な革張りのソファに座らされ室内を見回していると、義信はどこからかアイスコーヒーを入れて持って来てくれた。

「ありがとうございます」

「インスタントだ。夏帆は俺の淹《い》れるうまいコーヒーに慣れてるから、口に合うかはわからないぞ」

またリラックスさせるような事を言ってくれる彼に、義信を好きな気持ちがどこまでも深くなる。

義信は重厚な机の引出しを開けていた。夏帆は仕事でもあるのかと視線を外して、部屋の中を見回す。

壁には金色の額縁《がくぶち》に田舎《いなか》の風景画が飾られている。花瓶には花が活けてあるし、観葉植物も立派なものだ。

社長室の雰囲気に負けそうになっていると義信が近づいてきて、夏帆の前で片膝をついた。彼の視線の高さが自分よりも低くなる事は、そうそうない。

義信が焦って立ち上がろうとした夏帆の手を握って、座っているように促《うなが》す。

「ど、どうしたんですか」

「会社は大きいが、俺はこの通りただの男だ」

夏帆は首を傾げて、ただの男ではないと思いつつも頷いた。とても優しくて勇気のある人だ。

「立派な人だと、思います」

「ありがとう。なら夏帆は素晴らしい女性だな」

否定しようとすると、義信はスーツのポケットからベルベットの箱を取り出し、蓋を開けた。

小ぶりだが眩《まばゆ》い光を放つ指輪がきらりと光る。

「……っ」

「夏帆、俺と結婚して下さい」

夏帆の目にみるみるうちに涙が溜まって、手で口を覆った。

「あんなプロポーズで、悪かった」

狭いアパートの中で、婚姻届にサインした日が遠い昔に感じた。

ボロボロと涙が零《こぼ》れて、義信の顔が見えなくなる。あの父親から守ってくれただけで十分で、それ以上の今がある事が奇跡なのだ。

「式はこぢんまりとは出来なくなった。羽成家のしきたりなどを覚えるのも大変なはずだ。俺が家に帰れない事は、これからもある。……普通の幸せとは違うかもしれない。それでも、俺は夏帆と一緒に生きていきたい。家族を、つくりたい」

「私も、義信さんと家族になりたい」

普通の幸せが何かはわからない。ただ、義信が傍にいる事が幸せなのだ。

拭《ぬぐ》っても拭《ぬぐ》っても零《こぼ》れてくる涙を止めるのは諦めた。

「結婚、してくれるか」

「はい、喜んで」

なんとか笑って答えると、義信は涙で濡《ぬ》れた薬指に指輪をはめてくれる。ハンカチで涙を拭《ぬぐ》われながら、夏帆はその指輪のきらめきを見つめた。

「今回のは婚約指輪のつもりだから、結婚指輪は夏帆が好きに選んで欲しい」

「……安いのを選んでもいいですか」

義信は噴き出すと、夏帆の唇をふわりと塞《ふさ》ぐ。

涙の味がする甘い口づけを受けながら、夏帆は義信と一緒にいられる幸せを胸にしっかりと刻み込んだ。

書き下ろし番外編

# ル・ブラン

「で、旦那の義信はいつ戻るんだっけ」

夏帆はコーヒーを淹《い》れていた手を止めた。翔太がチェストの上に置いてある写真立てを手に持っている。そこには二ヶ月前に挙げた結婚式で撮った家族写真が入っていた。

「……いつだろう。ちょっと出張が延びるとは言っていたけど」

「クールだね。ひとりじゃ大変でしょ。しかも新婚だし」

式から一ヶ月も経たないうちに義信は海外への長期出張へと出掛け、それから一ヶ月程、家に戻ってきていない。

籍を入れて、この家に住み始めてから既に一年以上が経った。式を挙げる事で結婚しているのだという意識が夏帆の中には芽生えている。

「式の前から一緒に住んでたから大変じゃないよ。新婚と言われてもピンとは来ないし」

「ふぅん。あとこれ、ふたりの写真にしないの」

家族が笑顔で写っている貴重な写真は、夏帆にとって嬉しいものだ。

「お義父さんお義母さん、おばあちゃん、翔太さんに……賑《にぎ》やかで良いかなって」

「ふぅん」

何が気に入らないのか、翔太は写真を手に持ったまま腕を組んだ。

同じマンションに住んでいる彼は相変わらず、当然のような顔でやってくる。仕事帰りもここで食事をして家に戻るのをルーチンにしているようだ。

今日はふたりの休みが合うという珍しい平日で、翔太は朝食に手作りの野菜スープとおにぎりを持って来てくれた。何となく取れない疲れのせいで、朝食はスキップしようとしていただけに、ありがたく一緒に食事を取る。

胃の調子が良くない夏帆はアメリカン、翔太には濃い目のブラックで食後のコーヒーを用意した。

広いリビングにコーヒーの香りが漂っている。それだけで満足するくらいに良い香りだ。

夏帆が翔太を見ると、写真立ての前でまだ難しい顔をしている。

飽きずに良く来るなと思いつつも、翔太のお陰で夏帆がひとりで過ごす時間は少なく済んでいた。ひとり義信を待つ自分に気を使ってくれているのだろう。

結婚式が決まってから親戚への挨拶《あいさつ》回りが続き、気の休まらない日が多かった。見方を変えれば貴重なひとりの時間だ。これを機会に友人と遊んだりと、羽を伸ばすという選択肢もあった。

ただ夏帆が『お金持ちと結婚した人』だと、どこからとなく広がり『友人』と称する人が増えたせいで二の足を踏んでいる。

名前と顔が一致しない人から再会を望むメッセージがSNSで来たりと落ち着かない。スルースキルが高いわけではないから、人と会うのが億劫《おっくう》になっている。

義信もそれに気付いていて、何とか出張に行かなくていいように調整をしようとはしてくれていたが無理だった。仕事なのだから仕方がない。

「翔太さん、コーヒー」

「お、サンキュ」

翔太は写真立てをチェストに置いて、リビングのソファに腰掛け、夏帆からマグカップを受け取った。夏帆もひとつ開けてその横に座る。

「義信がいなくて寂しくないの」

「……飽きませんね、その質問」

「寂しいって言わないからさ」

「言ってますけど」

唇を突き出しつつ、コーヒーを飲んだ。毎日欠かさず翔太は同じ質問を投げかけてきては、夏帆から『寂しい』を引き出そうとしている。

「もうちょっと感情的になりなよ。キーッ、新婚なのにーッ、大変なのにーッて」

「大変じゃないもの」

寂しいとか会いたいとか。そう気持ちは傍に置いてチラ見する程度が一番だと、今までの人生で学んだ。でないと、あっという間にその渦に呑み込まれてしまう。

実際に不自由のない生活を送らせて貰っているし、親戚の煩《わずら》わしさからも守ってくれていて、文句を言えた義理ではない。

淡々とした表情を変えない夏帆に、翔太はデコピンをしてきた。

「痛い……」

「ごめんごめん。ほら、旦那に電話しろよ。翔太に暴力を受けましたーって」

「しません。翔太さん、せっかくの休み、デートとか無いんですか」

翔太は女性関係を含め、自分の生活は何も見せない。仕事一筋という感じだ。

「デートねぇ。夏帆ちゃん、俺に近寄ってくる女の方はキレイだけど野心が凄いんだよ」

男より男らしい奴ばかりで疲れるんだ、とおどける。夏帆もこれには渋い顔になった。

結婚式を挙げるまでに羽成家の面々と顔を合わせたが、気位が高い人が多いなとは感じている。

そういった親戚が大嫌いな翔太は、人の下心を嗅《か》ぎ分ける嗅覚《きゅうかく》が優《すぐ》れているのかもしれない。

「ボク、キレイでかわいくて性格の良い子が良い。ついでに胸が大きくて童顔で……」

冗談とは知りながらも呆れつつ、夏帆は翔太の腕を軽く叩いた。

「はいはい。コーヒーを飲んだら、出掛けてくるといいですよ。そういう出会いがあるかもしれませんし」

「同感だな」

恋しくて堪《たま》らなかった声に振り向けば、廊下に繋《つな》がるリビングのドアの所に義信が立っていた。

「え……」

玄関のドアが開く音が聞こえなかった。驚きすぎて夏帆はのろのろと立ち上がる。久し振りの義信の姿に、胸がいっぱいになって立ったまま動けない。

本物だろうか、ちゃんと触れることが出来る義信だろうか。

「……玄関、音がしなかった」

「ふたりで仲良く話していて、気付かなかったんだろう」

義信の言葉の中に棘《とげ》を感じた。気のせいかと思ったが彼の目は微笑んでいない。親戚を論理的に威圧している時のような、冷たい光が宿っている。その表情に夏帆は心臓に痛みを覚えた。

会いたかったのは自分だけだったのだろうかと、悲しみが襲ってくる。

義信から発せられる剣呑《けんのん》な雰囲気に近寄れず、そのままソファに座った。膝の上で握り拳を作って、ぎゅっと握りしめる。

「今日帰ると、連絡を貰ってなかったから」

「俺も、休みだとは連絡を貰ってない」

悲しみがモヤモヤとした苛立ちと混じり合いながら、心の中で大きくなる。

今日は「有休を取れそうならどうか」と、上司に勧められて取得したのだ。わざわざ海外に出張中の義信に伝えて、仕事の邪魔をする必要は無いと思った。

気持ちがどんどん暗くなって広がっていく。

「私がいない時に帰って来たかったのなら、すみません」

「そんなことは言っていない」

義信が大きな声を出したので、肩が震えた。悲しみと混乱、ショックで、自分から歩み寄ろうという気持ちが湧き上がらない。

夏帆は無意識に自分の部屋……として使っていた部屋に視線を向ける。結婚前から義信の部屋で寝ていたが、ベッドは使える状態でまだ残っている。

気持ちを落ち着けてからでないと、ちゃんと話せない。

「はいはいはいはい」

立ち上がりかけた所で、翔太に手首を掴まれた。彼を見ると微苦笑している。

「寂しかったって気持ちを無視しすぎ。あんまり体調が良くないんだから、ダメだよ。押し殺しちゃ」

義信には聞こえない小さな声だった。翔太の真っ直ぐな目は、自分でも見ないようにしていた心の奥底まで見透かしている。夏帆はぐっと唇を噛みしめた。抑え込んでいた気持ちが湧き上がってきた。

広い家でひとりで過ごすのは、とても寂しかった。

それでも昔に比べれば全てがありがたいのだからと、自分の気持ちに蓋をしたのだ。目の奥がじわじわと熱くなってくる。

「翔太さん、私……」

立ち上がった翔太は、夏帆の手首を掴んだまま持ち上げて義信に厳しめの視線を向ける。

「お前さ、バカなの。早く謝れよ。だいたいさ、夏帆の性格を考えて、もっとお前から連絡すべきなんだよ」

「……ああ。悪い」

素直に謝って近づいてきた義信が、翔太の代わりに夏帆の手を握った。大きくて温かくて、ずっと恋しかった手だ。

「夏帆、ごめん。……ただいま」

「……おかえりなさい」

手は温かいのに、顔を見ることは出来なかった。

もし冷たい顔で見下ろされていたら。

傷つくのが怖くて、夏帆は視線を下に向けたまま唇を引き結んだ。


翔太が帰った後、彼が座っていたソファに義信は座った。夏帆も促《うなが》されて腰掛ける。

義信が体の緊張を解くように息を吐いて、先程に比べれば随分和らいだ表情を夏帆に向けた。

「今日は有休?」

「……うん」

「予定はあるのか」

夏帆は首を横に振った。家事をして胃の調子が良ければ、近くのカフェに寄ろうかと思っていたくらいだ。

会話が続かず、また部屋に沈黙が落ちる。

義信が帰ってきたらどんな食事を作ろうかとか、お風呂を沸かして待っておきたいとか、いろいろ考えていたのになと、ぼんやりと思った。

「……性懲《しょうこ》りもなく翔太に嫉妬《しっと》した。本当に、申し訳ない」

嫉妬《しっと》という言葉に夏帆はずっと伏せがちだった顔を上げる。義信は膝に肘を付いて両手で顔を覆っていた。声も小さくて、とてもわかりやすく落ち込んでいる。

「夏帆が気を使って連絡を控えてるのはわかったし、翔太から連絡は貰ってたから、それで安心はしてたんだ。でも、翔太と仲良さそうな夏帆を見たら、……悪い。頭に血が上《のぼ》った」

「翔太さんは気を使ってくれて」

「あいつはそういう奴だから、心配になる。翔太に夏帆の様子を聞きながら、翔太に嫉《しっ》妬《と》するんだから、バカだよ」

「……本当に、嫉妬《しっと》したの」

「したんだ」

今になって義信が嫉妬《しっと》の感情を抱くとは考えもしなかったから、夏帆は瞬《まばた》きを繰り返した。翔太が苦笑していたのは、彼の不機嫌の理由がわかったからだろう。

義信がソファの背にもたれて天井を仰いだ。不意に彼の立派な喉仏が夏帆の目に飛び込んできて、どきりとしてしまう。彼はその体勢のままネクタイとワイシャツのボタンを緩めて、視線をこちらに向けてきた。

「本当に、悪かった。嫌いにならないで欲しい。……仲直りしたい」

「喧嘩《けんか》したつもりもないです」

義信にバツの悪そうな照れた表情を向けられて、心臓を射抜かれた。こういう時の彼は少年のような素直さが覗いて、こちらの方がどきどきしてしまう。

さっきまで泣きそうだったのに、耳まで熱を持って顔を赤くしてしまう自分の単純さが恥ずかしい。

夏帆は落ち着きを取り戻すために座り直して、義信の肘に触れた。帰ってきた時と違う、優しい目をした義信に微笑まれる。

「……私、家族が帰ってこないのは、怖くもあって」

連絡をしなかったことを謝ろうとしていたのに、口から出たのは全く違うことだった。動揺していると、続けてというように、義信が手を重ねてくれる。

「うん」

「だから……」

家族が帰ってこないというのは夏帆にとってのトラウマだ。母親がいなくなり、父親も帰宅しないこともあった。寂しいという感情には、本当に簡単に呑み込まれてしまう。いろいろな記憶が駆け巡って、夏帆は身体を強張らせた。

「お互い、そこら辺は同じような黒歴史だ」

義信がライトな言い方をしながら、夏帆の頬を指の甲で撫でる。柔らかく触れられて、呼吸が速くなった。節張った男性らしい指に頬を傾けそうになり、理性で何とか堪《こら》える。

「俺は俺で、帰った時に夏帆がいなかったらと思うと怖くなる」

そんな義信の気持ちを聞くのは初めてだった。肩を抱き寄せられた夏帆は、そのまま彼の膝に頭を載せて寝ころぶ格好になる。これは、膝枕だ。

慌てた夏帆が起き上がろうとするのを察したのか、夏帆の頬に触れながら義信はやんわりと制した。

「そのままで」

「え」

目を閉じるのも何か違うしと、夏帆はおずおずと彼の膝の上から見上げる。

端整な面立ちの中にある、人を従わせる力を持つ目に見据えられた。この人からは逃げられないと無意識に感じて、同時に恍惚《こうこつ》を覚える。

「……絶対に帰ってくるし、守るから、ここにいて欲しい」

大事そうに夏帆の髪を、頬を、存在を確かめるように触れてきた。出会いの前から、ずっと守って貰っているのを知っている。

「もう、守って貰っているから」

腕を伸ばして少し泣きそうな顔になった義信の頬に触れると、僅《わず》かに髭《ひげ》の感触がした。

夢じゃなくて本物の彼がいるのだ。

「……でも、翔太さんとは仲良くして欲しいです」

ベタベタするという仲の良さでは無いが、ふたりはお互いを補完し合っているような親密さがある。自分がいるせいで、ふたりの関係をおかしくさせることは絶対に避けたい。

「謝るよ」

「早い方がいいし、会ってじゃないとダメだと思う。私も一緒に今から……」

「奥さんの言う通りにするけど、後で」

「でも、早い方が……っ」

微笑んだ義信は夏帆の背に手を入れて上半身を起こし、脇の下に手を入れて抱き寄せ膝の上に載せた。

また軽々と体勢を変えられて、頭が追いつかないうちに唇を塞《ふさ》がれてしまう。

「ん、んっ」

ゆったりとしながらも深くなる口づけに両脚の間がじっとりと熱を持っていくのがわかった。

唇の隙間から滑り込んできた義信の舌が絡みついてくると疼《うず》きが大きくなってきて、夏帆は義信の肩を叩く。

「謝……まるのが、先っ」

叩いた所で、もちろんびくりともしない。彼の逞《たくま》しい胸に抱かれながら、激しいキスをされて冷静さを保つのはもう無理だ。観念しかけたところで、耳元で甘く囁《ささや》かれる。

「翔太は、仲直りが先だと言うはず」

「んっ」

そのまま耳の裏を舐められるとビクリと体が震えた。

義信は目をぎゅっと瞑《つぶ》った夏帆の首筋に唇を這《は》わせながら、スカートの中に手を潜《もぐ》らせ、蜜で濡れた下着を膝まで下ろした。お尻には、硬くなった彼の猛《たけ》りを感じる。

「もう濡れてる。かわいい」

「言わないで……」

ちょっと触れ合っただけで、こんな状態なのだ。義信にずっと抱かれ続けたせいだ。

一ヶ月も肌を合わせない事は無かった。

「もう入りそうだ」

「あっ……んぁ……っ。うん……」

戯《たわむ》れるように花弁を辿っていた指が、蜜洞に押し込まれる。つぷりと入り込んだその久し振りの異物感に、夏帆は吐息を漏らした。

内側の襞《ひだ》を優しく擦《こす》りながらゆっくりと抜き差しをされ、その緩慢《かんまん》な動きにじれったそうに腰がもぞもぞと動く。

粘膜を擦《こす》られ染み出る蜜の粘着質な音が吐息と混じった。

快楽に慣らされた体が義信を感じたいと、奥まで満たされたいと堪《こら》えられない疼《うず》きが自分を動かす。

膝辺りで絡まっていた下着を自分で下ろし、ねだる目を向けると義信が生唾を呑みこんだ。

「……指に絡みついてくる。すごく熱くて、柔らかい」

「だって……っ」

夏帆は義信を跨《また》ぐ形で自《みずか》ら膝立ちになった。

義信は劣情に目を輝かせながら指を増やす。後ろ側の壁を擦《こす》りながら、硬く膨れた小さな蕾《つぼみ》も一緒に刺激され、内腿《うちもも》が溢れた蜜で濡れていくのを感じた。

ビクビクと体を跳ね上がらせた夏帆に追い打ちを掛けるように、義信の指がさらに蜜襞《ひだ》の中で蠢《うごめ》く。

「夏帆の顔をもっと良く見たい。ずっと、会いたかった」

「わ、私も」

背筋にゾクゾクとした甘い熱が渦を描きながら駆け上がった。夏帆の体は痙攣《けいれん》し、足の指先はくるりと丸まって硬直する。

「んっ……っ、はぁっ……ッ」

指だけでこんなに達するのなら、彼が中に入ってきたらどうなるのだろう。

劣情を露《あらわ》にした視線が絡み合い、義信がスラックスの前をくつろがせた。反り立った屹立《きつりつ》の傘が蜜口に当てられ、濡れた腫《は》れぼったい陰唇が咥《くわ》え込む。

義信は夏帆の腰を掴んでゆっくりと下ろし始めた。その質量に夏帆は息を乱す。久し振りの熱棒を膣洞の蜜襞《ひだ》がぴったりと包んで奥へと誘《いざな》い、義信が眉間に皺《しわ》を寄せた。

「気持ち、良すぎ……だ」

「お願い……っ」

奥まで貫《つらぬ》かれた夏帆は、次に激しく突き上げられた。義信に情動を叩きつけられ、激しさで脳の奥が甘い痺《しび》れにかすみがかっていく。

「も、もっと……ッ」

「かわいい……」

もっと、という熱い気持ちが収まらない。

攻め立てられながら、夏帆は夢中で義信を感じ続けた。

「ほら、夏帆は食べられるうちに食べなよ」

「もうたくさん食べてるよ」

「夏帆のペースがあるから、翔太が食べたらいいだろう」

お詫びに奢《おご》るという義信に連れられて、翔太と三人で近所の焼肉屋の個室に来ていた。

焼肉奉行《ぶぎょう》と化した翔太は店で一番高い肉と酒を頼み、義信にしっかりと仕返しをしている。彼は焼き上がった肉を次々に夏帆に食べさせようとするので困っていた。

焼肉だからと手放しで喜べる強い消化機能は持っていない。良いお肉でも食べ過ぎれば胃もたれしてしまう。

特に最近は義信がいなかったせいか食も細くなっていて、もうデザートに移りたいくらいだ。

「あまり食欲ないの……」

「知ってるよ。妊娠してるからでしょ」

翔太は天気の話をするような気軽さで口にした。

「な……」

箸《はし》を置こうとしていた夏帆は思わずテーブルの上に落とし、隣に座っている義信も固まる。

爆弾発言をした翔太は翔太で、ふたりの反応に驚いていた。

「あれ、その報告なんじゃないの。そんな大事な時期によく出張期間を延ばすなぁって、俺は呆れていたんだけど」

義信が目をこれ以上ないほど大きくしてこちらを向き、まずはテーブルの上に落ちた夏帆の箸《はし》を拾ってくれる。だが、目はらんらんと輝き、声は上擦《うわず》っていた。

「夏帆、そういう大事な事は早く言ってくれ。だったらさっき」

義信が先程まで激しく肌を合わせていたことに触れそうになり、夏帆は慌てて話を逸らす。

「え、ちょっと待って、私が知らないし」

夏帆が必死に無実だと訴えるのに、元凶の翔太は網の上にある肉をひっくり返している。

「あれ、違うの？　店の子とかもすぐにわかるんだけどな」

美容室の経営者としての顔に感心しつつも、夏帆は言葉を濁しながら否定した。

「違うよ。だって……その……月の、あったし」

「何日間？」

翔太は店の若い女性スタッフに質問しなれているのだろう。何の好奇心もない事務的な現状確認の質問に、夏帆は渋々頭の中で記憶を辿った。

確かにいつもより日数は少なくて珍しく周期も乱れていたけれど、生活がなかなか落ち着かないせいだと思う。あっさりしたものが食べたくなる時期は今までもあったし何とも言えない。

いつもなら根拠の無いことには懐疑的な義信が、心配そうな顔で夏帆の背中を撫《な》でてきた。

「体調に変化はないか」

「冷静になって。何の根拠も無いってば」

義信が赤ちゃんを待ち望んでくれているのがわかって嬉しいが、これは翔太が言い出しただけだ。

親戚を理詰めで追い詰め、冷徹な判断も問答無用に下す義信と同一人物とは思えない。

「マットレスを変えなくて良いか」

「何でマットレス」

「寝心地が悪い、枕が高いとかないか。買い替えるから」

「何の問題もないよ！」

「金持ちって発想が明後日《あさって》に飛ぶし、金で解決しようとするよね」

同じく資産持ちの翔太は、新たに高い肉をタッチパネルから注文している。言い出したのだから義信を止めて欲しいと視線を送るが無視された。

興奮を抑えきれないといった義信の二の腕を、落ち着いてと夏帆は掴んだ。

「妊娠っぽい変化とかないから」

「妊娠したからって、皆がつわりになったりするわけじゃないでしょ」

「そうなのか」

翔太の一言に、義信が前のめりになる。

夏帆も妊娠すれば安定期までは具合が悪くなるという事くらいしか知らない。目の前の未婚の翔太の方が、自分よりもはるかに妊娠について詳しいようだ。

「体調に変わりが無くて妊娠四ヶ月でわかった例もあるよ。お腹出て来たから腹筋してました~とかあったし。結婚式から二ヶ月くらいになるでしょ。一度検査してみたら」

次の生理が来なかったら考えようかと思ったが、義信の期待の視線に夏帆は折れた。

「……わかりました」

結婚式の日に心当たりはある。避妊など考えもせずに抱き合った、思い出すだけで恥ずかしくなるあの夜だ。義信も同じで、だから真剣に検査を進めてくるのだろう。

焼肉の帰り道に翔太と別れて、義信は真っ直ぐにドラッグストアに入った。「俺は思い当たる日がある」と妊娠検査薬を自《みずか》ら購入してしまったので引けなくなってしまう。

帰宅してそうそうトイレに籠《こも》ることになるとは、焼肉屋に行く時には想像すらしなかった。

「夏帆、結果は」

ドアを控え目に叩かれる。

「結果は……」

結果は、陽性。

既に結果が手の中にあるのに言い淀《よど》んだのは、陽性を示すこの判定線は時間が経てば消えてしまうのではないかと何だか不安になったから。でも、どんどん線は濃くなっていく。

何となく気分が優《すぐ》れなかったのはこのせいかと納得した。そうでなくても義信は過保護気味なのに、これがわかったらどうなってしまうのだろう。

夏帆は笑みを浮かべた。とても喜んでくれることには間違いない。

「結果、出たよ」

ドアの向こう側の義信が緊張に息を呑んだのが伝わってくる。

喜んで相好《そうごう》を崩す義信の顔を思い浮かべながら、夏帆は自分の幸せを噛み締め、ドアに手を掛けた。

本書は、2018 年 12 月当社より単行本として刊行されたものに、書き下ろしを加えて文庫化したものです。



この作品に対する皆様のご意見・ご感想をお待ちしております。

おハガキ・お手紙は以下の宛先にお送りください。

【宛先】

〒 150-6008 東京都渋谷区恵比寿 4-20-3 恵比寿ｶﾞｰﾃﾞﾝﾌﾟﾚｲｽﾀﾜｰ 8F
（株）アルファポリス　書籍感想係

メールフォームでのご意見・ご感想は右のＱＲコードから、
あるいは以下のワードで検索をかけてください。
アルファポリス　書籍の感想　検索
ご感想はこちらから


エタニティ文庫

# ワケありシンデレラは敏腕社長《びんわんしゃちょう》に売約済《ばいやくずみ》！

水守真子《みずもりまさこ》


2022年5月15日初版発行

文庫編集－熊澤菜々子
編集長－倉持真理
発行者－梶本雄介
発行所－株式会社アルファポリス
〒150-6008 東京都渋谷区恵比寿4-20-3 恵比寿ｶﾞｰﾃﾞﾝﾌﾟﾚｲｽﾀﾜｰ8F
TEL 03-6277-1601（営業）　03-6277-1602（編集）
URL https://www.alphapolis.co.jp/
発売元－株式会社星雲社（共同出版社・流通責任出版社）
〒112-0005 東京都文京区水道1-3-30
TEL 03-3868-3275
装丁イラスト－comomo
装丁デザイン－AFTERGLOW
（レーベルフォーマットデザイン－ansyyqdesign）
印刷－株式会社暁印刷

価格はカバーに表示されてあります。

落丁乱丁の場合はアルファポリスまでご連絡ください。

送料は小社負担でお取り替えします。




ISBN978-4-434-30310-4 C0193